Der Sommer der Flamingos

### Der Autor

**Kay Segler** genießt nicht nur das Schreiben, sondern auch sein Leben als Unternehmensberater. Er liebt schnelle Autos, Golf und Reisen. Und ja, er besitzt tatsächlich ein Haus an der spanischen Costa Blanca. Der Autor lebt in der Nähe von München. Sein erster Roman »Ein Geheimnis im Märzlicht« erschien ebenfalls bei Weltbild.

Kay Segler

# Der Sommer der Flamingos

Roman

**Weltbild**

Besuchen Sie uns im Internet:
*www.weltbild.de*

Copyright der Originalausgabe © 2024 by Weltbild GmbH & Co. KG,
Ohmstraße 8a, 86199 Augsburg
Projektleitung und Lektorat: usb bücherbüro,
Korrektur: Susanne Dieminger
Umschlaggestaltung: Atelier Seidel – Verlagsgrafik, Teising
Umschlagmotiv: www.shutterstock.com (© imageBROKER.com; marcin jucha)
Satz: Datagroup int. SRL, Timisoara
Druck und Bindung: CPI Moravia Books s.r.o., Pohorelice
Printed in the EU
ISBN 978-3-98507-766-3

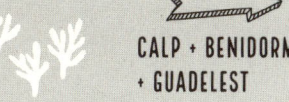

# Einige der handelnden Personen

Jorge und Adriana Cassal: Spanische Gran-Monte-Gründer
Frank und Inge Michel: Gran-Monte-Gründer aus München
Sandro und Bella Cassal: Zweite Generation (Spanien)
Christian und Sybille Michel: Zweite Generation (München)
Dorian Michel und Lucia Cassal: Leitung von Gran Monte in der dritten Generation
Ben Michel: Dorians jüngerer Bruder – schreibt seine Doktorarbeit
Yuna: Bens Freundin – wagt einen beruflichen Anfang in Alicante
Maria Cassal: Lucias jüngere Schwester – baut ein Früchteunternehmen in Alcoy auf
Manuel Diáz: Junger Landwirt – hilft Maria bei ihrem Unternehmen
Carlos Diáz: Manuels älterer Bruder – lebt in Benidorm
Desiree: Dorians Exfreundin – macht Urlaub in Gran Monte
Lisa Michel: Dorians jüngere Schwester – kümmert sich um ein Unternehmen in München

## Kapitel 1 – Familie

Bella stand mit ihrem Mann am Klippenrand im Garten ihrer Villa in Cabo Roig. Unter ihnen vernahmen sie das Rauschen des aufgewühlten Meeres und die Stimmen der Sommertouristen aus der Hauptstadt, die in den Abend hineinfeierten. Die Hitze des Augusttages hatte sich wie eine zu warme Decke über den ganzen Ort gelegt. Jetzt begann die windstille Stunde, in der der Seewind seine Kraft verlor und sich anschickte, seine Richtung zu ändern. Die Luft, die bald vom Hinterland kommen würde, war feucht und drückend.

Bella hatte sich ihr blaues Chiffonkleid angezogen, unter dem wenig anderer Stoff zu erkennen war. Sie wollte Sandro beweisen, dass sie noch immer attraktiv war. Ihre weiblichen Formen hatten selbst mit sechzig Jahren nur wenig von ihrer betörenden Wirkung verloren.

»Magst du uns nicht ein Glas Cava holen, damit wir auf unser Paradies anstoßen können?« Bella wandte sich um und strahlte Sandro mit ihren hellen Augen an. Die langen, gewellten braunen Haare fielen ihr weit über die Schultern.

Sandro griff sanft um Bellas Hüfte. Er zog sie an sich, um ihre Lippen zu küssen. »Erst bekommst du diesen Kuss, dann hole ich die Gläser.«

»Ich erinnere mich noch, als wäre es gestern gewesen, als ich mit Sybille und Christian vor dreißig Jahren in Cabo Roig ankam. Damals war es München – nun ist das hier meine erste Heimat geworden«, flüsterte Bella mit Glück in der Stimme.

»Ja. Die wilde Bella hat mich gezähmt, und wir haben eine harmonische Familie aufgebaut. Jetzt hole ich aber den Cava, damit er nicht warm wird.« Sandro eilte durch den großen Garten zur Terrasse, wo der Sektkühler stand. Er entkorkte die Flasche und blickte sich nach seiner Frau um. Sie hatte ihm nicht nur Kinder geschenkt; sie hatte ihm auch die Kraft verliehen, mit Christian die Feriensiedlung Gran Monte auf- und auszubauen. Aus dem Münchner Mädchen war eine Spanierin geworden, die akzentfrei formulierte. Und auch das etwas intensivere Make-up ließ sie als eine Frau von der Costa Blanca erscheinen.

Vor zwei Jahren hatten Christian und er das Zepter an die nächste Generation übergeben. Nach anfänglicher Irritation darüber, dass beide den Gang der Dinge nicht mehr wirklich mitbestimmen konnten, hatten sie mit der Situation ihren Frieden geschlossen. Christian leitete den Beirat von Gran Monte, der einmal im Quartal den Geschäftsverlauf überprüfte bzw. abnickte. Er selbst war zum Chairman des Tourismusverbandes avanciert und galt gesellschaftlich weiterhin als ein gefragter Mann, der zwar keinen bedeutenden Einfluss besaß, dafür aber als ein anerkanntes Aushängeschild genutzt wurde.

Mit Gläsern und einer Flasche Pago de Tharsys in einem Korb näherte sich Sandro wieder dem Ausblick. Er wusste, dass die besten Cavas eigentlich aus Katalonien stammten, aber er wollte mit zunehmenden Alter Zeichen setzen, dass die Heimatprovinz Valencia diesbezüglich auch einiges zu bieten hatte.

»Du mit deinem Pago«, lachte auch Bella. Mehr musste sie dazu nicht sagen.

»Ich habe einige frische Erdbeeren und Brotstangen mitgebracht. Die passen hervorragend dazu.«

Schweigend genossen sie beide, wie das prickelnde Getränk über die Beeren den Gaumen hinunterfloss.

Dieser Sommer war besonders heiß. Trotzdem kamen die Strände nie an ihre Kapazitätsgrenze wie in Andalusien. Irgendwo konnte jeder Meereshungrige einen ruhigen Fleck für sich entdecken und sichern. Gerade deshalb war der südliche Bereich der Costa Blanca noch ein besonderes Stück Küste geblieben, das trotz aller touristischen Bebauung seine Bodenständigkeit nicht gänzlich verloren hatte.

»Die Kinder müssten doch eigentlich schon längst hier sein«, nahm Sandro das Gespräch wieder auf. In diesem Moment klingelte es auch schon. Lucia und Dorian hatten zwar einen Schlüssel für die Villa, klingelten aber jedes Mal. Sie hatten es sich zur Gewohnheit gemacht, sich bewusst anzukündigen.

»Hallo, ihr zwei. Hier kommen die hungrigen Musketiere«, rief Lucia schon von Weitem. An ihrer Hand ging die kleine Inez, die versuchte, auf dem Gartenweg von Platte zu Platte zu springen.

»Abuela, Abuela!«, rief die Kleine mit der Lockenpracht ihrer Großmutter zu, trennte sich von der Hand der Mutter und lief in die Arme von Bella.

»Inez ist auf dem besten Wege, ein charmantes Mädchen zu werden«, lachte Sandro und handelte sich damit einen kritischen Blick seiner Frau ein.

Dorian trug einen Korb mit Leckereien, den er Sandro übergab. »Ich bin heute ganz schön geschafft. Morgens ging es schon um acht Uhr mit den ersten Terminen los und

wollte gar nicht aufhören. Nicht einmal Zeit für Mittagessen hatten wir. Bella, du bist hoffentlich unsere Rettung.«
Die kleine Familie hatte sich vor einer knappen halben Stunde von ihrem Haus, das in der Golfanlage Las Colinas lag, auf den Weg gemacht. Sie waren froh, mit der Familie zusammenzukommen.

»Darauf konntest du dich immer verlassen, mein Lieber.« Bella lachte und umarmte ihn herzlich. »Wir müssen nur noch darauf warten, dass Maria mit ihrem Manuel auftaucht. Für Pünktlichkeit ist deine Schwester ja nicht wirklich bekannt«, sprach sie, indem sie Lucia mit milden Augen anblickte. »Wenn die beiden kommen, fange ich an, die Seezungen in die Pfanne zu werfen.«

Bella nahm Inez an die Hand und ging mit ihr zum Klippenrand. Dort hatten die Cassals stabile Glasscheiben verankert, damit tobende Kinder nicht in Gefahr gerieten. Trotzdem ließ Bella mit großmütterlichem Beschützerinstinkt die Kleine keine Sekunde aus den Augen. »Schau, Inez, wie die Segelboote mit den Wellen spielen. Als tanzten sie auf den Wasserspitzen.«

Sandro schenkte Dorian ein Glas Cava ein und wartete, dass dieser ihm berichtete, wie es mit Gran Monte stand. Doch der hielt sich eisern an die Abmachung mit seiner Frau und schwieg. Nachdem Dorian mit seiner Lucia das Management übernommen hatte, wollten sie ihren eigenen Weg suchen und beschreiten. Sie wussten, dass sich die ältere Generation nur zu gerne wieder einschalten würde, wenn sie ihnen zu viele geschäftliche Details offenbaren würden – und sei es nur mit gut gemeinten Randkommentaren.

Lucia blickte argwöhnisch zu den beiden Männern hinüber, als sie sah, wie Sandro Dorian zur Seite nahm. Als Tochter hatte sie damals lernen müssen, dass die Senioren für sich in Anspruch nahmen, alle wesentlichen Entscheidungen bezüglich Gran Monte unter sich auszumachen und sie nur als Hilfskraft betrachteten, wenn sie mit neuen Anregungen kam. Sie hatte lernen müssen, mehr geduldet als akzeptiert zu sein, solange die Alten das Steuer in der Hand hielten. Mit etwas Bitterkeit dachte sie an die Zeit, die erst vor zwei Jahren mit der Übergabe an die nächste Generation geendet hatte. Natürlich hatten es Sandro und Christian sicher nicht »böse gemeint«, trotzdem schmerzte die Erinnerung. Danach hatten sie und Dorian sich geschworen, den Führungswechsel konsequent durchzuziehen und nur während der Beiratssitzungen eine geschäftliche Diskussion zuzulassen. Der Erfolg dieser Entscheidung gab ihnen bislang recht.

Die Sonne glitt schon unaufhörlich gen Horizont, als Maria mit ihrem Geschäftspartner auftauchte. Auch heute überraschte Lucias quirlige Schwester mit einer Strähne im braunen kurzen Haar. Die Farben dienten immer als Zeichen ihres aktuellen Gemütszustands. Dieses Mal hatte sie rot ausgewählt.

»Hola, Familie. Tut uns leid, dass es später geworden ist«, rief sie schon, bevor sie die Wartenden erreicht hatte. »Der Verkehr in Alcoy war einfach schrecklich, und wir haben euch noch einen Früchtekorb packen wollen.« Damit reichte sie diesen strahlend ihrer Mutter. »Ach so, und das ist Manuel! Jetzt seht ihr ihn einmal in wahrer Gestalt und

Größe.« Maria erschien aufgekratzt, wie häufig, wenn sie den ganzen Tag hart gearbeitet hatte und ihr noch viele ungeklärte Gedanken in ihrem jungen Kopf herumschwirrten. Außerdem war sie aufgeregt, weil Manuel zum ersten Mal ihre Eltern traf, und auch umgekehrt. Sie wollte jede Regung der Beteiligten genau verfolgen. Seit mehr als zwei Jahren bemühte sie sich, eine eigene erfolgreiche Existenz bei Alcoy aufzubauen. Sie wollte Früchte vermarkten, die nicht zum Mainstream gehörten – Früchte, die als regionale Besonderheiten drohten, in Vergessenheit zu geraten, oder die von Massenware verdrängt wurden: spezielle Orangensorten, Cherimoyas oder Chayote. Nora-Paprika, Erdmandeln und vieles mehr. Regionale Besonderheiten zu schützen, blieb oftmals die einzige Möglichkeit zum Erhalt bestimmter Sorten. Das begriff Maria als ihre Mission und baute dazu Kontakte zu Bauern auf, die solche Raritäten noch kultivierten.

Die valencianische Küche war so vielfältig wie die Landschaften. Einzelne Bergtäler brachten einzigartige Gerichte zu Wege, die nicht aussterben durften. Auch brachte jede Kultur ihre eigenen Speisen hervor. Vor allem das arabische Erbe hatte unverkennbare, unverwechselbare Spuren hinterlassen. Maria liebte deshalb vor allem das Hinterland, in dem viele historische Wurzeln noch erkennbar blieben.

»Schön, dich kennenzulernen, Manuel«, brach Sandro das Eis. »Maria schwärmt geradezu von deinem unternehmerischen Geschick.«

»Vielen Dank«, antwortete Manuel bescheiden. »Die Ideen kamen aber alle von eurer Tochter. Ich unterstütze sie nur.« Das dunkelblaue Poloshirt und die graue kurze Hose verbargen seinen muskulösen Körper. Überhaupt signalisierte seine Erscheinung Zurückhaltung und Gelassenheit, aber auch Stolz. Sein Gesicht war kantig geschnitten, aber der Dreitagebart ließ es harmonisch erscheinen. Er war zwar noch keine dreißig Jahre alt, aber er wirkte gereift.

»Ihr habt sicher riesigen Appetit, wenn ihr den ganzen Tag hart gearbeitet habt«, drängte Bella. Sie wollte endlich mit den Essensvorbereitungen fortfahren, und die frisch zubereiteten Vorspeisen durften nicht zu lange in der Küche herumstehen. »Maria, Lucia, ihr könnt mir helfen«, ordnete sie an. Und die beiden folgten bereitwillig, obwohl sie wussten, dass Bella mit ihrer peruanischen Hilfe Candela eigentlich schon Unterstützung genug besaß. So verschwanden die drei Frauen mit Inez an der Hand in der Küche, um das Abendessen zu zaubern, während die Männer sich der Beurteilung des Weltgeschehens widmeten.

»Bei euch ist es wunderschön: Einzelne Häuser und nicht dicht bebaute Urbanisationen wie in vielen anderen Küstenbereichen«, fing Manuel das Gespräch an. »Die Politiker scheinen oft nur daran interessiert zu sein, dem Druck der Nachfrage aus Madrid nachzugeben. Erst opfern sie die naturbelassene Küste der touristischen Bebauung. Dann strömen die Hauptstädter in Massen hierher und zerstören unsere gewachsene valencianische Kultur.«

»Maria hat dir ja sicher schon ausführlich von unserem Gran Monte-Paradies erzählt«, lenkte Dorian das Gespräch in eine andere Richtung. »Wir versuchen seit Generationen, hier eine Oase wachsen zu lassen, in der sich die Menschen zu Hause und geborgen fühlen.« Er versuchte gar nicht erst, seine Begeisterung für das Familienprojekt zu verbergen. Mit ausladenden Handbewegungen unterstrich er seine Beschreibung des auf dem Hügel liegenden Projekts, das keine zwanzig Minuten entfernt von hier lag.

»Mag schon sein, dass euch das deshalb gelungen ist, weil ihr eben von der Lage an der Costa Blanca profitiert. Im Hinterland können wir versuchen, was wir wollen. Dahin verirrt sich kaum ein Tourist, und deshalb fließen auch keine Gelder aus unserer lieben Landeshauptstadt Valencia.«

»Aber du hast bestimmt auch gute Gründe, warum du in Alcoy wohnst, so wie Maria ja auch«, gab Dorian zurück. »Ihr habt einfach ein tolles grünes Hinterland, in dem allerlei einzigartige Früchte gedeihen, wie sie es hier nicht tun.« Er machte bewusst eine Pause, um die Gemüter zu besänftigen. »Und heute Abend wollen wir mit euch gemeinsam ein gutes Essen genießen und uns nicht beklagen.«

»Glänzende Idee, Dorian«, stimmte Sandro ein, der das Gespräch bisher schweigend verfolgt hatte.

»Sorry«, entschuldigte sich Manuel. Ich bin einfach platt von dem anstrengenden Tag und der langen Fahrt.«

Sandro schenkte jedem ein Glas eiskalten Cava nach. Gemeinsam bewegten sie sich zum Ausblick. Von unten drang das Stimmengewirr der flanierenden Menschen herauf, gemischt mit dem dumpfen Rauschen und Grollen der Wellen. Die Sonne tauchte ins Meer und machte der blauen Stunde Platz. Die Männer schwiegen, während jeder seinen Gedanken nachhing. Sie wussten, dass sie sich etwas zu sagen hatten, ohne zu ahnen, was das wäre.

»Das Licht verliert sich im Meer! Diesen Satz verwendete mein Großvater in solchen magischen Momenten immer.« Dorian erhob sein Glas, und sie stießen miteinander an. »Salud!«

Während Lucia und Maria die Vorspeisen auf den Tisch stellten, gesellte sich Bella zu den Männern. »Und, habt ihr die Welt gerettet?« Sie lachte herzlich.

»Wir Männer machen es eben nicht unter der Weltrettung. Das hast du richtig erkannt.« Sandro nahm seine Frau in den Arm.

»Ihr könnt deshalb sicher eine Stärkung vertragen. Ich habe ein paar Überraschungen für euch. Wir können mit dem Essen starten.«

Der gedeckte Tisch sah aus wie ein buntes Gemälde mit seinen verschiedenen Vorspeisen: Salate, Tapas-Schälchen, Manchego, Schinken, frisches Brot.

»Manuel, du bekommst den Ehrenplatz mit dem besten Blick aufs Meer.« Sandro wies jedem seinen Stuhl zu.

Der nun einsetzende leichte Wind vertrieb ein wenig die drückende Hitze des Tages. Die Palmwedel begannen mit ihren raschelnden Geräuschen, die an Kastagnetten erinnerten. Die Küste entlang flogen einige verspätete Möwen eilig zu ihren Schlafplätzen. Von der Strandpromenade drangen Stimmen herauf. Das Meer selbst war aufgewühlt und unruhig. In der vergangenen Nacht hatte weit draußen wohl ein Gewitter getobt.

Zur linken Seite leuchtete die Stadtkulisse von Torrevieja, zur rechten glitzerten die hohen Apartmenthäuser am Mar Menor. Durch die warme Luft schienen die Lichter zu blinken.

Bella hatte sich ins Zeug gelegt und neben den üblichen Tapas zum Start fein geschnittenen Thunfisch-Rogen zubereitet. Olivenöl und Zitrone ließen diese salzige Köstlichkeit milder erscheinen. Mit einem Glas kräftigem Weißwein ein Gedicht. Hueva de Maruca azul wollte so genossen werden.

»Mich kannst du mit dem salzigen Fischrogen jagen«, wagte Dorian trotzdem zu bemerken. »Meine Münchner Geschmacksknospen kommen damit einfach nicht klar.«

Mit dieser Anmerkung erntete er böse Blicke der ansonsten mild gestimmten Bella. Auch Manuel hielt sich jetzt mit einem Kommentar nicht mehr zurück. »Du hättest es von Kindesbeinen an lernen müssen, mit dem derben Fischgeschmack klarzukommen.« Manuel biss ein Stück von den gepressten Fischeiern herunter und machte genüssliche Laute. »Bei uns in der Familie gab es so etwas Feines nur an Feiertagen, und wir Kinder hofften immer, eine ausreichend große Portion abzubekommen.«

»Wenn du mal nach München kommen solltest, bekommst du unsere Weißwürste. Mal schauen, wie die dir schmecken«, knurrte Dorian.

Das Gespräch nahm Fahrt auf, auch, weil alle sich seit geraumer Zeit nicht mehr zu einem gemeinsamen Essen getroffen hatten. Lucia hatte sich die letzten Wochen mit Dorian in die Arbeit zur Erweiterung von Gran Monte gestürzt. Sie kümmerte sich um die architektonische Gestaltung, ihr Mann um die Finanzierung. Die Einladungen von Bella und Sandro schlugen sie schlicht deshalb oftmals aus, weil sie abends erschöpft waren. Und Maria war von morgens bis abends dabei, ihr Fruchtgeschäft zu etablieren. Für eine Fahrt zu den Eltern fehlte ihr dann die Energie, obwohl Alcoy keine zwei Stunden entfernt lag.

»Diese VideoCons können ein Familienessen einfach nicht ersetzen.« Bella schaute ihre Mädchen mit feuchten Augen an. »Wir sehen uns zwar jede Woche. Aber den Bildschirm kann ich nicht umarmen. Ihr müsst mir – nein, uns! – versprechen, wieder öfter in Cabo Roig vorbeizukommen.«

»Oder ihr kommt ab und zu mal nach Alcoy. Als Rentner habt ihr ja mehr Zeit als wir«, gab Maria ihrer Mutter Contra. »Ich verspreche euch auch hoch und heilig, ein extra großes Gästebett anzuschaffen.«

»Aber meine Küche kann ich nicht mitbringen.« Bella stand auf und ging ins Haus. Nach fünf Minuten durchzog der feine Geruch von in Butter gebratenem und mit frischem Kräutersud eingestrichenem Lenguado die Villa und strömte auf die Terrasse hinaus. »Butter müsst ihr nehmen, kein Öl.« Bellas Gesicht strahlte. »Greift zu. Ich habe reichlich Beute auf dem Fischmarkt gemacht.«

Die Stimmen von Strand und Promenade verstummten langsam. Das Rauschen des Meeres und das kräftige Schlagen der großen Wellen in den Sand drang nach oben. Die Seezunge hatte den Hunger besiegt. Es entstanden immer wieder Pausen, in denen jeder in sich gekehrt schwieg.

»Wir freuen uns sehr, dass ihr kommen konntet.« Sandro schenkte allen noch einmal Weißwein nach. »Jetzt fehlen eigentlich nur deine Geschwister, Dorian.«

»Mit Lisa sprach ich gestern. Sie scheint ziemlich genervt zu sein. Ihre Kleine quengelt viel, weil sie zahnt. Und außerdem regnet es in München jeden Tag. Sie würde lieber heute als morgen fliegen.«

»Das heißt, dass sie bald kommen wird?« Bellas Augen glänzten.

»Schon möglich. Aber bei ihr weiß man ja nie. Bei Ben sieht es günstiger aus. Er will nächste Woche für ein paar Tage aus Korea einfliegen. Yuna hat ihr Examen in der Tasche und will jetzt eine verdiente Auszeit nehmen.« Dorian blickte zu Manuel. »Dann musst du vielleicht doch bald wieder nach Cabo kommen, um die ganze Familie kennenzulernen.«

»Kein Problem. Und wenn es dann wieder so tolles Essen gibt, komme ich gerne auch öfter«, nahm Manuel den Ball auf.

»Also noch so ein Charmeur. Dorian du bekommst Konkurrenz.« Lucia grinste, während sie sich durch ihre langen braunen Haare fuhr.

Sandro blickte jetzt etwas ernster in die Runde. »Ich fragte deshalb, weil ich mit euch bald besprechen will, wie wir das Jubiläum von Gran Monte feiern sollen. Eine solche Gelegenheit müssen wir nutzen, um Werbung für die Erweiterung zu machen. Und solange ich dem Tourismusverband vorsitze, kann ich für Prominenz sorgen.«

»Lass uns das nächste Woche besprechen, Sandro«, unterbrach Lucia den Redefluss. »Ich werde mit Dorian einen Vorschlag ausarbeiten und allen präsentieren. Uns ist bewusst, dass wir das schnell entscheiden müssen.«

»Ich will mich wirklich nicht in euer Management einmischen«, knurrte Sandro zurück.

»Salud! Gleich gibt es dann noch süßen Nachtisch. Und jetzt hört auf mit den Geschäften!« Bellas Blick ließ die anderen verstummen.

Es war mittlerweile Mitternacht, und alle spürten, dass der Wein und das üppige Essen die Augenlider schwer werden ließen. Die Wellen verstummten, und der Mond leuchtete hell über das blanke Meer.

»Maria, ich habe euch oben zwei Zimmer mit Blick auf den Garten hergerichtet. Und ihr, Dorian, nehmt Lucias Zimmer; denn fahren solltet ihr jetzt nicht mehr.«

»Ich würde den Weg nach Las Colinas im Schlaf finden. Aber klar, du hast recht. Wir bleiben.« Dorian erhob sich langsam aus seinem Stuhl und schlang seinen Arm um Lucia. Er gab ihr einen zärtlichen Kuss.

Maria führte Manuel zu seinem Zimmer. »Ich habe deine Tasche vorhin schon raufgebracht. Ich hoffe, das Zimmer gefällt dir.« Sie gab ihm einen kleinen zarten Kuss auf die Wange.

»Gute Nacht, Maria. Deine Familie ist wirklich nett. Das wollte ich dir noch sagen.«

Maria betrat das große Zimmer, in dem sie noch nie geschlafen hatte. Es war immer für die Gäste aus München reserviert gewesen. Ihr eigentliches Zimmer lag im Erdgeschoss.

Sie war verschwitzt vom langen Tag. Die lauwarme Dusche tat ihr deshalb gut. Lange ließ sie die Tropfen über ihren Körper laufen und lauschte, wie das Wasser ablief. Ihre Haare hatte sie hochgesteckt und in einem kleinen Handtuch versteckt, damit sie nicht nass wurden.

Abgetrocknet zog sie sich das leichte Nachthemd über. Doch die Hitze hatte sich im Zimmer gestaut, sodass sie die Tür zum Balkon öffnete und hinaustrat. In der Ferne konnte sie kleine Lichter von Booten erkennen, die zum Fischen hinausfuhren. Das leichte Summen der Motoren konkurrierte mit dem sanften Wellenklang. Rechts von ihr raschelten die Palmblätter, als wollten sie Luft zum Balkon fächeln.

Marias Gedanken schweiften von Cabo Roig zu den Bergen von Alcoy. Sie dachte, dass sie eigentlich zufrieden sein konnte mit ihrem Geschäft. Auch wenn der wirtschaftliche Erfolg noch bescheiden war, blieb er der ihre. Niemand nahm ihr schwierige Entscheidungen ab, aber auch niemand redete ihr hinein.

Die Balkontür des Nachbarzimmers öffnete sich. Manuel trat ins Freie, ein Handtuch um den Körper geschlungen. Von seinen Haaren tropfte das Wasser auf den Boden. Er begann sich abzurubbeln und ließ dann das Tuch auf den Boden gleiten. Zum ersten Mal sah Maria ihn so. Sie rührte sich nicht, bis er wieder in sein Zimmer zurückgekehrt war. Dann ging auch sie hinein.

Die Morgensonne drang durch die Vorhänge, und Lucia war als erste auf den Beinen. Sie machte sich mit Candela in der Küche zu schaffen, um alles für ein üppiges Frühstück vorzubereiten. Die Schranktüren klappten, Teller und Tassen verbreiteten Lärm, der alsbald die Anderen weckte. Als sie merkte, dass Leben in die Villa kam, drehte sie das Radio lauter. Spanische Musik erfüllte die Räume.

Dorian kam herein. »Du willst wohl keinem den verdienten Schlaf gönnen, Liebling.«

»Es wäre eine Schande, im Bett zu bleiben. Die Vögel sind ja auch schon längst wach.« Lucia gab Dorian einen Kuss. »Noch ist es mild. Wir können auf der Terrasse frühstücken.«

»Mal sehen, ob Maria alleine nach unten kommt. Sie hat Manuel gestern interessiert angeblickt, wie es Geschäftspartner so eigentlich nicht machen.« Dorian grinste. »Da kommst du ja schon, Maria. Ich hätte die Wette wohl verloren.«

»Welche Wette?«

»Ach nichts«, lachte Dorian und griff sich das Besteck. »Ich muss Lucia helfen.«

Bella und Sandro kamen etwas später.

»Der Tisch ist schon gedeckt und wartet auf euch«, lud Lucia alle nach draußen ein. Frisch gepresster Orangensaft, kross getoastetes Weißbrot mit passierten Tomaten, Rührei und Schinken und dazu kräftiger Kaffee. Mit jedem Schluck schwoll der Lärmpegel an. Die Familie hatte sich viel zu erzählen, was einfach nicht warten konnte.

Manuel trat auf die Terrasse. Mit hochgekrempeltem Leinenhemd und einem charmanten Lächeln schaute er in die Runde. »Sorry, ich habe verschlafen. Wohl ein Zeichen, dass ich mich bei euch zu Hause fühle.«

## Kapitel 2 – Sommerhitze

Dorians morgendlicher Blick schweifte über die Anlage von Gran Monte. Er stand auf der Terrasse vor dem großen Verwaltungsgebäude, das auf einem Hügel thronte. Unter ihm lag das Rondell der gepflasterten Vorfahrt. Um drei kleine Palmitos leuchteten rote Blumen um die Wette. Grasbüschel fassten den Rand ein.

Mehrere Straßen und Wege zweigten vom Platz ab. Sie führten in verführerisch gestaltete Bereiche der Anlage, die alle einen unterschiedlichen Charakter besaßen. Links standen verschachtelt gestaltete Häuser, umringt von üppigem Pflanzenwuchs, der für Schatten und Ruhe sorgte. In der Mitte zog sich eine breite Straße in Serpentinen den Hang hinab. An ihr standen einzelne große Villen mit Blick aufs Meer. Vor ihnen jeweils ein Pool zur Erfrischung der Bewohner. Der rechte Bereich war einzelnen kleinen Häuschen vorbehalten, deren andalusischer Baustil dem Geschmack der Neunzigerjahre entsprach. Gemeinsam war allen Bereichen die ungewöhnlich reichliche Begrünung.

Auf der anderen Seite der Verwaltung stand Baugerät. Die Arbeiter bereiteten gerade das Terrain für den neuesten Bauabschnitt von Gran Monte vor.

»Dorian!«, rief Lucia, die nach draußen trat. »Du hast mich beim Frühstück im Stich gelassen.«

»Mich treibt der neue Bauabschnitt um. Und auch die Jubiläumsfeier, die Sandro letzte Woche angemahnt hat.« Er umarmte seine Frau, hielt sie fest und kitzelte sie unter den Armen.

»Hör auf mit dem kindischen Kram. Der Neubau ist mein Thema, um das ich mich schon kümmere. Die Feier ist in der Tat dein Metier.« Lucia befreite sich aus Dorians Griff und gab ihm einen Klaps auf den Hintern. »Und wenn du nicht ausgelastet sein solltest, kannst du ja mal nach deiner Forstfirma in München schauen. Die überlässt du wohl ganz deinen treuen Freunden?!« Die Firma hatte ihr Mann in Bayern gegründet, bevor er endgültig nach Spanien gezogen war. Die Leitung hatte er Teilhabern überlassen, die er früher einmal für seine Freunde gehalten hatte. Bis sie ihn hintergingen. Aber dieses Kapitel hatte er mittlerweile hinter sich gelassen. Ihm blieb ein nicht unwesentlicher Anteil sowie die Unterstützung seiner kleinen Schwester Lisa, die für die Finanzkontrolle zuständig war.

»Du hast Recht, und du bekommst auch Recht. Auch wenn mich mein Schwesterherz auf dem Laufenden hält, müsste ich eigentlich selbst mal wieder vor Ort sein.« Dorian seufzte laut und kitzelte Lucia jetzt an den Flanken.

»Hör auf, du Lustmolch! Du wirst ja wohl noch bis heute Abend warten können.« Lucia befreite sich wieder aus seinem Griff. »So gerne würde ich Lisa wieder einmal sehen!«

In den Bergen von Alcoy staute sich die Hitze, weil das Meer zu weit entfernt lag, um für ausreichenden Luftzug zu sorgen. Manuel lief der Schweiß den Rücken runter, als er die letzten Kästen Obst auflud. Seine Haare schimmerten durch die Feuchtigkeit noch dunkler als sonst. Sein Hemd hatte er schon längst auf die Ladefläche des Anhängers geworfen. Nun trocknete er sich mit dem groben Handtuch ab.

»Ich sollte Lohn von dir verlangen für diese anstrengende Arbeit, Maria«, rief er, während er den letzten Kasten auf den Stapel wuchtete.

»Ich danke dir so! Alleine hätte ich es nicht geschafft. Nachher mache ich dir dafür ein kleines Abendessen als Ausgleich.« Marias Augen blitzten freundlich.

»Da sag ich nicht Nein. Jetzt aber los, wir müssen alle Kisten noch in die Kühlkammer fahren.«

Maria setzte das Gespann in Bewegung, während Manuel sich auf die Ladefläche legte. An Mandel- und Zitronenplantagen vorbei ging es auf holprigen Feldwegen ins Tal. Die Sonne hatte die Öle der Blätter erhitzt, die jetzt ihren typischen Duft verströmten. Das Motorengeräusch des Traktors läutete den Abend ein. Maria fuhr behutsam, damit die Früchte nicht unter der Schüttelei litten. Ältere Bauern, die ihren Wein vor dem kleinen Lokal genossen, grüßten freundlich, als die beiden in die Dorfstraße einbogen.

Maria blickte zurück zum Bergrücken und beobachtete, wie das Licht blasser wurde. Eine friedliche Dämmerung kündigte sich an, die das Tagwerk beschloss. Manuel hatte sich das Handtuch um den Kopf gewickelt und sich auf eine zusammengerollte Plane auf der Ladefläche gelegt. Er sah jetzt aus wie ein schlafender Araber aus der Zeit der maurischen Herrschaft.

»Aufwachen! Du wirst nicht fürs Nichtstun entlohnt«, rief Maria von vorne. »Was sollen die anderen Bauern denken, wenn sie dich so sehen?«

Sie bog in den bescheidenen Hof ein, den sie mit Hilfe ihres Vaters vor zwei Jahren erworben hatte. Das Anwesen war zwar in die Jahre gekommen, besaß aber einen unvergleichlichen Charme. Wer wollte, konnte die vergangenen Pächter spüren, die jahrein, jahraus für ihre Familien geschuftet hatten. Mit ihrem Verdienst konnten sie keine großen Sprünge machen, aber sie waren glücklich, weil sie die Familien sicher ernähren konnten. Der Wohnraum besaß eine hohe Decke, die die Wärme im Sommer draußen hielt. Im Winter wurde der Raum vom offenen Kamin beheizt, denn Holz hatte die Familie genug. Die Schlafräume dahinter waren eher klein und wirkten gedrängt – ausreichend, um die kurzen Nächte hier zu verbringen. Maria hatte die Wände der einzelnen Zimmer in unterschiedlichen Farben gestrichen – nur den Wohnraum hatte sie weiß belassen. Jeder Raum bekam so eine besondere Note. Ihr Schlafbereich leuchtete rötlich, das Bad blau, der Gang türkis, das Gästezimmer dunkelgrün.

Das Abladen dauerte länger als gedacht, sodass es schon dunkel wurde, als beide ins Haus gingen. »Willkommen in meinem Reich. Wenn es dir nichts ausmacht, kannst du Feuer im Kamin anzünden. Später wird es frisch. Ich bereite derweil ein paar Tapas zu.«

»Einen Mordshunger habe ich jetzt.« Manuel zog sich sein Hemd über und holte Holz von draußen.

Eine halbe Stunde später saßen beide beisammen und aßen still aus den kleinen Schalen. Weißbrot tunkten sie in das Knoblauchöl, in dem die Gambas schwammen. Schinken und Manchego aßen sie aus der Hand. Dazu öffnete Maria eine Flasche schweren Rotwein, der die Zungen löste und die Zeit schnell verstreichen ließ.

»Warum hilfst du mir eigentlich so sehr, ohne etwas zu verlangen, Manuel? Ich weiß gar nicht, wie ich dir danken soll.« Marias Augen wurden leicht feucht. Es war, als würde eine Last von ihr abfallen.

»Du musst nicht dauernd fragen, Maria. Das passt schon. Jetzt sitzen wir gemütlich zusammen und denken an einen ausgefüllten Tag. Sonst würde ich jetzt vielleicht in meinem Haus vor dem Fernseher sitzen und eine langweilige Soap anschauen. Reine Zeitvergeudung.«

»Du hast Recht. Es gibt nichts Schöneres als einen erfüllten Arbeitstag mit eingefahrenen Früchten.« Maria blickte in die Flammen des Kamins. »Und ein Feuer unterhält mehr als jeder Film.«

»Wenn es dir nichts ausmacht, würde ich gerne duschen. Ich habe das Gefühl, als wäre ich ein Fisch in Salzkruste«, lachte Manuel.

»Nur zu. Du findest alles im Bad. Nur frische Klamotten habe ich nicht für dich. Vielleicht hängst du dir ein Handtuch um. Ich schau mal, was ich sonst noch finde.« Maria stand auf und ging in ihr Schlafzimmer.

Im Haus herrschte entspannte Ruhe. Nur die Kiefernzapfen im Kamin knackten ab und zu, wenn das Feuer das Harz an den Stielen erreichte. Ein leicht rauchiger Geruch durchzog die Räume. In der Ferne bellte ein Hofhund, der wahrscheinlich seinen spät heimkehrenden Besitzer begrüßte.

Die Dusche rauschte. Das Wasser perlte an Manuels Körper ab. Er ließ es über seinen Kopf laufen und genoss die Entspannung. Die Luft hatte sich von der Tageshitze schon deutlich abgekühlt, weshalb er die Wassertemperatur auf warm drehte. Er schaute an seinem Körper hinab und beobachtete, wie das Nass im Abfluss verschwand.

Als sich die Badezimmertür öffnete, erschrak er. Durch die beschlagene Glastür sah er schemenhaft Maria näherkommen. Dann erlosch das Deckenlicht. Nur die Beleuchtung über dem Waschbecken brannte noch. Manuel konnte erkennen, wie Maria ein umgeschlungenes Handtuch auf den Boden gleiten ließ. Dann öffnete sich die Tür und gab den Blick auf die nackte Hausherrin frei, die sich, ohne ein Wort zu sprechen, unter die laufende Dusche stellte.

»Was wird das jetzt?« Manuel sprach diese Worte leise aus.

Maria legte ihm einen Zeigefinger auf die Lippen, sodass er nicht weitersprach. Dann umarmte sie ihn wortlos. Mit ihren Händen fuhr sie immer wieder den Körper entlang dem Strom des Wassers nach. Ihren Kopf legte sie an seine Brust und ließ das Nass über ihre Haare rinnen.

Manuel blieb erst eine Weile unbewegt stehen. Dann umfasste er Maria und zog sie zu sich heran. Seine Erregung konnte er jetzt nicht mehr verbergen, und als Maria ihn mit beiden Händen berührte, war es um ihm geschehen. Da sie einen Kopf kleiner war als er, hob er sie behutsam hoch. Maria schlang ihre Beine um seinen Körper. Adrenalin schoss in seine Adern. Die Bewegungen wurden heftig, als sie ihn in sich aufnahm.

Wortlos gab sie Manuel einen Kuss. Dann drehte sie das Wasser heißer und duschte zu Ende. Sie ließ ihren Geliebten zurück und verließ die Dusche tropfnass. Die Badteppiche waren überfordert mit der Aufgabe, den Boden trocken zu halten. Sie rubbelte sich ab, drehte sich mit dem Handtuch einen Turban auf den Kopf und verschwand in ihrem Schlafzimmer.

Manuel sammelte seine Gedanken, während er noch eine Weile unter der Brause stand. Als er aus der Dusche trat, sah er, dass er allein war. Er kämmte sich, trocknete sich ab und zog sich den viel zu kleinen Bademantel über, der an der Tür hing. Im Wohnzimmer traf er auf die angezogene Maria, die es sich auf dem Sofa bequem gemacht hatte und das Feuer beobachtete. Ihr leicht feuchtes Haar gab ihr ein ungestümes Aussehen.

»Das war wunderschön, Maria. So unerwartet!« Manuel setzte sich zu ihr.

»Ich hatte das nicht geplant, Manuel. Entschuldige bitte!«

»Du musst dich nicht entschuldigen. Warum auch?«

»Aber ich habe es nicht so gemeint. Es ist über mich gekommen, als ich dich in der Dusche sah.«

»Ist doch ganz ok, Liebes.« Manuel strich ihr über den Kopf und rückte etwas näher, während sie keine Anstalten machte, ihn zu umarmen. Wie eine Katze schmiegte sie sich an ihn.

»Für mich war es auch wunderschön. Aber wir sollten das jetzt alles wieder vergessen. Tun wir einfach so, als wäre nichts geschehen! Versprich mir das, Manuel!« Ihr Blick fixierte seine verträumten Augen.

»Das fällt mir schwer. Das geht nicht so einfach!«

»Versprich es mir. Ab jetzt sind wir wieder die Geschäftspartner, die wir auch vorher waren.«

Eine lange Pause entstand. Nur das Knistern des Feuers war zu hören. Unbeweglich saßen beide beisammen, bevor Manuel aufstand. Er griff sich im Bad Hose und Hemd und streifte sie über.

»Ich fahre mit dem Traktor nach Hause. Morgen bin ich um neun Uhr wieder bei dir.«

»Du kannst ruhig um acht kommen. Ich mache uns ein kräftiges Frühstück.«

»Wenn du meinst. Maria, ich tue mich schwer, dich zu verstehen.«

»Ich verstehe mich ja auch manchmal nicht so richtig. Gute Nacht, Manuel.«

Manuel verließ das Haus, ohne sich noch einmal umzudrehen. Er war entschlossen, sich nicht zum Spielzeug degradieren zu lassen. Jetzt brauchte er Zeit, um darüber nachzudenken, wie er sich am besten verhalten sollte. Im Haus kehrte eine fast schon gespenstische Ruhe ein, nachdem Manuel gegangen war. Das Geräusch des Traktors wurde immer leiser, bis es nicht mehr zu hören war. Maria entschied sich, auf dem Sofa liegen zu bleiben, und schlief schon bald tief und fest.

Während die Morgensonne in Alcoy über die Bergkuppen hervorleuchtete und Maria das Frühstück zubereitete, tranken Lucia und Dorian ihren ersten Cortado im Büro, den Señora Diaz ihnen brachte. »Ihr Bruder Ben hat vorher bei mir angerufen«, sagte sie. »Er kündigte an, bald nach Spanien zu kommen. Ich habe ihn ja schon eine gefühlte Ewigkeit nicht mehr gesehen.«

»Dann will ich gleich zurückrufen. Bin gespannt, was es Neues gibt.« Dorian wählte Bens Nummer auf seinem Handy und stellte auf laut.

»Hallo, Bruderherz. Das ging ja schnell.«

»Du hättest mich ja auch direkt anrufen können.« Dorians Stimme klang ein wenig vorwurfsvoll.

»Du drückst mich ja oft einfach weg, weil du zu beschäftigt bist. Deshalb habe ich Frau Diaz angerufen. Und siehe da, es klappt.«

»Ich habe gehört, dass du uns bald besuchen willst. Kommt deine Freundin auch mit?«

»Das wäre super!«, rief Lucia laut aus dem Hintergrund.

»Yuna hat ihren Masterabschluss gemacht und will für ein paar Wochen weg aus Seoul. Ich müsste eigentlich bleiben und an meiner Doktorarbeit werkeln. Aber sie lässt mir keine Ruhe.«

»Recht hat sie«, mischte sich Lucia wieder ein, die etwas näher ans Telefon trat. »Frauen sind eben einfach schneller. Jetzt musst du Gas geben.«

»Wir sind in einer Woche bei euch.« Ben ließ sich nicht anmerken, ob er sich provoziert fühlte.

»Sag uns Bescheid. Wir bereiten euch einen großen Bahnhof, wenn ihr ankommt. Ihr könnt bei uns in Las Colinas übernachten, das Haus ist ja groß genug für uns alle. Du kommst eigentlich ohnehin wie gerufen: Wir planen eine Jubiläumsfeier für Gran Monte, da kannst du bei der Vorbereitung helfen.«

Weil er wusste, dass sein Bruder sonst niemandem etwas von seinem Kommen verraten hatte, informierte Dorian gleich nach dem Telefongespräch die ganze Familie: Sandro und Bella, die Eltern Christian und Sybille in München, das Nesthäkchen Lisa und natürlich auch Maria.

Gemeinsam mit Lucia begann er auch sogleich, einen Plan für Ausflüge an der Costa Blanca zu schmieden. Bei der Sommerhitze boten sich natürlich die nahen Strände von

Mil Palmeras, Pilar oder La Glea an. Und auch nördlich von Alicante in Richtung Altea gab es versteckte Strandplätze zu entdecken. Lucia dachte, dass Yuna eventuell eher etwas Neues sehen wollte. Das könne man dann im Hinterland des Landkreises »Marina Alta« bei Denia finden. »Dann können wir alle auch Maria in Alcoy besuchen.« Lucias Kreativität war entfacht.

»Vielleicht will sie aber auch Alicante entdecken«, lenkte Dorian die Diskussion in eine andere Richtung.

»Wie wäre es, wenn wir das Yuna und Ben überlassen? Wir unterbreiten einfach nur ein paar Vorschläge.« Lucia gab Dorian spontan einen Kuss. »Und jetzt an die Arbeit. Die Jubiläumsveranstaltung muss geplant werden.«

## Kapitel 3 – Schatten

Eine hektische Woche ging langsam zu Ende. Jeder konzentrierte sich auf seine Arbeit. Sandro besprach mit seinen Kollegen im Tourismusverband das Jubiläum und versuchte sein Bestes, um die Unterstützung seiner Mitstreiter zu bekommen. Lucia diskutierte mit Architekten und Stadtplanern die mögliche Ausgestaltung der Erweiterung von Gran Monte. Dorian plante die groben Züge der Veranstaltung sowie deren Finanzierung. Maria brachte mit Manuel die Ernte ein und überlegte sich einen passenden Markenauftritt für ihr Angebot.

Auf der Terrasse des Verwaltungsgebäudes herrschte in der Mittagszeit eine Gluthitze. Trotzdem trat Dorian aus seinem Büro ins Freie, um ein Telefonat anzunehmen.

»Desi hier! Hallo, Dorian.«

Dorian schwieg.

»Hast du die Stimme verloren? Desiree spricht hier.«

»Schön, dich zu sprechen. Du hast dich ja seit Jahren nicht mehr gemeldet.«

»Ich habe meinen Forschungsaufenthalt in den USA abgeschlossen und bin wieder zurück in München. Jetzt habe ich mich entschlossen, zwei Wochen an der Costa Blanca auszuspannen. Dazu habe ich in Gran Monte ein Apartment gebucht.«

»Das ist wirklich eine Überraschung«, antwortete Dorian knapp, während er einzuordnen versuchte, was die Ankündigung seiner ehemaligen Verlobten bedeuten könnte.

»Keine Angst, ich falle dir nicht zur Last. Aber natürlich wäre es schön, dich zu sehen.«

»Wir sind gerade in Vorbereitungen für eine größere Jubiläumsfeier für Gran Monte. Also erwarte dir nicht zu viel.«

»Du hast mich vor zwei Jahren im Stich gelassen. Ich erwarte mir eigentlich gar nichts mehr von dir. Aber treffen können wir uns zumindest, wenn ich schon mal in der Gegend bin.« Desirees Stimme klang klar und scharf. »Oder hast du etwa Angst vor mir?«

Dorian ignorierte die Frage. »Weißt du denn schon, wann du kommen willst?«

»Morgen Nachmittag bin ich da. Ich melde mich, sobald ich Zeit habe.« Desiree legte auf.

Dorian lief der Schweiß den Rücken herunter. Die Bilder der Vergangenheit drängten sich ins Gedächtnis. Die Fahrt damals mit seinen Geschwistern und seiner Verlobten Desi von München nach Spanien. Die wilde Nacht in Avignon. Die schönen Ausflüge an der Costa. Dann das unvorhergesehene Angebot an sie für einen Forschungsaufenthalt in Amerika. Die Schmetterlinge im Bauch, als er Lucia sah. Der Streit. Die plötzliche Abreise von Desiree. Seine Gefühle wirbelten durcheinander.

Dorian ging in sein Büro und vergrub sich in seine Arbeit. Er ließ die Mittagspause aus und blieb noch lange an seinem Schreibtisch, nachdem Frau Diaz und seine Sekretärin Pilar längst gegangen waren.

Das Sonnenlicht schien mild auf das Grün der Anlage und warf lange Schatten auf die Gebäude, als sich Dorian schließlich aufmachte, um nach Hause zu fahren. Sein Weg führte ihn entlang der großen Zitrushaine, in denen die Bäume in

Reih und Glied standen. Sie schenkten der Landschaft ein sattes Grün, das vergessen ließ, wie trocken dieser Sommer war. Auch wenn der Heimweg nicht mehr als zwanzig Minuten dauerte, nutzte er diese wertvolle Zeit, um abzuschalten und um belastende Arbeitsgedanken zu verdrängen. Als er in die Anlage von Las Colinas einbog, grüßten ihn die Wachleute und gaben die Schranke frei. Bald danach öffnete sich der Blick auf den Golfplatz, wo die letzten Spieler auf ihrem Weg zurück zum Clubhaus waren. Kaninchen nutzten die leeren Fairways, um sich am frischen Gras zu sättigen.

Nach einigen Minuten Fahrt durch die Anlage erreichte er das große Eisentor, das den Weg zur Villa freigab. Er sah Lucia, die es sich auf einer Liege bequem gemacht hatte und in der Abendsonne ein Buch las. Als sie Dorian sah, strahlte sie und lief ihm freudig entgegen.

»Ich habe schon auf dich gewartet. Dachte, du kämest heute gar nicht mehr.« Lucia gab ihm einen leidenschaftlichen Kuss. »Unseren Engel habe ich schon ins Bett gebracht.« Sie machte eine Pause und sah ihn fragend an. »Dir liegt doch was auf der Seele, Dorian. Ich spür das.« Lucia zündete nebenbei einige Kerzen an, um die Mücken zu vertreiben, die in der Dämmerung geeignete Opfer suchten, und wartete auf eine Antwort.

»Du hast Recht. Heute früh rief Desiree an. Sie hat angekündigt, nach Gran Monte zu kommen. Morgen schon.«

»Und was will sie?«

»Ausspannen, hat sie gesagt, weil sie ihr US-Forschungsprojekt mittlerweile abgeschlossen hat.«

»Dann lass sie doch kommen. Sie beißt ja nicht.« Lucia lächelte Dorian zu. »Warum bist du denn besorgt?«

»Ich weiß es nicht«, beeilte sich Dorian zu antworten. »Es ist doch nicht normal, dass sie ohne vorherige Absprache einfach zu uns fliegt.«

»Vielleicht hat sie dich noch nicht wirklich aufgegeben und will dich zurückerobern.« Lucias stupste Dorian lächelnd an.

Beide setzten sich auf den Rasen und blickten über den vor ihnen liegenden dunklen Golfplatz hinunter auf das beleuchtete Clubhaus von Las Colinas. Stimmen heiterer, feiernder Gäste mischten sich mit dem raschelnden Geräusch der Palmen im Garten der Villa. Letzte Vögel suchten ihr Quartier auf und flogen eilig über die Anlage. Die Hitze wich der milden Abendwärme.

»Lass uns in den Pool springen. Ich brauche eine Abkühlung.« Dorian zog sich aus und warf seine Kleidung auf die Liege. Nackt lief er ins Haus, um Handtücher zu holen. Dann sprang er ins Wasser und forderte Lucia auf, ihm zu folgen. »In der Dunkelheit sieht uns keiner. Komm!«

Lucia tat es ihm gleich. Sie flocht ihr glänzendes Haar zusammen und glitt in den Pool. Wie zwei Jugendliche schwammen beide miteinander, bespritzten sich und nahmen sich in die Arme. Dann ließen sie wieder voneinander ab, nur um sich gleich wiederzufinden.

»Das haben wir lange nicht mehr gemacht, Lucia.« Dorian hielt jetzt Lucia von hinten fest.

»Lass uns ins Haus gehen. Ich möchte gerne mit dir schlafen.« Lucia griff mit ihrer Hand nach hinten.

Beide liebten sich in dieser Nacht, als hätten sie sich wochenlang nicht gesehen. Mitternacht war bereits vorüber, als sie ruhig nebeneinander auf dem Rücken lagen und sich an den Händen hielten.

Dorian träumte bald von hellen Wolken, die schnell an der Küste vorbeizogen. Nur Lucia konnte nicht einschlafen. Ihr Herz pochte, und ein dunkles Gefühl schnürte ihr den Hals zu. Als der Schlaf sie endlich übermannte, war er bleiern und düster. Sie träumte, dass eine Orange von einem Baum fiel, dabei aufbrach und ihren Saft im Staub verlor.

Der Rest der Woche füllte sich mit Arbeit und verstrich im Nu. Sandro hatte die Zustimmung des Verbandes für ein großes Jubiläum von Gran Monte erwirkt. Ihm war es gelungen, dass das Event als Teil der Tourismus-Kampagne verwendet werden sollte. Maria und Manuel stürzten sich in ihre Erntearbeit, als wäre ansonsten nichts passiert. Lucia hatte die finalen Erweiterungspläne für die Regionalregierung mit ihren Architekten fertigstellen können. Nur Dorian konnte sich nicht auf seine Arbeit konzentrieren, weil er daran dachte, dass Desiree jederzeit bei ihm im Büro auftauchen könnte.

Desiree war – wie angekündigt – am Nachmittag im Anschluss an das Telefonat mit einem Mietwagen vom Flughafen Alicante nach Gran Monte gefahren, hatte ihr Apartment bezogen und es sich dort gemütlich gemacht. Sie entschied sich, einige Tage abzuwarten, bevor sie Dorian aufsuchen wollte. Morgens fuhr sie zeitig an den Strand, um in einem Chiringuito ein kleines Frühstück einzunehmen. Es gab Croissants und anderes Gebäck, aber auch Rührei mit Bohnen und Bacon, ein Import aus England. Dazu ein starker Kaffee. Danach schwamm sie ausgiebig im Meer, bevor die Sonne zu intensiv wurde und sie vertrieb. Wie sehr hatte sie den Geruch des Mittelmeers vermisst, den feinen Sand und die freundlichen, unaufdringlichen Spanier, die ihren Sommerurlaub hier an der Costa Blanca verbrachten! Diese strömten mit ihren Familien aus den Städten an die Küste, wo sie ihre Ferienwohnungen in Beschlag nahmen und für einige Wochen ihre Arbeitslast vergaßen, um mit Freunden und Verwandten zu feiern. Gerne schaute Desiree dem heiteren Treiben zu, diesem Ausdruck von purem Sommerglück.

Am Freitagnachmittag schließlich fasste sie den Entschluss, Dorian in seinem Büro aufzusuchen. Schon mittags bereitete sie sich dafür vor. Sie duschte ausgiebig, cremte sich ein. Sie überlegte zunächst, eine beigefarbene Hose zu wählen, entschied sich dann jedoch für das kurze leichte Kleid mit dem Blumenmuster, das sie schon bei ihrem letzten Aufenthalt an der Costa getragen hatte. Da die Spanierinnen sich eher stärker schminkten, tat sie es ihnen gleich. Vor allem die Augenbrauen zog sie deutlich nach. Sie betrachtete sich im Spiegel: Eine farbige Haarspange mochte noch fehlen, dachte sie, und wählte die dunkelblaue. Diese Farbe passte am besten zu ihrem blonden Haar.

Dann setzte sie sich auf den Balkon und blickte aufs Meer. Im Radio lief leise spanische Schlagermusik. Erst kurz vor sechs Uhr schloss sie die Tür zu ihrem Apartment ab und lief den Hügel zur Verwaltung hoch. Einige Angestellte kamen ihr entgegen. Sie eilten zu ihren kleinen Autos, mit denen sie dem verdienten Feierabend entgegenfuhren. Die Rezeption fand Desiree unbesetzt, sodass sie gleich die Treppe zum ersten Stock hinaufstieg. Sie las das Schild »Director«, wähnte sich am Ziel und trat ohne anzuklopfen ein.

Lucia schaute von ihrem Schreibtisch auf und erkannte Desiree sogleich. Diese blickte verwirrt. »Lucia! Dich hatte ich hier nicht erwartet.«

»Aber ich habe dich erwartet, Desiree.« Zwei kalte Augenpaare trafen sich. »Was führt dich hierher nach all der Zeit?«

Desiree hatte sich schnell wieder gefasst. »Ich habe meinen Forschungsaufenthalt in Boston beendet. Außerdem liege ich in den letzten Zügen meines Abschlussberichts. Jetzt dachte ich: Warum nicht nach Spanien fliegen?!«

»Es hat sich viel verändert, Desiree. Du hast vermutlich gehört, dass wir geheiratet haben. Vielleicht weißt du auch, dass wir eine Tochter bekommen haben.«

»Das mit der Hochzeit habe ich auf Umwegen gehört. Dorian hat ja nie mehr mit mir gesprochen.«

»Warum sollte er auch? Du wolltest ja weg.«

»Du hast dich von Anbeginn zwischen uns gedrängt. So war das.« Röte schoss in Desirees Gesicht. Ihre Stimme wurde lauter.

»Das alles ist Jahre her. Jahre, in denen Dorian und ich ein gemeinsames Glück aufgebaut haben. Was willst du?« Lucia war aufgestanden und ging auf Desiree zu. »Da ist die Tür. Lass uns in Ruhe, lass mich in Ruhe, und halte dich von Dorian fern!«

Sie ging zur Tür, öffnete sie demonstrativ und machte ein unmissverständliches Handzeichen. Desiree drehte sich um und ging stolz und ohne Hast durch die Tür. Sie wandte sich nicht mehr um, sondern stieg mit beschwingtem Schritt die Treppen hinunter.

Als sie den Vorplatz der Verwaltung erreichte, hielt neben ihr ein blauer BMW-SUV. Desiree erkannte sogleich, dass

Dorian das Auto steuerte. Sie wartete, bis er ausstieg, und stellte sich ihm in den Weg.

»Schön, dich zu sehen, Dorian. Du siehst blendend aus.« Ohne zu zögern, ging sie einen Schritt auf ihn zu und umarmte ihn kurz. »Du hast hoffentlich nichts dagegen?«

Dorians Blicke richteten sich zuerst auf das sommerliche Kleid und dann auf das strahlende Lächeln seiner Exfreundin. »Was willst du hier, Desi?«

»Das weiß ich noch nicht. Erst einmal freue ich mich wahnsinnig, dich wiederzusehen.« Sie fuhr sich mit den Händen durch ihr langes Haar.

»Und wie geht es dir?«, antwortete Dorian automatisch. »Du siehst prächtig aus. Gran Monte scheint dir gutzutun.«

Lucia beobachtete die Szene aus dem oberen Stockwerk der Verwaltung und zählte die Sekunden. Sie öffnete das Fenster, beugte sich hinaus und versuchte, die Unterhaltung zu verstehen. Doch das funktionierte nicht, weil die Palmblätter im Abendwind raschelten.

Die Sonne tauchte die Hügel von Las Colinas in sanftes Orange. Lucia war sogleich nach Hause gefahren und wartete auf Dorian. Sie hatte ganz gegen ihre Gewohnheit den Grill angeworfen, frisches Entrecôte mariniert und auf die Ablage gestellt. Sie hatte Artischocken gekocht und einen Salat bereitet. Dorian kam fast eine Stunde nach ihr.

»Soll ich das Fleisch auf den Grill werfen, Liebling?« Er versuchte, Lucia einen Kuss zu geben.

»Mach, was du willst. Ich habe ewig auf dich gewartet.« Lucia wich seinem Kuss aus. Wortlos verteilte sie den Salat auf die Teller.

»Welche Laus ist dir denn über die Leber gelaufen?«

»Desiree heißt die Laus, und das weißt du ganz genau. Du hast sie ja getroffen.«

»Ja, habe ich. Und ich hätte es dir auch gleich erzählt.«

»Du warst aber gleich sehr innig mit ihr. Ich sah, wie sie dich umarmt hat, ich sah, wie du sie angestarrt hast.« Lucias Stimme wurde laut.

»Du glaubst doch nicht wirklich, dass ich noch irgendetwas für sie empfinde?!«, gab Dorian scharf zurück.

»Ich glaube nicht, ich sehe!«

Beide zerteilten ihr zartes Entrecôte, das aber keinem schmeckte. Lucia ließ die Hälfte auf dem Teller liegen und ging ins Haus. »Ich habe heute keinen Appetit mehr. Ich gehe ins Bett.«

Die Nacht war mild. Dorian holte sich ein Zigarillo aus dem Humidor und schenkte sich einen Brandy ein. Er blieb noch so lange im Garten sitzen, bis die Sternbilder deutlich zu sehen waren. Als er ins Schlafzimmer kam, schien Lucia tief und fest zu schlummern.

Als Lucia am nächsten Morgen gerädert erwachte, war der Platz neben ihr leer. Im Wohnzimmer fand sie einen Zettel: »Bin Golfen. Komme um 11 Uhr wieder.«

Dorian hatte für sich noch in der Nacht die erste Abschlagszeit online gebucht und hatte das Glück, keinen Mitspieler zu haben, mit dem er Smalltalk betreiben musste. Er wollte die bösen Geister vertreiben, die sich plötzlich und unerwartet zwischen ihn und Lucia gedrängt hatten. Deshalb marschierte er los, als gälte es, die Golfrunde in Rekordzeit zu absolvieren. Er drosch die Bälle die Fairways entlang und wühlte mit seinen Eisen so manches Mal die Grasnarbe auf.

Er zermarterte sein Hirn: Was war in Desiree gefahren? Glaubte sie wirklich, ihn nach all der Zeit wieder zurückgewinnen zu können? Oder wollte sie nur Rache nehmen, weil Lucia sich zwischen sie gedrängt hatte, um ihn zu erobern? Wollte sie Lucia mit ihrem Verhalten strafen oder ihn? Oder spürte sie doch noch tiefe Gefühle für ihn, denen sie auf den Grund gehen wollte?

Die Sonne tauchte die hügelige Landschaft in ein orangerosafarbenes Licht. Auf den Fairways lag noch der Tau der Nacht. Die friedliche Atmosphäre stand im Widerspruch zu dem emotionalen Aufruhr, der Dorian bewegte. Er nahm sich eine Orange von einem Baum am Wegrand, brach sie auf und presste den Saft in seinen Mund, dass dieser ihm links und rechts an den Wangen hinablief. Mit dem kleinen Golfhandtuch wischte er sich übers Gesicht und machte sich wieder auf den Weg.

Er hatte Desiree wirklich geliebt, als sie sich damals von München nach Spanien aufgemacht hatten. Er war entschlossen gewesen, sie zu heiraten. Sybille und Christian mochten sie mehr, als er von seinen Eltern erwartet hatte. Er wollte mit ihr in Bayern leben und sein Forst-Start-up vorantreiben. Und dann, nachdem er Lucia kennengelernt hatte, rissen wenige schicksalhafte Wochen alles auseinander. Er fragte sich, ob er es Desiree damals nicht gegönnt hatte, dass sie ein Stipendium für einen Forschungsaufenthalt in den Staaten bekam. Er hatte sich zumindest zu wenig interessiert gezeigt an ihrer Forschung. Dorian wusste nicht, was er für zutreffend halten sollte, und er wusste, dass es nicht normal war, dass er nun so derart emotional aufgewühlt reagierte, kaum dass er Desiree wiedertraf.

Nach weniger als drei Stunden beendete er seine Runde, war körperlich ausgepowert, aber immer noch unruhig. Er lief vom Clubhaus den kurzen Weg hinauf zur Villa. Die Sonne brütete einen besonders heißen Tag über Las Colinas aus. Das Thermometer zeigte schon 30 Grad. Die Golfschläger stellte er an die Hauswand, ging außen herum zum Pool und sprang nach einer schnellen Dusche hinein. Er tauchte mit offenen Augen. Und als er wieder nach oben kam, sah er Lucia, die mit einem Handtuch auf ihn wartete.

»Lass uns unseren Streit von gestern Abend vergessen«, lächelte sie Dorian an.

»Ich weiß auch nicht, was …«, brachte Dorian zögernd über die Lippen. Lucia umarmte ihn und legte ihre Hand auf seinen Mund.

Zufrieden kehrte Desiree in ihr Apartment zurück. Sie zog sich eine hellblaue Caprihose und eine weiße Bluse an, denn sie wollte zum Bummeln nach Cartagena aufbrechen. Dazu wählte sie den Weg über die Autobahn. Sie öffnete das Verdeck ihres MINI-Cabrios und ließ ihre Haare im Fahrtwind wirbeln. Auf der linken Seite zogen die Häuser am Mar Menor vorbei, auf der rechten Seite sah sie die fleißigen ausländischen Arbeiter, die schon seit der Dämmerung auf den Gemüseplantagen schufteten. Sie hörte die Bewässerungspumpen, die angeworfen wurden. Ihre Gedanken verloren sich für eine Weile in Erinnerungen an den Ausflug in die

Hafenstadt, den sie gemeinsam mit Dorian unternommen hatte. Gefühle der Leichtigkeit, Gefühle des Glücks.

Eine Stunde später stellte sie ihren Wagen am Hafen ab und überquerte die Promenade, die vor der Altstadt lag. Der Plaza Ayuntamiento empfing alle Besucher und hieß sie wählen zwischen dem Weg zum Römischen Theater oder der Einkaufsstraße. Sie wählte die Calle Mayor mit ihren zahlreichen kleinen Geschäften, die voller Menschen war. Sie ließ sich treiben. Wenn sie in einer Seitengasse bunte inhabergeführte Shops ausmachte, bog sie ohne Zögern ab. Sie entdeckte einen Sonnenhut, den sie einfach kaufen musste, und ein Poloshirt mit kitschigen Flamingos, das ihr gefiel.

Etwas weiter die Straße entlang fand sie schließlich eine kleine Bar, in der sie sich Kleinigkeiten an einen Stehtisch bringen ließ. Mit einem Melonensaft löschte sie den ersten Durst. Mit ihren langen blonden Haaren zog sie die Blicke der jungen Männer auf sich, die in einer Gruppe am Nebentisch beisammenstanden. Und bald wurde sie Teil dieser kleinen Runde, während die jungen Männer mit einem Gemisch aus Spanisch und Englisch versuchten, ihren attraktiven Fang zu umgarnen.

So wurde es an diesem Abend spät, bis Desiree wieder in Gran Monte eintraf. Eine milde Meeresbrise empfing sie. Ihr Zimmer war zu eng für die Gefühle, deshalb setzte sie sich auf ihren Balkon, zündete eine Kerze an und lauschte den Rufen der Käuzchen.

In den Folgetagen frühstückte sie jetzt immer im Café vor der Verwaltung – unübersehbar für Dorian und Lucia, die schnellen Schrittes an ihr vorbeiliefen. Auch Desiree hatte sich entschieden, nicht zu grüßen.

## Kapitel 4 – Yuna

Dorian fuhr sehr zeitig mit Lucia zum Flughafen Alicante. Er wollte nicht zu spät kommen, wenn Ben mit seiner Yuna landete. Der morgendliche Berufsverkehr war in der Urlaubszeit zwar insgesamt geringer, aber eben auch manchmal unplanbar. Nicht ungewöhnlich war, dass Touristen, die ihre Bekannten vom Flughafen abholten, die Vorfahrt blockierten.

In der Ankunftshalle ging es zu wie im Taubenschlag, als der Flug gelandet war. Lucia drückte Dorians Hand. »Ich freue mich so arg, die beiden wiederzusehen. Es kommt mir vor, als wären es Jahre, dass wir sie nicht mehr gesehen haben.«

»Da kommen sie schon!« Dorian lief seinem Bruder entgegen, umarmte ihn schulterklopfend und nahm dann Yuna die Koffer ab. »Der Gepäckservice steht zu euren Diensten!«

Lucia hakte sich bei Yuna ein. Sie ging gleich voraus, denn sie trieb die Neugier. »Klasse, dass ihr spontan entschieden habt zu kommen. Sonst hätten wir bis Weihnachten warten müssen.«

»So spontan war es eigentlich nicht«, sagte Yuna fast beiläufig. »Ich bin früher als geplant mit meinem Master fertig geworden. Jetzt will ich ein paar sonnige Tage genießen und suche dann nach einem Job.«

»Kompliment – du gibst ja richtig Gas! Ben braucht wohl noch ein Jährchen?« Lucia blieb stehen und schaute Yuna tief in die Augen.

»Das hängt auch ein wenig von ihm ab. Wir Koreaner sind vielleicht ein bisschen härter gegen uns selbst.« Erst blickte Yuna ernst zurück. Dann lachte sie laut, und Lucia stimmte ein.

Anstelle der Autobahn wählten sie den Weg auf der Landstraße N332 an der Küste entlang, so wie es Tradition beim Abholen war. Hier wurde man von den Flamingos begrüßt, die in den Salinen eine Heimat gefunden hatten. Sie glänzten weiß-rosa, nicht so dunkelrot wie ihre Artgenossen weiter im Süden. Doch die zartere Farbe betonte fast noch ihre Grazie.

»Lass uns zur Playa del Pinet fahren!« Ben klopfte seinem Bruder auf die Schulter. »Ich hätte Lust auf ein spätes Frühstück. Im Flieger gab es nichts außer ein paar Crackern.«

»Wir haben doch das ganze Gepäck dabei«, wandte Dorian ein. »Und in einer Dreiviertelstunde sind wir schon in Las Colinas.«

»Sei doch einfach mal spontan, so wie früher!«

»Also, wenn du meinst. Was hältst du denn davon, Yuna?« Als diese lächelte, war der Plan beschlossen.

So bogen sie nach den Salinen auf die holprige Landstraße ab, die die frühere N332 bildete, und zehn Minuten später parkten sie hinter den Dünen fast direkt am Strand. El Pinet war vor Jahrzehnten ein beliebter Küstenabschnitt gewesen. Da er nun aber etwas abseits der Hauptstraße lag, geriet er zunehmend in Vergessenheit. Am Strand entlang erstreckte sich eine lange Zeile einfachster Häuschen ohne Komfort aus den Fünfzigerjahren.

Ben fasste Yuna bei der Hand. Er rannte mit ihr durch den weichen feinen Sand zum Meer. Dort ließen sie sich fallen.

Als sie sich umblickten, bemerkten sie, dass sie alleine waren, weil es noch früh am Morgen war.

Ein paar Minuten später gesellten sich Dorian und Lucia zu ihnen. »Wie in alten Zeiten«, bemerkte Ben. Dabei zog er Hose und Polo aus; die Boxershorts ersetzten die Badehose. Er spurtete ins Wasser und machte einen Kopfsprung durch die nächste Welle. Sein Bruder tat es ihm gleich. Beide schwammen in großen Zügen hinaus um die Wette. Das Meer roch nach Muscheln, Algen und Treibholz. In der Nacht hatte es gestürmt, jetzt begannen die Wellen sich zu beruhigen.

Währenddessen legte sich Yuna mit dem Rücken in den Sand und schloss die Augen. Lucia setzte sich daneben. »Ihr wirkt so glücklich.«

»Das sind wir auch. Vielleicht bin ich das sogar ein wenig mehr, weil ich mit meinem Studium fertig bin. Mir stehen jetzt alle Wege offen.«

»Worauf hast du dich eigentlich spezialisiert?«

»Markenrecht. Wusstest du das nicht?« Yuna schlug die Augen auf und setzte sich hin. »Deshalb will ich mir auch das Europäische Markenamt EUIPO in Alicante anschauen, wenn ich schon mal hier bin. Aber das musst du Ben nicht gleich auf die Nase binden.«

»Sag bloß, du möchtest hier anfangen zu arbeiten?« Lucia klatschte in die Hände. Dann drückte sie Yuna.

Die Koreanerin lachte. »Komm, wir schwimmen auch eine Runde. Und du bewahrst unser Geheimnis. Versprochen?«

»Versprochen.«

Ben musste zum Auto laufen, um das einzige Handtuch zu holen, das sich im Koffer befand. Die anderen ließen sich an der Sonne trocknen und zogen dann ihre Kleidung über.

Im »Maruja« konnten sie sich ihren Platz auf der Terrasse aussuchen. Schon als Kinder waren sie gerne hier gewesen. Das Lokal war in die Jahre gekommen. Es atmete die Ursprünglichkeit der Fünfzigerjahre, als Tourismus noch »Fremdenverkehr« hieß und die Nachkriegsgeneration noch kaum in ein anderes Land gereist war.

Der Wirt strahlte eine unaufgeregte Freundlichkeit aus, fragte nach den Großeltern, die er noch gut kannte.

»Jorge ist leider schon vor ein paar Jahren verstorben«, antwortete Lucia. »Aber Adriana ist noch rüstig. Sie lebt im Altersheim in Madrid. Aber reisen will sie nicht mehr.« Lucia wusste, dass Adriana seit dem Tod ihres Mannes immer mehr abbaute. Doch sie entschied sich, darüber zu schweigen.

»Frank und Inge wollen noch im Herbst aus München kommen, wenn die Temperaturen wieder erträglicher werden. Ich werde ihnen ausrichten, dass Sie nach ihnen gefragt haben«, ergänzte Ben.

»Ihre Großeltern kamen regelmäßig zu uns, wenn sie an die Costa Blanca fuhren. Ich erinnere mich noch an die Paellas, die wir immer am ersten Januar zubereiten mussten. Das wurde zu ihrer Tradition.« Die Augen des alten Wirts leuchteten.

Aus dem geplanten kleinen Frühstück wurde eine üppige Mahlzeit, die das Mittagessen ersetzte. Und als sie schließlich in Las Colinas ankamen, waren ihre Koffer aufgeheizt.

Es schloss sich eine Siesta an, die erst mit dem Planschen

von Dorian und Lucia im Pool ihr Ende nahm. »Raus mit euch, ihr beiden!«, riefen sie laut. »Heute Abend erwarten uns Bella und Sandro in Cabo Roig.«

Desirees Anwesenheit im Café hing wie eine graue Gewitterwolke über Gran Monte, denn morgens und nachmittags erwies sie sich als regelmäßiger Gast, der nicht zu übersehen war. Desiree wechselte ihr Outfit täglich und machte immer wieder neue Bekanntschaften, mit denen sie sich zeigte.

Lucias Aufmerksamkeit drehte sich gänzlich um Desirees ungebetene Anwesenheit. Sie fürchtete, Dorian könnte auf falsche Gedanken kommen. Lucia fluchte innerlich, dass sie an nichts anderes denken konnte, als an Desiree. Doch das änderte sich schlagartig, als Lucia einige Tage später in ihr Büro kam, die Korrespondenz durchging und dabei einen ungeöffneten Brief auf Ihrem Schreibtisch vorfand. Da er mit »persönlich – vertraulich« gekennzeichnet war, hatte Frau Diaz ihn nicht angerührt. Er trug keinen Absender und war computergeschrieben. Lucia öffnete den Umschlag.

*Lucia.*

*Bald soll das große Jubiläum von Gran Monte gefeiert werden. Ich gönne dir und Dorian diesen Erfolg. Aber du musst wissen, dass das ganze Projekt auf Betrug und Unrecht beruht. Eure Familien wurden reich, doch andere gingen leer aus. Nach Jahren des Schweigens wollen diese Menschen ihren gerechten Anteil. Wenn das nicht geschieht, werde ich alles öffentlich machen.*

*Halte Dorian aus der Sache heraus. Wenn du es nicht tust, zwingst du mich, von deinem kleinen Sohn zu berichten.*

*Ich melde mich mit Vorschlägen, auf die wir uns vor der Einladung zum Jubiläum einigen müssen.*
*Mir bleibt keine andere Wahl.*

Lucia blieb fast das Herz stehen. Sie ließ sich in ihrem Stuhl zurückfallen, schloss die Augen und hatte das Gefühl, ohnmächtig zu werden. Ihre Hände wurden eiskalt, obwohl ihr der Schweiß die Brust herablief.

Nochmals las sie den Brief, ohne danach schlauer zu sein. Sie konnte keinen Hinweis auf einen Absender finden. Der Umschlag war per Hand in den Briefkasten geworfen worden.

»Guten Morgen, Schatz. Ich bin schon fleißig gewesen. Nachher stelle ich dir den ersten Entwurf für die Jubiläumsfeier vor.« Dorian kam zu Lucia, um sie umarmen. Doch diese saß erstarrt auf ihrem Bürostuhl und erwiderte seine Umarmung nicht. Dorian hatte ein Gefühl, als hielte er einen kalten Fisch in seinen Händen. »Was ist mit dir, Lucia? Du wirkst so abwesend.«

»Ich bin einfach überarbeitet.« Sie stand auf. »Ich brauche frische Luft.«

»Sollen wir ans Meer gehen? Die Arbeit läuft ja nicht weg. Wir können auch zum Strandhaus fahren!« Dorian sorgte sich um Lucia, die in den letzten Tagen wirklich viel im Büro gearbeitet hatte, daneben die wilde Inez zu betreuen hatte und zudem immer wieder bei den Eltern nach dem Rechten schaute.

»Vielleicht hast du Recht. Wir geben die Kleine bei Bella ab und übernachten heute am Meer.«

Bella freute sich, ihre Enkeltochter eine Weile um sich zu haben. Und auch Sandro überlegte, wie er die kleine Inez am besten verwöhnen konnte.

Lucia packte eine kleine Tasche mit dem Nötigsten sowie einen Korb mit Proviant. Den Rest würden sie im Strandhaus vorfinden. Ben und Yuna hinterließen sie eine kurze Notiz, dass sie es sich gutgehen lassen sollten, während sie ins Strandhaus fuhren. Nachdem sie die Kleine bei den Eltern abgegeben hatten, fuhren sie nachmittags über die Landstraße zum alten Holzhaus am Strand, das der Großvater renoviert und der Gran Monte-Organisation zugeschlagen hatte. Es war nur für die Familie reserviert und hatte so manches wilde Fest erlebt.

Sie mussten den Wagen oben an der Straße abstellen und über einen kleinen Dünenpfad hinunter zum Meer laufen. Wie oft hatten sie und ihre Eltern hier gefeiert, abgeschottet vom Trubel der Touristenorte? Das Holzhaus lag sehr versteckt und von den Seiten nicht einsehbar zwischen hohen, mit Kiefern bewachsenen Dünen. Es war nur mit dem Notwendigsten eingerichtet. Einen romantischeren Fleck gab es nicht auf dem Planeten. Vor dem Haus konnte man auf der Holzveranda sitzen und träumen. Noch schöner war es aber, einfach über den Sand zum Meer zu laufen und in die Wellen zu springen.

Es dauerte ein wenig, bis die beiden das Haus hergerichtet, die Betten bezogen und das Wohnzimmer vom Sand befreit hatten, der sich unweigerlich immer wieder durch die Ritzen nach innen arbeitete. Die dunklen Holzwände atmeten den Zeitgeist der Nachkriegsära, als die Menschen sich mit den einfachsten Mitteln ein gemütliches Zuhause erschaffen hatten. Farbe konnten oder wollten sich die Erbauer nicht leisten. Die Dielen bestanden aus Massivholz, das unter den Füßen knarzte, als wollte es von der Vergangenheit erzählen. Die Lampenschirme zwangen das Licht direkt auf den Boden. Besucher saßen deshalb immer eng um den Tisch herum.

»Lass uns eine Runde schwimmen«, meinte Dorian und zog sich die mitgebrachte Badehose über. »Wir sind wohl beide etwas überarbeitet.«

»Ja. Das ist wohl das Beste.« Lucia wirkte abwesend und blickte in den wolkenlosen Himmel, als würde sie träumen. Sie folgte Dorian langsam ins Wasser und schwamm dann weit hinaus. Fast eine Stunde drehte sie eine Runde nach der anderen um die vorgelagerte Boje, an der das kleine blaue Boot lag, das zum Haus gehörte.

Dorian war schon lange wieder ins Haus zurückgekehrt und hatte sich einen Drink gemixt, als Lucia sich zu seinen Füßen auf die Veranda setzte. »Du wirkst so bedrückt, Luci. Macht dir Desiree immer noch Sorgen?«

»Ach nein. Die kann mir gestohlen bleiben – dringt einfach, ohne zu fragen, in unser Paradies ein und versucht, die Zeit zurückzudrehen.«

»Ich wollte mich bei dir entschuldigen. Ich hätte mich einfach klarer von ihr distanzieren sollen.« Dorian beugte sich nach vorne und streichelte Lucia über ihre feuchten Haare.

»Entschuldigung angenommen! Jetzt lass uns was zu essen machen.«

Lucia wusch sich das Salzwasser unter der provisorischen Außendusche ab, zog sich Shorts und Polo über. Dann eilte sie in die kleine Küche, um ein paar Kleinigkeiten herzurichten.

Als sie auf die Veranda trat, ging die Sonne hinter den Dünen unter und färbte die seichten Wellen orangerot. Lucia stellte das Tablett auf den Boden, und beide nahmen sich von den Happen, den aufgeschnittenen Karotten, dem Paprika. Schweigend standen sie danach beieinander und beobachteten, wie sich das grüne Strandgras grau und der Sand dunkel färbte.

»Ich würde jetzt gerne mit dir schlafen, Luci!« Dorian umarmte seine Frau zärtlich.

»Ich kann das jetzt nicht, Dorian. Verzeih mir, aber es geht nicht.« Lucia schluchzte.

»Dann ist das auch in Ordnung. Ich wollte dich nicht drängen, Schatz.« Dorian trug zwei Gläser Rotwein aus dem Wohnzimmer nach draußen.

Plötzlich hörten sie Stimmen, die sich von hinten näherten. Erst leise, dann deutlich vernehmbar. Lichtkegel streiften die Dünen entlang.

Dorian wusste, dass sich manchmal Fremde diesen paradiesischen Fleck für eine gemeinsame Nacht aussuchten. »Dies ist Privatgrund. Wer ist da?«, rief er deshalb laut in die Dunkelheit.

»Wir sind es, Bruder«, schallte es gutgelaunt zurück. »Wir wollten euch nicht alleine feiern lassen.«

Yuna stürmte mit einer Flasche Cava in ihrer Hand auf die Veranda und schloss Lucia in ihre Arme. »Wie habe ich Spanien vermisst! Die Sonne, das Meer, die Herzlichkeit der Menschen. Jetzt kommen alle schönen Erinnerungen wieder zurück.«

Die blaue Stunde lieferte das passende Licht für das Brüdertreffen. In der Ferne spiegelte sich das Licht der Gemeinden am Mar Menor in den Schleierwolken und färbte sie rötlich. Kleine Wellen schwappten friedlich und kaum hörbar an den Strand.

Später badeten alle im Meer, denn die milde Luft lud geradezu dazu ein. Dann zogen sich die Brüder mit einem Glas Rotwein auf einen Stamm Treibholz zurück. Sie sprachen darüber, dass es schön wäre, wenn jetzt ihre kleine Schwester Lisa dabei wäre. Sie tauschten ihre Sicht über das Leben der Eltern nach der Übergabe des Geschäfts von Gran Monte aus. Und sie zogen weite Kreise um ihre Zukunftspläne.

»Das Schöne ist, dass ich hier jetzt heimisch geworden bin und München in meinem Leben eine immer geringere Rolle spielt. Zum Skifahren fahren wir noch hin – vor allem auch, weil Christian und Sybille darauf bestehen.« Dorian machte eine Pause.

»Und wer kümmert sich um deine Beteiligung an der Forstfirma?«

»Lisa hat sich jetzt entschieden, dauerhaft dort im Controlling zu arbeiten. Die Transparenz, die sie mir schafft, reicht mir. Ich habe ja nur zwanzig Prozent, und die Geschäfte bestimmt Peter als Geschäftsführer.«

»Habt ihr euch eigentlich wieder arrangiert«, schnitt Ben eine heikle Frage an.

»Ich vergesse nicht, dass Peter mich mit seinen Tricksereien ausgebootet hat. Aber ich bin hier mittlerweile glücklich geworden. Und solange das Geschäft in München floriert, will ich die Vergangenheit ruhen lassen. Das Schicksal hat es so gewollt. Salud!« Dorian stieß mit Ben an. »Aber wie geht es mit dir – oder soll ich sagen, mit euch – weiter?«

»Ich werde erst in ein paar Monaten mit meiner Doktorarbeit in Korea fertig werden – das hängt zudem sehr vom Urteil meines Professors ab. Natürlich will ich die Arbeit möglichst zügig abschließen. Yuna aber will ihre Karriere starten und nicht in Seoul auf mich warten. Das erinnert mich an Desiree, die dich hat sitzen lassen, um nach Amerika zu gehen.«

»Sitzen lassen ist nicht der richtige Ausdruck. Das Forschungsstipendium war einfach zu gut, um es abzulehnen. Und auch, wenn ich damals in München geblieben wäre: Desi wäre weitergezogen. Und ich hatte mich unsterblich in Luci verliebt. Wieder Schicksal.«

»Jetzt ist Desiree aber wieder hier, und Lucia hat Yuna erzählt, dass sie dich zurückgewinnen will.« Ben blickte seinem Bruder scharf in die Augen, konnte aber wegen der Dunkelheit nicht erkennen, wie dieser reagierte.

»Ich habe keine Pläne, mich wieder mit ihr einzulassen.«

»Trotzdem wird sie es vielleicht versuchen, Brüderchen. Also sei gewarnt. Jedenfalls ist mir aufgefallen, dass Lucia nicht so locker drauf ist wie sonst.«

»Das ist mir auch nicht entgangen. Deshalb haben wir uns auch diesen Abend im Strandhaus ausgewählt, um ...«

»Und jetzt kommen wir zwei und stören euch. Sorry«, griff Ben ein.

»Schon gut.« Dorian drückte Bens Schulter.

Lucia saß derweil neben Yuna. Sie hatte Kerzen angezündet, deren flackerndes Licht auf der Holzwand hinter ihnen Muster entstehen ließ.

»Schön, dass ihr euch spontan zu uns gesellt habt«, startete Lucia das Gespräch. »Wir können morgen gemeinsam von hier aus einen ausgiebigen Strandspaziergang unternehmen, wenn ihr Lust habt.«

»Klar. Wir haben nichts vor – wollen uns eigentlich nur ein wenig treiben lassen von dem, was kommt.«

»Darf ich dich etwas fragen? Du musst nicht darauf antworten, wenn du nicht willst.«

»Nur zu. Es gibt keine indiskreten Fragen, sondern nur indiskrete Antworten«, gab Yuna lässig zurück.

»Du bist doch nicht nur an die Costa Blanca geflogen, um uns zu besuchen und nebenbei beim EUIPO vorbeizuschauen? Was hast du vor?«

»Du scheinst eine Hellseherin zu sein.« Yunas Gesicht rötete sich, was Lucia aber bei der Dunkelheit nicht erkennen konnte. »Ich will ganz offen zu dir sein. Das Europäische Markenamt in Alicante ist mein konkretes Traumziel. Ich habe vor, mich dort zu bewerben.« Sie rückte näher an Lucia heran und sprach leise. »Ben habe ich nichts davon erzählt, weil ich ihn nicht beunruhigen will.«

»Haben die denn überhaupt Stellen für Absolventen aus Korea?«

»Es sieht nicht danach aus. Aber ich habe trotzdem vor, mich spontan zu bewerben. Wenn es nicht klappt, dann schließe ich das Kapitel eben ab.« Sie legte Lucia die Hand auf die Schulter und zog sie zu sich her. »Du musst mir versprechen, dass du Ben gegenüber nichts erwähnst!«

»Wann willst du es Ben denn erzählen?«

»Nachdem ich es versucht habe. Ben muss wahrscheinlich

bald für ein paar Tage nach Korea zurück. Dann werde ich einen Anlauf unternehmen.«

Lucia entzog sich Yunas Hand. »Ich kann es dir nicht versprechen. Und ich fände es besser, wenn du mit Ben vorher darüber sprichst.«

Die jungen Frauen blieben wortlos nebeneinander sitzen. Nur die Wellen waren zu hören.

Yuna schlief tief und fest. Der Wein hatte sie müde gemacht. Zudem lastete der Jetlag noch auf ihr.

Es war 4 Uhr morgens, als sie bemerkte, dass Ben ihre Brüste sanft berührte. Das Kitzeln verarbeitete sie im Traum, in dem sie eine Feder spürte, mit der ein Vogel über ihren ganzen Körper strich. Sie drehte sich auf die Seite und kauerte sich zusammen. Bens kitzelte nun mit seinen Nägeln ihren Rücken, sodass Yuna erwachte. »Hey, was soll das? Du hast mich aufgeweckt!«

Aber dann zog sie Ben zu sich heran und nahm ihn in sich auf. Behutsam drang Ben in sie ein. Einmal lag sie oben, einmal er.

Dorian hörte das laute Stöhnen und Kichern aus dem Nebenzimmer, blieb aber ruhig liegen, um Lucia nicht zu wecken. Doch die hatte seit Stunden kein Auge zugetan und dachte an die Arbeit von Gran Monte, den ominösen Brief. Und sie sah das strahlende Gesicht von Desiree vor ihren Augen.

Als Dorian merkte, dass er nicht mehr einschlafen konnte, stand er auf und fuhr in die nächste Ortschaft Torre de la Horadada, um beim dortigen Bäcker feine Croissants und

Schokoschnitten zu kaufen. Er betrat die Bäckerei durch die Hintertür und suchte in der Backstube das erste warme Gebäck aus.

»Eigentlich besuchst du mich nur zu solchen unmöglichen Zeiten«, scherzte Gael, der Dorian schon seit vielen Jahren kannte. »Sei froh, dass ich mich nicht auch schon umgestellt habe auf die vorgebackene Fabrikware; sonst würdest du vor einem geschlossenen Laden stehen.«

»Auf dich ist eben Verlass, Gael!« Damit legte Dorian einen Geldschein auf den Tisch und wartete nicht darauf, Wechselgeld herauszubekommen.

Mit einem lauten Lied auf den Lippen kam er zum Strandhaus zurück und weckte alle auf, noch bevor die Sonne mit voller Kraft durch die Fensterläden schien.

Der Spaziergang dauerte mehrere Stunden. Alle vier verspürten das Bedürfnis, sich belastende Gedanken aus dem Leib zu laufen.

Als sie das Strandhaus verließen und sich auf den Heimweg machten, sprach keiner von ihnen. Die Gefühle von bleierner Schwere standen ganz im Widerspruch zu der schönen Oase, in der sie alle die letzten Stunden verbracht hatten.

## Kapitel 5 – Süße Früchte

Manuel tauchte mit seinem Traktor wie jeden Tag früh bei Maria auf. Schon von Weitem schallte das laute Tackern des alten Dieselmotors durchs Tal. Maria beeilte sich, das Wasser für den Kaffee aufzusetzen. Anschließend schüttete sie Haferflocken und geschrotete Mandeln in eine Schüssel, gab Milch dazu und süße Früchte. Sie bedeckte dann alles mit Joghurt, auf den sie Zimt streute.

Die Tür zum Haus stand weit offen. Kaffeeduft durchzog den Raum. Gutgelaunt sprang Manuel vom Traktor und stand Sekunden später vor Maria. »Ich kann unser Erlebnis immer noch nicht vergessen!« Er versuchte, ihr einen Kuss aufzudrücken.

»Auf die Wange, Geschäftspartner!«, forderte Maria und drehte ihm diese zu. Er küsste sie auf den Hals, und sie wand sich aus seiner Umklammerung. »Jetzt wird gearbeitet. Es ist acht Uhr morgens, keine Zeit für Zärtlichkeiten. Wir sollten später auch noch nach Alicante fahren, um eine Marktgenehmigung für meinen Betrieb zu bekommen.«

»Da musst du dann selbst hinfahren, denn ich habe noch einiges für meine eigene Firma zu tun.« Manuels Worte klangen nach Verstimmung, die er erst gar nicht verbergen wollte.

»Kommst du dann trotzdem später noch auf einen Schluck Rotwein bei mir vorbei?« Maria strich sich durch ihr dichtes Haar.

»Vielleicht.« Manuel nahm einen Schluck vom heißen

Kaffee. Er vermischte die Früchte, Haferflocken und Joghurt und begann zu essen. »Heute soll es besonders heiß werden. Wir sollten keine Zeit vergeuden.«

Für die Arbeit auf der Plantage hatten sie heute noch eine große Gruppe marokkanischer Arbeiter zur Verfügung, die normalerweise bei anderen Bauern angestellt waren. Die Zäune, die beim letzten starken Regen unterspült worden waren, mussten instandgesetzt, die Abflusskanäle freigeschaufelt und das Eingangstor wieder gangbar gemacht werden. Bis zum Mittag schufteten alle ohne Unterlass. Doch als die Mittagsglut einsetzte, unterbrach Manuel die Arbeit. Auf seinem Hänger hatte er Proviant und vor allem Getränke mitgebracht.

Alle Arbeiter versammelten sich in kleinen Gruppen unter den Orangenbäumen, um eine längere Pause einzulegen. Spanisch mischte sich mit Arabisch und Französisch. Geschichten und Neuigkeiten über die daheimgebliebenen Familien wurden ausgetauscht. Bilder der Liebsten, vor allem der Kinder, wurden herumgezeigt.

Marias Handy klingelte, als sie gerade einen Schluck erfrischenden Wassers trinken wollte. »Yuna, welche Überraschung. Mit deinem Anruf hätte ich jetzt nicht gerechnet. Von wo rufst du an?«

Manuel rückte etwas näher in ihre Richtung, damit er etwas von der Unterhaltung mitbekommen konnte.

»Ich bin in Las Colinas und würde euch gerne besuchen kommen.«

»Jederzeit! Wann möchtet ihr denn kommen?«

»Ich komme allein. Ben ist noch mit seiner Doktorarbeit beschäftigt.«

»Traust du dich, allein mit dem Auto zu mir zu fahren?«, fragte Maria.

»Ich bin doch kein kleines Kind. Wer in Seoul Auto fahren kann, wird hier wohl auch zurechtkommen. Wenn möglich, käme ich gerne heute Abend. Aber nur, wenn es keine Umstände macht.«

»Ich muss später noch nach Alicante, um eine Marktgenehmigung zu beantragen. Für den einfachen Weg brauche ich mindestens eine Stunde. Dann bin ich frühestens um sieben Uhr zurück. Zur Not musst du im Hof warten. Mehr als zwei Stunden brauchst du von Las Colinas aus auch beim Berufsverkehr nicht.«

»Ich freue mich, Maria!«

»Es gibt aber nur Tapas«, antwortete Maria. Aber da hatte Yuna bereits aufgelegt.

Maria stand auf. »Lasst uns wieder an die Arbeit gehen.«

Ben saß vor seinem Computer und vertiefte sich in eine Videokonferenz mit seinen Universitätskollegen in Seoul, die sieben Stunden voraus waren. Er war deshalb früh aufgestanden. Seinen dritten Becher Kaffee hatte er bereits geleert.

Yuna hatte ihn arbeiten lassen, während sie ausgiebig gefrühstückt hatte. Auch hatte sie zahlreiche Telefonate mit Korea geführt, um die restlichen Unterlagen für ihr Abschlusszeugnis zu organisieren. Nun öffnete sie eine Mail der EUIPO-Personalabteilung, die soeben aufpoppte. Also hatte das Europäische Amt für Geistiges Eigentum der EU doch auf ihre Spontanbewerbung reagiert. Ihr Herz pochte. Sie ging zur Tür und schloss sie vorsichtig hinter sich.

*Sehr geehrte Frau Yuna Lee,*

*… Wir bekommen nicht häufig Spontanbewerbungen, vor allem wenige aus Asien. Deshalb haben wir Ihre Unterlagen sorgfältig geprüft und sind zu dem Ergebnis gekommen, dass wir Sie gerne kennenlernen würden. Vor allem die Tatsache, dass Sie den Weg nach Alicante auf sich genommen haben, ohne die weitere Entwicklung Ihrer Bewerbung voraussehen zu können, hat uns – offen gestanden – beeindruckt.*

*… Ich bitte Sie, sich über Email mit uns in Verbindung zu setzen oder telefonisch einen Termin zu vereinbaren.*
*Atentamente*
*Caren Blight*
*HR Department*

Yuna zögerte nicht lange und wählte die angegebene Telefonnummer.

»Hola, Caren Blight«, schallte es ihr entgegen.

»Hallo, Frau Blight. Yuna Lee spricht hier – Yuna Lee aus Korea, der Sie gerade eine Mail geschickt haben.«

»Das ging aber schnell, Frau Lee. Ich bin beeindruckt.«

»Ich saß gerade vor meinem Bildschirm und sah Ihre Mail reinkommen. Da dachte ich, dass Sie bestimmt auch gleich erreichbar sind. Verzeihen Sie.« Yuna versuchte trotz ihrer Aufregung, höflich und freundlich zu sprechen. Dabei richtete sie sich auf, als würde sie Frau Blight gegenübersitzen. »Sie glauben ja gar nicht, wie sehr ich mich gefreut habe, eine positive Antwort zu bekommen.«

»Immer langsam. Wir haben Ihnen ja keine Zusage zu irgendetwas gegeben – außer zu einem Gespräch. Die Abteilung, die für außereuropäische Kontakte zuständig ist, baut einen Asienstab auf. Der Leiter hat Ihren Lebenslauf gelesen und würde Sie gerne einmal unverbindlich kennenlernen.«

»Ich bin für die nächsten Wochen hier an der Costa Blanca und könnte jederzeit vorbeikommen. Auch heute, zum Beispiel.«

Es trat eine Pause ein. »Warten Sie bitte einen Moment.« Wieder entstand eine lange Pause. »Sind Sie noch dran?«

»Ja.«

»Nächste Woche am Mittwoch um zehn Uhr ginge bei uns.« Stille für einen Augenblick. »… oder heute um sechzehn Uhr.«

»Dann werde ich um vier Uhr in Alicante sein. Sind Sie so nett, und schicken Sie mir den genauen Ort, Frau Blight? Sie werden sehen: Ich enttäusche Sie nicht!«

Yuna wählte Marias Nummer und war erleichtert, sie sofort zu erreichen. Nachdem sie ihre Adresse bekommen hatte, verließ sie ihr Zimmer und ging zu Ben, der immer noch mit seiner Videokonferenz beschäftigt war. Sie gab ihm einen zärtlichen Kuss auf die Wange, ohne sich darum zu scheren, dass die anderen Teilnehmer an ihren PCs dies sehen konnten. Bens Gesicht lief rot an. Er schaltete auf Pause, drehte sich um und schien zunächst sprachlos. »Yuna! Was machst du denn? Die am Lehrstuhl denken jetzt, dass ich nur Urlaub mit dir mache, anstatt zu arbeiten.«

»Ich wollte dich eigentlich nicht stören. Aber gerade habe ich mit Maria telefoniert und mit ihr ausgemacht, dass ich sie besuchen werde. Ich fahre nachher los. Dann kannst du in Ruhe arbeiten, und ich langweile mich nicht.«

»Soll ich mitkommen? Dann mache ich einfach eine

Pause.« Ben versuchte, das Geschehen in den Griff zu bekommen.

»Nein. Ich werde allein fahren. Frauensachen können Frauen am besten allein miteinander bereden.« Yuna verließ das Zimmer, ohne auf eine weitere Reaktion ihres Freundes zu warten. Sie musste sich beeilen, um nicht zu spät nach Alicante zu kommen. Schnell warf sie die wichtigsten Dinge in eine kleine Reisetasche. Sie ordnete Ihre Unterlagen für die Bewerbung und verschwand für zehn Frauenminuten im Bad, um dezent geschminkt wieder zu erscheinen. Sie griff den Autoschlüssel und vergaß auch ihr Portemonnaie nicht.

»Morgen Mittag müsste ich wieder zurück sein, Ben.« Kurz schaute sie noch durch die halb geöffnete Tür, um ihrem Freund einen Kuss zuzuwerfen.

Das »Grüß mir Maria!« hörte sie schon nicht mehr. Sie eilte zu dem kleinen roten Familienauto, das jedem zur freien Verfügung stand und der Gran Monte-Gesellschaft gehörte.

Sie wählte die Route über die N332 an der Küste, die geradewegs nach Alicante führte. Der Weg über die Landstraße dauerte zwar etwas länger als der über die Autobahn, aber er war ihr besser vertraut. Torrevieja und Guardamar ließ sie rechts liegen. Die Dünen mit den Kiefernwäldern rauschten ebenso an ihr vorbei wie die Salinen mit den Flamingos. Sie hatte jetzt Wichtigeres zu tun, als sich für die Landschaft zu begeistern.

Erst als sie am Abzweig zum Flughafen vorbeifuhr, war sie sicher, dass sie nicht zu spät zu ihrer Verabredung kommen würde. Den anschließenden großen Kreisverkehr umrundete sie mehrfach, bevor sie nach links abbog. Das Gebäude des EUIPO war nicht zu übersehen und erstrahlte im Glanz europäischer Subventionen.

Yuna parkte weitab vom Hauptgebäude, denn ihre Uhr zeigte erst kurz nach drei. Sie ließ die Klimaanlage des Autos laufen, um nicht ins Schwitzen zu geraten. Und doch überkam sie das Gefühl, als würde ihr das Wasser den Rücken herunterlaufen. Mehrfach ging sie ihre Unterlagen durch, übte wieder und wieder laut ihre geplante Vorstellung. Dann stieg sie aus und ging zielstrebig auf den Eingang des EUIPO zu.

An der Rezeption erwartete man sie bereits. »Ich sage Frau Blight Bescheid. Sie werden dann gleich abgeholt. Bitte nehmen Sie noch dort vorne Platz.« Doch dazu war Yuna zu aufgeregt. Sie blieb stehen, betrachtete wie in Trance die Kunstgegenstände in der Empfangshalle. Die Minuten wollten nicht vergehen.

Als sie gerade wieder auf ihre Uhr schaute und bemerkte, dass ihr Termin schon eine halbe Stunde verstrichen war, näherte sich ein junger Mann eiligen Schrittes. »Verzeihen Sie, Frau Lee, dass wir Sie haben warten lassen. Eine Videokonferenz mit Luxemburg wollte nicht enden. Silvio Varga, ich bin der Sekretär von Frau Blight. Bitte, folgen Sie mir.«

Sie nahmen den Fahrstuhl, und Yuna bemerkte, dass Herr Varga den Knopf des obersten Stockwerks drückte. Als die Tür sich öffnete, erkannte sie edle Korridore und eine aufwändige Vertäfelung. Durch die Fenster sah sie das Meer, das irgendwie nicht zu diesem Bürogebäude passte. Unwillkürlich fragte sie sich, wie man mit einer solchen Aussicht vor den Augen überhaupt konzentriert arbeiten konnte.

Herr Varga öffnete die Tür eines großen Besprechungsraums. »Guten Tag, Frau Lee. Ich bin Frau Blight, mit der Sie telefoniert haben. Darf ich Ihnen Herrn Winter vorstellen, Abteilungsleiter für internationale Beziehungen.«

Das Gespräch begann ohne lange Vorbemerkungen. Gesprächsfetzen flogen hin und her. Wenn Yuna versuchte, eine Frage detailliert zu beantworten, wurde sie auch schon wieder unterbrochen. Ihre einstudierte Vorstellung vermochte sie nicht zu beenden. Herr Winter erzählte stolz von seinen Asienerfahrungen und seiner Vision, das EUIPO breiter aufzustellen.

»Sie wissen natürlich, dass nur Kandidaten aus Ländern der EU und einigen assoziierten Staaten eingestellt werden dürfen«, machte Herr Winter einen entscheidenden Punkt. Yuna wurde bleich. Kein Wort brachte sie hervor. »Aber wir wollen eine Korrespondenz-Abteilung eröffnen, um uns mit wichtigen Ländern besser austauschen zu können. Südkorea gehört dazu.«

Vom angebotenen Wasser hatte Yuna noch keinen einzigen Schluck getrunken, als sie – wie durch eine Nebelwand – die Worte hörte: »Und wann können Sie anfangen? Die Details klären Sie bitte mit Frau Blight.«

Yuna setzte sich auf und blickte Herrn Winter in die Augen. »Ich würde mir gerne Ihr Angebot genauer anschauen und mich danach melden.«

»Über unsere Konditionen hat sich noch kein Bewerber beschwert«, lachte der Abteilungsleiter. »Verzeihen Sie. Leider habe ich noch einen Anschlusstermin, den ich nicht schieben kann. Ich sehe Sie dann Anfang nächsten Monats. Wirklich sehr toll, dass Sie sich bei uns beworben haben,

Frau Lee.« Damit erhob er sich und reichte Yuna die Hand, die er mit großer Herzlichkeit schüttelte, um danach eilig den Raum zu verlassen.

»Da haben Sie aber einen super Eindruck bei Herrn Winter hinterlassen. Der wartet eigentlich eher ab. Glückwunsch, Frau Lee.«

»Aber ...?«

»Lassen Sie uns noch die Kernpunkte ihres Anstellungsvertrages durchgehen. Zu weiteren Details schicke ich Ihnen Links zu unseren Unterlagen zu. Ja, und den Termin ihres Arbeitsbeginns sollten wir noch fixieren.«

Als Yuna eine Stunde später das Gebäude verließ, hielt sie eine Mappe mit Unterlagen in der Hand, die sie nur noch unterschreiben musste. Sie hatte offenbar einen guten Eindruck hinterlassen, ihr Traum war wahr geworden. Doch im Moment konnte sie keinen klaren Gedanken fassen. Nicht einmal Freude wollte aufkommen, dass sie nun einen Arbeitsvertrag in der Tasche hatte. Ihre Hände begannen zu zittern, die Bluse konnte den Schweiß nicht aufnehmen, der ihr jetzt wirklich den Rücken hinunterlief.

Es dauerte lange, bis sie sich sicher genug fühlte, den Weg zu Maria in Angriff zu nehmen. Sie kehrte zurück zum Kreisverkehr, bog in Richtung Flughafen ab, um danach die Autobahn nach Alcoy zu wählen. Das Navigationssystem zeigte, dass sie in der Dämmerung ankommen würde. Trotzdem eilte es ihr nicht, weil sie ganz froh war, erst einmal ihre Gedanken sortieren zu können. In Alcoy verließ sie die Autobahn, um den Weg in die Berge zu nehmen. Aus Straßen wurden Sträßchen, dann Wege. Schließlich erkannte sie ein kleineres Anwesen am Ende eines Schotterwegs und bremste ab. Das Holztor stand offen, sodass sie hineinfahren konnte. Da kein Mensch zu sehen war, parkte sie an der Seite des Gebäudes.

Eine Klingel konnte Yuna nicht erkennen. Darum öffnete sie einfach die angelehnte Haustür. »Hola! Ist jemand zu Hause? Maria, bist du da?«

»Herzlich willkommen. Ich dachte, du kämst gar nicht mehr!«, schallte es aus der Küche. Maria lief Yuna entgegen und empfing sie mit offenen Armen. »Soll ich dir helfen, deine Sachen aus dem Auto zu holen?« Schon schritt sie voraus, öffnete ungefragt den Kofferraum und griff nach der Reisetasche. Bald darauf saßen beide im Hof beisammen und genossen die letzten wärmenden Sonnenstrahlen.

»Ich lebe hier ganz einfach und natürlich. Manchmal wird es mir zu viel, weil ich von morgens bis abends auf den Beinen bin. Aber ich fühle mich ausgefüllt – und glücklich.« Maria strahlte übers ganze Gesicht. »Ich habe mich so gefreut, dass du mich besuchen kommst.«

»Ich wollte einfach sehen, wie du hier lebst. Deine Eltern haben mir schon erzählt, dass du jetzt die Früchte der hiesigen Bauern unter einer Marke zusammenfassen willst, damit sie mehr Geld dafür bekommen können. Das finde ich mega.«

»Es ist noch ein langer Weg. Aber es stimmt. Nur wenn dies gelingt, komme auch ich auf meine Kosten – im wahrsten Sinne des Wortes.« Maria trank einen kräftigen Schluck Wasser, das sie mit frischem Zitronensaft vermischt hatte. »Ich hätte schwören können, ich hätte dich heute Nachmittag in Alicante gesehen. Am großen Kreisverkehr an der Küste. Kann das sein?«

»Da musst du dich getäuscht haben. Also, erzähl mal von deinen Plänen.« Yuna machte ein schnelles Selfie von sich und Maria, das sie mit einem Herzchen an Ben schickte.

Lucia hatte ihre Tochter gerade ins Bett gebracht und ging auf die Veranda, um sich zu Dorian zu setzen. Der beantwortete noch letzte Mails, die vom Vortag liegengeblieben waren. Lucia setzte sich neben ihn und schaltete ihren Laptop an, als eine Nachricht aufpoppte.

*Lucia,*
*dein Mann plant sicherlich schon fleißig die Jubiläumsveranstaltung. Deshalb sollten wir uns möglichst bald treffen, damit ich dir meine Forderungen nennen kann. In zwei Tagen um 21 Uhr am Playa del Pinet. Wenn du zum Strand runtergehst, bieg nach rechts ab. Geh zum zweitletzten Haus und setz dich auf die grüne Bank der Veranda. Warte dort auf mich.*
*Und halte Dorian heraus!*

Lucias Herz begann heftig zu schlagen. Sie hatte das Gefühl, dass sich ihr Hals zuschnürte. Zunächst war sie wie gelähmt. Dann schaute sie sich den Mailabsender an und bemerkte, dass dieser von einer anonymen Website stammte. Gedanken schwirrten ungeordnet in ihrem Kopf herum: Sollte sie antworten? Sollte sie den Termin ernst nehmen? Was passierte, wenn sie nicht nach El Pinet käme? Was bedeuteten die Drohungen? Sollte sie Dorian doch einweihen? Das hätte sie eigentlich schon längst tun sollen! Aber jetzt war es vielleicht schon zu spät, wenn sie nicht alles zerstören wollte, was sie gemeinsam aufgebaut hatten.

Dorian klappte seinen PC zu, um sich Lucia zuzuwenden. »Lass uns jetzt die Arbeit einstellen, Luci!« Lucia aber starrte geradeaus und hatte gar nicht bemerkt, dass Dorian sie ansprach. »Hi, Luci. Ich spreche mit dir. Träumst du?« Lucia starrte unbeirrt vor sich hin.

Dorian stand auf, griff sich seine Badehose und sprang in den Pool, um einige Bahnen zu schwimmen. Als er wieder herausstieg, war Lucia im Schlafzimmer verschwunden.

Yuna und Maria hatten sich viel zu erzählen. Natürlich hatten sie zuvor auch regelmäßig gechattet, gemailt und telefoniert. Aber das erschien alles oberflächlich. Jede hatte berichtet, was sie in ihrer Freizeit unternommen hatte. Aber Gefühle und Empfindungen konnte eine solche Kommunikation nicht transportieren. Nun öffnete sich ein Fenster für das wahre Kennenlernen, weit entfernt von Oberflächlichkeit und Künstlichkeit. Die beiden Frauen hatten es sich im Hof gemütlich gemacht. Eine Feuerschale mit dem Holz gerodeter Orangenbäume brannte. Die Flammen warfen mildes Licht und Schatten an die Hauswände.

»Ich kann dir vielleicht bei deinem Projekt helfen. Zwar verstehe ich nichts von Landwirtschaft und Früchten, doch ich habe mich auf Markenrecht spezialisiert.«

»Das ist lieb von dir. Aber koreanisches Recht lässt sich keinesfalls auf Europa übertragen. Und so weit, dass wir eine Marke eintragen werden, bin ich noch nicht.«

»Wer ist ›wir‹? Meinst du Manuel?« Yuna beugte sich nach vorne, um Marias Gesicht besser erkennen zu können.

»Ja, Manuel hilft mir dabei. Ohne seine Unterstützung

käme ich nicht zurecht. Er ist einfach ein zuverlässiger Freund – bevor du weiterfragst –, nicht mehr.«

»Das klingt doch gut. Und es wäre schön, wenn auch ich dir helfen könnte. Schließlich sind wir ja fast schon eine Familie. Rechtlichen Rat wirst du erst später brauchen. Doch habe ich über mein Studium viele Beispiele erfolgreicher Firmen kennengelernt. Du kannst dir einiges davon abschauen.«

Der Wind von den Bergen ließ die Flammen stärker werden. Gelbrote Zungen loderten auf. Die Luft kühlte jetzt wohltuend ab. In den felsigen Hängen hinter dem Hof riefen Rothühner und Käuzchen.

Ein Pick-up näherte sich langsam dem Anwesen und parkte in gebührendem Abstand. Die Lichter erloschen, eine Tür wurde sanft zugedrückt. Ein Hund sprang von der Ladefläche und rannte auf den Hof zu. Schwanzwedelnd lief er erst zu Maria, dann zu Yuna, schnüffelte kurz am Tablett mit dem Essen und legte sich schließlich zur Feuerschale, als würde er hier wohnen. Von welcher Rasse Vater und Mutter stammten, ließ sich nicht ausmachen. Aber das tat der Schönheit des Vierbeiners keinen Abbruch.

Schritte im Kies näherten sich nun. Als Manuel durch das Tor trat, beleuchtete das Flammenlicht sein gegerbtes Gesicht. Die Szene hätte aus einem Western der Sechzigerjahre stammen können, dachte Maria.

»Welche Überraschung! Ich dachte, du wolltest heute Abend deine Mutter besuchen«, rief Maria ihm zu.

»Das habe ich auch. Doch die wollte früh ins Bett. Es geht ihr nicht wirklich gut. Und außerdem meinte ich, dass ich bei dir noch etwas zu Essen bekomme«, lachte Manuel.

Er gab Maria ein Küsschen auf die Wange, ging dann zu Yuna. »Qué sorpresa! Was verschafft uns die Ehre eines Gastes von der edlen Küste? Herzlich willkommen! Du bist bestimmt Yuna.« Er kniete sich vor sie, legte seine rechte Hand sanft auf ihren Arm. »Der Hund ist mir heute den ganzen Tag nicht von der Seite gewichen. Und als ich wegfuhr, sprang er einfach auf die Ladefläche. Jetzt haben wir wohl einen neuen Mitarbeiter bekommen.«

»Und ich habe mich heute Vormittag spontan entschlossen, Maria zu besuchen. Ben muss an seinem Projekt arbeiten. Schön ist es bei dir, oder soll ich sagen, bei euch?« Yuna konnte ihre Neugier nicht verstecken.

»Ich gehe Maria zur Hand. Das macht hier jeder für seine Nachbarn und Freunde. Die Menschen an der Küste haben diese Tugend verloren. Das mag auch der Preis des Tourismus sein.« Manuel stand auf, bereitete einen Tinto de Verano zu, die beliebte Mischung aus Rotwein und Zitronenlimonade. Natürlich durften dazu ein Schnitz Orange und viel Eis nicht fehlen.

Nachdem er Karaffe und Gläser auf ein Tablett gestellt hatte, ging er vorsichtig nach draußen, dabei stoppte er für eine Weile an der Türschwelle, um die beiden jungen Frauen zu beobachten, die sich intensiv unterhielten. Ihm fiel das fein geschnittene Gesicht von Yuna auf, die den Worten von Maria sehr interessiert folgte. Für seinen Geschmack waren Yunas schwarze Haare etwas zu kurz geschnitten, was ihr ein jungenhaftes Aussehen verlieh. Das dunkelblaue Business-Kostüm verbarg ihre weiblichen Formen. Es passte nicht zu der ländlichen Umgebung.

»Jetzt gibt es erst einmal einen Sommerwein zur Entspannung, Ladys!«, startete Manuel. »Und wie wäre es, Yuna, wenn du dich etwas legerer umziehst. Sonst schüchterst du mich noch ein.«

Dass Yunas Gesicht rot anlief, konnte Manuel bei der Dunkelheit nicht bemerken, aber auch bei Helligkeit hätte der dunkle Teint es nicht verraten. »Du hast Recht.« Damit stand sie auf und eilte nach drinnen in das kleine Gästezimmer, welches Maria für sie bereitet hatte.

Als sie mit einer pinkfarbenen Bluse und kurzen weißen Bermudas barfüßig wieder ins Freie trat, zog sie Manuels Blicke auf sich. Er unterbrach seinen gerade begonnenen Satz und vergaß, wo er stehen geblieben war. »Hast du noch nie eine Koreanerin gesehen?«, scherzte Yuna, um die Situation aufzulockern.

»Es ist nur, dass ich dich fast nicht wiedererkannt habe. Süß siehst du aus, wenn ich das sagen darf.«

»Darfst du nicht, Manuel. So etwas gehört sich einfach nicht«, bemerkte Maria scharf. »Warum bist du eigentlich noch so spät gekommen?«

»Sorry. Mir ist heute eine geniale Idee für dein Projekt in den Sinn gekommen, die ich unbedingt mit dir teilen möchte.«

»So?« Maria nippte an ihrem Glas.

»Du weißt doch, dass Mitte des neunzehnten Jahrhunderts der Reichtum dieser Gegend mit Trauben begonnen hat. Als findige Bauern merkten, dass sie mit Sultaninen mehr Geld verdienen konnten als mit Oliven und Mandeln, setzte für fünfzig Jahre ein regelrechter Boom ein. Noch heute findest du die Villen der Rosinenbarone an der Küste und in den Bergen.«

»Soll ich jetzt etwa Sultaninen produzieren?«, fragte Maria verdutzt. »Die Türken bieten die doch heute zu unschlagbaren Preisen an. Und auch die Amerikaner verderben den europäischen Markt.«

»Warum nicht. Ich habe ein wenig in alten Unterlagen gestöbert. Damals wurden Rosinen zum Teil wie Pralinen verpackt und teuer verkauft. Vielleicht wäre das ein Ansatz.«

»Das klingt interessant«, mischte sich Yuna ein. »In Japan werden einzelne Früchte auch hochwertig verpackt, als wären sie Preziosen. Ich finde, die Idee hat was. Wir sollten einmal schauen, ob es noch alte Firmennamen gibt, die wir nutzen könnten.«

Manuels Augen strahlten, als er die einsetzende Begeisterung von Yuna verspürte. Ihm fiel der warme Klang in ihrer Stimme auf. Sein Puls beschleunigte, als er ihr zuhörte.

»Aber das Sultaninengeschäft war wohl nicht nachhaltig. Sonst gäbe es ja noch ein Angebot«, bemerkte Maria skeptisch.

»Mehr als fünfzig Jahre hielt der Boom an. Dann hat die Reblaus dem Geschäft den Garaus bereitet. Nichts anderes. Sonst wären Sultaninen wahrscheinlich immer noch typisch für diese Gegend.«

»Aber in Andalusien scheint das Geschäft noch heute zu florieren«, warf Maria ein. »Das stand kürzlich in der Zeitung.«

»Genau! Und deshalb hättest du die Chance, mit dem Bezug auf unsere Region, die Rosinen wiederzubeleben«, machte Manuel den Punkt. »Mit den Mispelfrüchten funktioniert es ja auch, vor allem, seitdem sich die Bauern immer stärker als Kooperative verstehen und die Früchte gemeinsam verarbeiten. Damit sind sie weiterhin Marktführer in Spanien.«

Noch bis spät tauschten alle drei ihre Ideen zu diesem Geschäft aus. Manchmal schienen diese etwas abgedreht und übertrieben – doch das förderte die Begeisterung nur umso stärker.

Als die Kirchturmglocke des nahen Dorfes Mitternacht schlug, fing Maria an, die Gläser in die Küche zu tragen. »Ich gehe schon mal ins Bad, damit ich die Dusche nicht blockiere.« Auch Yuna eilte ins Haus. Und als sie sich umdrehte, sah sie, wie Manuel ihr nachschaute, bis sie um die Ecke bog.

»Du kannst bei mir schlafen, Manu. Du hast zu viel getrunken und bekommst bei mir Asyl«, scherzte Maria, der es nicht entgangen war, wie ihr Geschäftspartner Yuna fixiert hatte. »Und übrigens: Lass die Finger von Yuna. Sie ist schon vergeben!«

»Klar doch, Maria!«

»Nichts ist klar, mein Lieber. Du glaubst doch nicht etwa, dass mir deine sehnsüchtigen Blicke entgangen sind, mit denen du Yuna angeschaut hast!«

An diesem Abend unterließ es Manuel, sich Maria zu nähern. Er legte sich still neben sie und schlief ein – auch wenn dies länger dauerte.

Yuna horchte aufmerksam und konnte bald das leichte Schnarchen von Manuel vernehmen. Dann schloss auch sie ihre Augen bis zum nächsten Morgen.

## Kapitel 6 – Schattenlos

Als Yuna aus ihrem Zimmer kam, hatten Manuel und Maria ihr Frühstück schon fast beendet.

»Du schläfst aber lange, meine Liebe. Vorhin habe ich in dein Zimmer geschaut, um dich zu wecken. Aber du hast gar nicht reagiert.« Maria schenkte Yuna eine Tasse Kaffee ein und bot ihr eine Schale frischen Obstsalat an.

»Ich habe einen wilden Traum gehabt. Ich befand mich in einem Swimmingpool mit flüssigem Honig. Es war fast unmöglich zu schwimmen, aber ich ging auch nicht unter. Meine Lippen haben eine starke, fast unerträgliche Süße geschmeckt. Dann wachte ich auf.« Yuna schüttelte ihren Kopf, als würde sie noch immer träumen. »Eigentlich bin ich noch nicht richtig wach.« Sie nahm einen Schluck vom schwarzen Kaffee.

Maria stand auf. »Hoffentlich macht es dir nichts aus, dass wir dich allein lassen. Wir müssen zur Plantage, die Arbeiter warten auf uns. Zieh einfach die Tür hinter dir zu, wenn du gehst.«

»Vielen Dank für den schönen Abend und deine Gastfreundschaft, Maria.«

»Du brauchst mir nicht zu danken. Wir haben uns gefreut, dass du so spontan vorbeigekommen bist. Hoffentlich war es nicht das letzte Mal!«

»Schön, dass du dich für unser Geschäft interessierst. Wir können viele deiner Ideen übernehmen.« Manuel drückte Yuna die Hand zum Abschied. Dann strich er kurz – wie zufällig – mit seinem Handrücken über ihre Wange. »Bis bald!«

Yuna blieb noch eine Weile sitzen. Sie nahm sich Zeit für eine Tasse Tee, genoss die Ruhe und den Geruch des bäuerlichen Hauses. Sie dachte an ihre Großeltern in Korea, die auf dem Land wohnten, und spürte die Verbundenheit des bäuerlichen Lebens über Landesgrenzen hinweg. Die Erdung, die die Landwirte auszeichnete, täte vielen Stadtmenschen gut, dachte sie sich.

Dann aber musste sie den Weg nach Las Colinas antreten. Vorsichtig zog sie die Haustür hinter sich zu und blickte noch einmal auf die Berge hinter Alcoy. Sie spürte den Handrücken von Manuel, wie er sanft über ihre Wange strich. Das Gefühl ging ihr nicht mehr aus dem Kopf, auch als sie schon im Auto saß und gen Las Colinas fuhr. Seinen herben männlichen Duft meinte sie immer noch riechen zu können.

Kurz vor Mittag erreichte sie die Villa im Golfresort. Ihr Herz klopfte wild, doch sie fand nur einen Zettel von Ben vor.

*Warum gehst du nicht an dein Handy? Fahren jetzt zu Sandro und Bella.*

Also stieg sie wieder in ihr Auto, um sich nach Cabo Roig aufzumachen. Sie fragte sich, warum sie entgegen ihrer Gewohnheit eigentlich ihr Handy auf lautlos geschaltet hatte, und fand keine Antwort darauf. Sie beschleunigte ihren Wagen, um möglichst bald anzukommen.

Schon vor der Villa konnte sie deutlich das angeregte Gespräch vernehmen. Lucia, Dorian und Ben saßen plaudernd beisammen, als sie auf die Veranda trat. Gleich ging sie auf Ben zu, um ihm einen Kuss auf die Wange zu geben.

»Sorry, Ben. Ich hatte mein Handy auf lautlos geschaltet. Aber jetzt bin ich ja angekommen.«

»Du hättest wenigstens Bescheid geben können, als du heute früh abfuhrst. Ich habe mir Sorgen gemacht«, bemerkte Ben kühl.

»Tut mir leid«, sagte Yuna beschwichtigend. »Und auch ›Hola‹ euch allen.«

Als Bella und Sandro hinzukamen, verteilten sich alle in immer wieder wechselnden Gruppen im Garten, um gegenseitig Neuigkeiten auszutauschen. Dorian musste von den Vorbereitungen für die Jubiläumsveranstaltung berichten, Sandro über das Geplänkel im Tourismusverband, Ben über seine Doktorarbeit.

Lucia wartete eine ruhige Minute ab, in der sie ihren Vater für eine Weile alleine sprechen konnte. Sie nahm ihn beiseite. »Darf ich etwas Ungewöhnliches fragen, Sandro?«

»Klar doch, was gibt es?« Sein Blick drückte Besorgnis aus, denn er kannte jeden Unterton in der Stimme seiner Tochter, so sehr sie sich auch bemühte, ihre Frage neutral zu stellen.

»Wenn wir das Jubiläum feiern, kommt vielleicht auch die Frage hoch, von wem die Familie eigentlich die Ländereien erworben hatte und zu welchem Preis.«

»Mag schon sein. Aber das ist ja ewig her, Luci. Jorge hat das Land einem Bauern abgekauft, der es schlecht bewirtschaften konnte, weil es am Hang lag. Großvater hätte am besten die Frage beantworten können, wie das Geschäft zustande kam. Doch den können wir im Himmel nicht mehr erreichen. Irgendwo müsstest du sonst in den Firmenunterlagen etwas finden.«

»Ich habe schon danach gesucht und außer dem Kaufvertrag mit der Familie Díaz nichts weiter gefunden.«

»Dann hast du doch, was du willst?«, fragte ihr Vater besorgt.

»Meinst du, dass Dorians Großvater noch etwas Näheres weiß?«

»Du kannst Frank ja fragen. Er will mit Inge ohnehin herfliegen, wenn es wieder etwas kühler wird. Sonst ruf ihn doch einfach an. Aber worum geht es dir eigentlich.«

»Mich interessiert, ob jemand heute behaupten könnte, wir hätten das Land zu einem Spottpreis bekommen.«

»Wer sollte das denn sein?«, fragte Sandro nun eindringlicher. »Vermutlich ist die Familie damals weggezogen, weil sie nach dem Kauf endlich über ausreichend Geld verfügte. Wahrscheinlich lebt der Verkäufer gar nicht mehr.«

»Du hast sicher Recht, Sandro!«, erwiderte Lucia besänftigend. Dann schaute sie zu Bella, die mit Inez und Legosteinen beschäftigt war. »Jetzt will ich aber Bella ablösen.«

Sandro blieb besorgt, denn er konnte sich vorstellen, dass seine Tochter ihn nicht ohne Grund gefragt hatte. Er überlegte, ob und wann er Frank anrufen sollte. Ihm erschien eine Zeit nach dem Frühstück am geeignetsten. Als alle gegangen waren, ging er in sein Büro, um in alten Unterlagen über die Geschichte von Gran Monte zu stöbern. Erst am Nachmittag kam er wieder in den Garten, wo Bella es sich mit einem Buch gemütlich gemacht hatte.

»Du guckst irgendwie besorgt, Schatz«, bemerkte sie.

»Wie könnte ich besorgt blicken, wenn ich dich sehe, Bella!« Er gab seiner Frau einen zärtlichen Kuss.

Manuel stürzte sich wie gewohnt in die Arbeit, denn er musste für Zwei schuften, seitdem er Maria zur Hand ging. Sein eigener Fruchthandel lief zwar reibungslos, doch seine Angestellten arbeiteten natürlich motivierter, wenn er sich regelmäßig vor Ort zeigte.

Seit dem gestrigen Abend war ihm zudem bewusst, dass zwei Frauen seinem Charme nicht widerstehen konnten. Zumindest fühlte er sich geschmeichelt, wie beide an seinen Lippen hingen, wenn er mit ihnen zusammen war. Maria schien ihn körperlich zu begehren. Bei Yuna war er sich noch nicht klar, woran sich ihr Interesse an ihm festmachte. Und es irritierte ihn, dass er meinte, Yunas zarte Haut immer noch auf seinem Handrücken spüren zu können.

Der Vormittag gehörte der Büroarbeit, die schon seit Tagen gelitten hatte. Ungeöffnete Briefe, bei denen es sich augenscheinlich um Rechnungen handeln musste, hatten seine Mitarbeiter ihm an die Seite des Schreibtisches gelegt, als handelte es sich dabei um Gift. Die Stundenabrechnungen dagegen lagen unübersehbar in der Mitte, damit Manuel sie als Erstes zu Gesicht bekam. Ein Blick auf den Kontostand signalisierte ihm jedoch, dass sie noch etwas warten könnten und genauer Überprüfung bedurften. So widmete er sich zunächst der allgemeinen Korrespondenz, die sich als Email-Flut im Postfach aufgestaut hatte. Manuel hasste diese Arbeit, die ihm so blutleer und technisch vorkam. Er liebte

Menschen und die direkte Arbeit mit ihnen, so wie er es von Kindesbeinen an gewöhnt war. Seit zwei Jahren, als sein Vater ihm das Geschäft von einem Tag auf den anderen übertragen hatte, versuchte er vergeblich, sich an die neue Welt von PC und Papier zu gewöhnen. Hinzu kam, dass er wegen der enormen Arbeit immer weniger Zeit mit seinen Freunden verbringen konnte.

Er begann, die ersten Briefe zu öffnen, und blickte glasig auf die Buchstaben und Zahlen, die ihn nicht interessierten. Immer wieder tauchte das lächelnde Gesicht von Yuna vor seinen Augen auf. Er stand vom Schreibtisch auf, rief einem seiner Angestellten zu, dass er jetzt das Büro verlasse, und lief zu seinem Traktor. Sein Weg führte ihn zu Marias Plantage.

Der Abend in Las Colinas war drückend heiß, weil den ganzen Tag keine Wolke die Sonneneinstrahlung gebremst hatte. Im Haus staute sich die Hitze, sodass sich Ben und Dorian im Pool abkühlten, während Lucia und Yuna einen Murciana-Salat und eine Gazpacho zubereiteten und kalt stellten. Vor der Dämmerung war niemandem zum Essen zumute. So gesellten sich die Frauen zu den Männern ins Wasser.

»Wie geht es Maria und Manuel mit ihren Geschäften?«, startete Dorian das Gespräch. »Bei dieser Hitze ist die Arbeit bestimmt kein Vergnügen.«

»In den Bergen bei Alcoy ist es deutlich kühler. Vor allem abends geht meist ein frischer Wind.« Yuna stieß sich vom Beckenrand ab und schwamm zwei Bahnen. »Übrigens hat Maria den kleinen Hof sehr geschmackvoll eingerichtet. Sie macht den Eindruck, als wäre sie trotz der anstrengenden Arbeit glücklich.«

»Schön zu hören. Und was hast du eigentlich dort gewollt, Yuna?«, fragte Dorian weiter. Auch Ben schwamm jetzt näher heran.

»Ich wollte Maria besuchen. Davor habe ich mir das EUIPO in Alicante angeschaut, und da konnte ich beides gut miteinander verbinden.«

»Davon hast du mir gar nichts erzählt, Yuna«, mischte sich Ben verärgert ein.

»Ich habe mir ja noch keine endgültigen Gedanken gemacht und wollte dich nicht mit halbgaren Ideen belasten«, gab Yuna trocken zurück.

»Was willst du jetzt damit ausdrücken?« Bens Stimme wurde ungewöhnlich laut.

»Ich habe mir überlegt, beim EUIPO anzufangen. So, jetzt weißt du es!«

»Du bist doch verrückt, Yuna! Das sollten wir doch gemeinsam besprechen – oder meinst du nicht?« Ben packte seine Freundin an der Schulter.

»Langsam, meine Lieben. Streiten könnt ihr später.« Dorian bespritzte beide mit Wasser. »Mit leerem Bauch soll man nicht diskutieren.«

Lucia trocknete sich ab und eilte in die Küche, um das Essen zu holen. Sie machte sich die Mühe, den Tisch fein zu decken. Sogar einen Blumenstrauß stellte sie dazu.

Doch der schwelende Streit zwischen Ben und seiner Freundin drückte dem Abend den Stempel der Wortlosigkeit und der kalten Blicke auf. Weder Ben noch Yuna wollte zuerst den abgerissenen Gesprächsfaden von vorher wieder aufnehmen. Es reichte lediglich zum Austausch von Belanglosigkeiten. Nach dem Essen suchte sich jeder einen ruhigen Platz, um für sich zu sein – wie verletzte Tiere.

Lucia stand auf. »Könnte ich dich einmal sprechen, Yuna? Am besten setzen wir uns in den Innenhof im ersten Stock. Da sind wir für uns allein.« Beide gingen nach oben, wo eine gemütliche Sitzlandschaft auf sie wartete. Yuna wunderte sich, dass auf dem Couchtisch einige Kerzen brannten. Lucia hatte offenbar vorgesorgt.

»Du musst mir versprechen, dass du Stillschweigen über das bewahrst, was ich dir jetzt erzählen möchte.« Lucias sorgenvoller Blick bereitete Yuna Angst.

»Wie soll ich dir das zusagen, wenn ich noch gar nicht weiß, worum es geht, Luci?«

»Wenn du nicht magst, dann kann ich dir auch nichts anvertrauen. Ich bitte dich darum!«

»In Ordnung«, antwortete Yuna schließlich, ohne sich klar darüber zu sein, worauf sie sich einlassen würde. Sie setzte sich aufrecht hin und wartete, bis Lucia zu reden begann. Nur wenige Sterne leuchteten am Himmel; der helle Mond überstrahlte sie.

»Vor einigen Tagen erhielt ich einen seltsamen Brief, in dem behauptet wurde, dass unser Gran Monte auf irregulärem Fundament errichtet worden sei. Es klingt gerade so, als hätten die Großväter das Land zu einem Spottpreis erworben. Nun wollen die ehemaligen Verkäufer ihren gerechten Anteil.« Lucia zog den Brief aus ihrer Tasche und gab ihn Yuna zum Lesen. Auch Yunas Gesicht zeigte starke Sorgenfalten, nachdem sie diesen studiert hatte. Also war Lucia mit ihren Befürchtungen nicht allein. Es war ernst.

»Hast du denn schon in den alten Verkaufsunterlagen nachgeschaut? Das bringt eventuell Aufschluss.«

»Klar habe ich das. Aber ich konnte nichts Auffälliges entdecken. Der Preis für Agrarland war damals nicht besonders hoch. Aber die Fläche war ja auch zum Anbau von Gemüse denkbar ungeeignet, weil sie hügelig war und von Cañons durchzogen. Ich habe sogar Vergleichspreise anderer Flächen in den Unterlagen finden können, die ähnlich günstig waren.«

Yuna stützte ihren Kopf auf ihre Hände, als gelänge es ihr dadurch, schärfer zu denken. »Nehmen wir einmal trotzdem an, dass der Preis zu niedrig war. Nach dreißig Jahren kann das doch nicht als Argument für eine Forderung herhalten! Und dann noch die seltsame Sache mit deinem Kind. Der Schreiber weiß ja nicht einmal, dass du eine Tochter hast. Ich verstehe das einfach nicht. Ich würde Dorian den Brief zeigen.«

Lucia lachte verkrampft. »Unter normalen Umständen hätte ich gleich mit Dorian gesprochen. Der hat sich aber in letzter Zeit verändert, seitdem Desiree plötzlich hier aufgetaucht ist.« Lucia vermied, auf den zweiten Teil des Briefs einzugehen.

»Davon hast du ja noch gar nichts erwähnt. Jetzt wird mir vieles klarer. Mir kam es so vor, als würdet ihr euch gegenseitig aus dem Weg gehen.«

»So könnte man es ausdrücken«, bestätigte Lucia. »Ich möchte zuerst erfahren, was hinter dem Brief steckt, bevor ich weitere Schritte unternehme. Jetzt musst du wissen, dass ich gestern eine Mail bekam, in der mich der Absender auffordert, ihn morgen Abend am Strand von El Pinet zu treffen. Um einundzwanzig Uhr!«

»Willst du da etwa hingehen? Wenn du das machst, musst du Dorian erzählen, was du so spät noch vorhast.«

»Es sei denn, du gäbest mir ein Alibi. Wir sagen, dass wir einen gemeinsamen Abend in Alicante verbringen wollen. Ich würde dir die Stadt zeigen, die du noch nicht wirklich kennst.«

»Du bist verrückt, Lucia!«

»Hilfst du mir jetzt oder nicht?«

Yuna zögerte, bevor sie antwortete. »Ja, ich werde dir helfen. Außerdem verrate ich dir jetzt etwas, was Ben noch nicht weiß. Ich war vorgestern beim EUIPO und habe mich formell beworben …«

»Das hattest du ja schon angedeutet«, unterbrach Lucia.

»Aber es geht noch weiter. Ich habe ein schriftliches Angebot für die Stelle bekommen und will es annehmen. Ich muss nur noch den Vertrag unterschreiben.«

»Das wird Ben aber nicht gerade begeistern.«

»Es kam alles so plötzlich – wie ein Wink des Schicksals. Ich habe seit dem ersten Aufenthalt hier bei euch begonnen, davon zu träumen. Und jetzt wird dieser Traum wahr. Mich hält nichts mehr auf. Nur muss ich es Ben schonend beibringen.« Yuna unterstrich ihre Sätze aufgeregt mit ihren Händen. »In einer Woche soll ich anfangen.«

»Dann sitzen wir beide in einem Boot mit unseren Geheimnissen.« Lucia umarmte Yuna, drückte sie und wollte sie gar nicht mehr loslassen.

Still schauten beide noch länger auf die mondbeschienene Landschaft der Anlage, bevor sie wieder nach unten gingen und sich gutgelaunt zu den Männern gesellten, die ihr Gespräch abrupt unterbrachen.

»Was habt ihr da oben ausgeheckt?«, fragte Dorian, ein Glas Rotwein in der Hand. »Wollt ihr uns das verraten?!«

»Wir wollen morgen für einen Mädelsabend nach Alicante fahren«, antwortete Lucia und legte Yuna ihren Arm um die Schulter. Ben ergab sich schweigend der Situation.

Dorian entschied sich am nächsten Morgen, etwas früher das Büro zu verlassen. Er buchte eine Runde Golf in Las Colinas für den späten Nachmittag, wenn die Temperaturen bereits angenehmer wären und der Andrang der Golfer abnehmen würde. Die anstehenden Termine erledigte er per Videokonferenz, zu der er sich auf die Terrasse setzte und als Hintergrundbild sein Büro zeigte.

Welch eine angenehme Umstellung hatte die Arbeitswelt durch Corona doch genommen, dachte er sich. Jetzt, nachdem diese Krankheit ihren Schrecken längst verloren hatte, würden die virtuellen Arbeitsweisen mit all ihren Vorzügen bleiben. Ohne die neue Wirklichkeit hätte er vermutlich auch den Kontakt zu seinem Forstunternehmen verloren – und damit auch den Rest an Kontrolle. Auch der monatliche Online-Treff mit den Hauseigentümern von Gran Monte, den er etabliert hatte, war inzwischen zu einer festen Institution geworden und hatte dazu beigetragen, dass alle sich wie eine Familie fühlten. Und trotzdem war er wieder in die alte Routine zurückgeglitten, jeden Morgen ins Büro zu fahren. Er dachte, dass er das ändern müsste, wie es ihm jetzt seine Frau vormachte, die spontan nach Alicante fuhr.

Lucia hatte die kleine Inez schon am Morgen entführt und war nach Cabo Roig zu ihrer Mutter gefahren. Bis auf einen flüchtigen Kuss auf seine Wange schien sie Dorian nicht viel zu sagen zu haben. Mit der Anmerkung, dass es heute später werden würde und dass sie wegen Inez in Cabo übernachten würde, lief sie zum Auto.

Stunden später packte Dorian seine Golfsachen und ging zum Clubhaus hinunter. Da die Villa direkt am Golfplatz lag, wählte er wie immer den Weg zu Fuß. Das dichte Gras der Fairways unter den Sohlen genoss er als Einstimmung auf einige Stunden Sport. Während außerhalb des Clubgeländes Kräuter und Halme zum Teil schon gelb glänzten, war hier alles stetig sattgrün. Die den Platz einfassenden Kiefern verströmten nicht nur einen unvergleichlich intensiven Geruch, sondern erzeugten auch ein sanftes Rauschen in der aufkommenden Nachmittagsbrise. Eine friedliche Stimmung lag über der Anlage.

Dorian war zeitig dran und gönnte sich noch einen Cortado im Clubrestaurant. Dieser im kleinen Glas servierte, mit Milchschaum verlängerte Espresso, gehörte zu seiner Routine, bevor es auf die Runde ging. Er nahm das Glas vorsichtig mit zwei Fingern am Rand, weil es sehr heiß war, und nippte daran.

»Einen schönen Nachmittag wünsch ich dir, mein Lieber«, hörte er hinter sich eine ihm nur zu bekannte Stimme, und als er sich umdrehte, blickte er in das strahlende Gesicht von Desiree. Ihm fiel auf, dass sie im Golfdress gekleidet war.

»Ich wusste ja gar nicht, dass du golfst. Wie findest du denn den Kurs?«, fragte er etwas verwirrt.

»Golfen habe ich mir in den USA angeeignet. Aber hier habe ich noch nicht gespielt. Ich habe mich nachher zu einer Runde angemeldet.«

»Aha«, bemerkte Dorian knapp. »Dann wünsche ich dir ein schönes Spiel.«

»Wir spielen zusammen. Ich habe mich in deinen Flight eingebucht. Wenn es dir nichts ausmacht, nehmen wir gemeinsam einen Buggy. Ansonsten müsste ich laufen, denn es würde komisch aussehen, wenn wir beide jeweils einen Buggy getrennt benutzen.«

»Das ist doch kein Zufall, dass du in meinem Flight spielst?«

»Nein, natürlich nicht. Ich habe mit der Clubreservierung gesprochen, damit sie mir Bescheid geben, wenn du eine Runde buchst.« Desiree versuchte gar nicht erst, ihren Triumph zu verbergen. »Man muss nur etwas nett sein zu den Menschen, dann tun sie dir einen Gefallen.« Lächelnd machte sie eine kleine Pause. Dann strich sie geschickt ihr Haar zur Seite. »Also: Wir können auch zwei Buggys nehmen, wenn du darauf bestehst. Aber im Flight bleibe ich, ob du willst oder nicht!«

Dorian atmete tief durch. Gedanken flogen in seinem Kopf hin und her. Ihm war regelrecht schwindelig.

Sie spielten mit einem schwedischen Pärchen, das sich intensiver mit sich beschäftigte als mit dem Golfspielen. Die Skandinavier diskutierten mehr die Qualität und Preise der neu am Platz errichteten Designer-Villen als die beste Annäherung aufs nächste Grün.

Dorian entschied sich, strikt beim Thema Golf zu bleiben, auch wenn Desiree immer wieder andere Themen ansprach. Das bedeutete nicht, dass er nicht sorgfältig jeden Schritt und jedes Wort von Desiree wahrnahm. Er fragte sich, ob sich ihre Stimme geändert hatte und mittlerweile sanfter klang. Er prüfte, wie sich ihre Figur verändert hatte, in die er früher so vernarrt gewesen war. Er hörte ihr beim Lachen zu, das immer noch die gleiche Herzlichkeit und Offenheit ausstrahlte. Wäre er ungebunden, hätte er sich vielleicht sogar in sie verliebt.

»Benimm dich nicht wie ein störrisches Kind, Dorian. Ich weiß, dass du verheiratet bist und dich von mir fernhalten musst. Aber lass uns doch einfach ein paar Stunden unbefangen miteinander sprechen, bevor du wieder zu Heim und Herd zurückkehrst.«

»Was willst du eigentlich, Desiree? Du weißt, dass ich mich endgültig für Lucia entschieden habe und auch keine Veranlassung sehe, daran etwas zu ändern.«

»Ich möchte wissen, warum du mich damals im Stich gelassen hast. Wir waren ja schließlich verlobt und nicht nur locker befreundet. Es war sicher etwas viel, von dir zu verlangen, mit mir in die USA zu kommen; aber eine ernsthafte Diskussion, wie wir unsere Lebenspläne hätten verknüpfen können, wäre wohl angebracht gewesen. Dass du mich hast ziehen lassen, ohne das geringste Interesse für meine Forschungsarbeit zu zeigen oder mich von meinen Plänen abzuhalten, hat mich tief getroffen.«

»Das ist doch Schnee von gestern«, antwortete Dorian und verschlug seinen nächsten Ball in den links wachsenden Oleander. »Jetzt verdirbst du mir noch das Spiel, Desi.«

»Lieb, dass du mich wieder Desi nennst. Ganz losgelassen hast du wohl doch noch nicht.« Desiree schenkte ihm ihr schönstes Lächeln und gab ihm einen scheuen Kuss auf die Wange.

»Don't you want to continue playing?«, mahnten da mit einem Mal die skandinavischen Spielpartner, und erst jetzt fiel Dorian auf, wie lange er sich in Diskussionen verwickelt hatte, die er eigentlich gar nicht wollte. Seine Wangen wurden rot. Er wandte sich von Desiree ab, nahm seinen Schläger und drosch mit aller Macht auf den Ball.

Als die Mitspieler nach dem neunten Loch abbrachen, weil ihnen das Spiel zu lange dauerte, wurde es einsam um Dorian, der einerseits am liebsten auch das Golfen eingestellt hätte, sich aber andererseits nicht von Desiree lösen konnte. Ihre körperliche Nähe wühlte Gefühle und Bilder der Vergangenheit auf. So dachte er an die Nacht in Avignon, wo er mit seinen Geschwistern und Desiree auf der Fahrt von München an die Costa Blanca übernachtet hatte. Als spät in der Nacht das gelbliche Licht der Straßenlaternen in das Hotelzimmer schien. Als die Geräusche von den verwinkelten Sträßchen heraufschallten. Als sie sich nackt gegenüberstanden und hinausschauten und Desiree ihn dann aufs Bett warf und liebkoste. Er dachte an die kecke Art und Weise, mit der Desiree ihn von den Sorgen mit seiner Firma ablenkte, die ihn bedrückten. Wäre er nicht Lucia begegnet, die die spanischen Wurzeln der gemeinsamen Familiengeschichte in ihm weckte, und hätten die Großeltern ihn nicht zum Nachfolger für die Leitung von Gran Monte auserwählt, würde er jetzt wahrscheinlich in München leben und mit Desiree verheiratet sein.

»Es ist schon richtig, dass ich deine US-Pläne nicht ernsthaft mit dir diskutiert habe. Aber ich hatte damals einfach zu viel um die Ohren. Die Frage, wie ich mein Forstunternehmen finanzieren sollte, und die Diskussion um die Führung von Gran Monte raubten mir die Kraft, mit dir zu sprechen.«

»Das verstehe ich schon. Aber ich glaube, dass Lucia eher dafür gesorgt hat, dass du dich von mir abgewandt hast. Und es war deine Wahl, mich ziehen zu lassen.« Desiree ging auf Dorian zu und legte ihre Arme auf seine Schultern.

»Ich habe mich schließlich irgendwann in Lucia verliebt. Das kannst du mir nicht wirklich vorwerfen«, gab Dorian zurück.

»Du kannst mir aber auch nicht vorwerfen, wenn ich dich immer noch begehre!«

»Was willst du denn? Willst du, dass ich mich von Lucia trenne? Schlag dir das aus dem Kopf.« Seine Stimme wurde laut.

»Ich wollte nur ehrlich dir gegenüber sein. Ist das etwa falsch?«

»Lass uns weiterspielen«, versuchte Dorian, sich einen Ausweg zu bahnen.

»Gerne spiele ich mit dir weiter!«, lachte Desiree. »Mal sehen, wer von uns gewinnt!«

Dorian schaute zum ersten Mal seit Stunden wieder auf sein Handy. Dabei fiel ihm auf, dass Lucia keine Nachricht aus Alicante geschickt hatte. Warum nur?, fragte er sich. Hielt sie es nicht für angebracht, sich vor dem Abendessen zu melden? Er wandte seinen Blick nach rechts zu Desiree, die gutgelaunt neben ihm auf dem Buggy saß und sich an der grünen Landschaft zu erfreuen schien. Sie verhielt sich so unbefangen und locker, wie er sie damals kennengelernt hatte. Vielleicht war sie noch kecker geworden, noch selbstbewusster – das mochte so sein.

Als sie ihre Runde beendet hatten und im Buggy dem Clubhaus entgegenfuhren, legte Dorian seine Hand auf Desirees Oberschenkel. »Sollen wir noch einen kleinen Drink nehmen, bevor wir uns trennen?«

»Klar doch. Ein Tinto de Verano würde jetzt passen«, lächelte sie und machte keine Anstalten, seine Hand wegzuschieben.

Beide saßen danach noch länger im Clubhaus, bestellten sich einen Sommerwein und sahen, wie die Abendsonne das Grün des Golfplatzes allmählich golden einfärbte. Als Dorian Desiree zum Abschied umarmte, quittierte diese das erst mit einem kurzen Kuss, dann mit einem zarten Lippenbiss in seinen Hals. »Wir sehen uns bald wieder!«

Dorian schaute ihr noch lange nach, als sie zu ihrem Cabrio schlenderte, das Dach öffnete und davonbrauste.

Desiree öffnete die Tür zu ihrem Apartment, stellte das Golfbag in die erstbeste Ecke, warf Cap und Handschuhe aufs Sofa. »Na, geht doch, Desi!«, rief sie laut in den Raum hinein. Dann zog sie sich aus und ließ ihre Kleidung auf den gefliesten Boden fallen. Ein Stück nach dem anderen, als würde sie eine Fährte legen wollen, bis sie nackt im Wohnbereich stand. Sie drehte sich zum Spiegel um, betrachtete sich ausgiebig, fuhr mit ihren Händen unten beginnend ihren Körper nach oben. Sie fühlte die zarte Haut ihres Busens, strich vorsichtig an ihm entlang. Mit ihren Fingernägeln fuhr sie über den hinteren Bereich ihres Halses und dann weiter durch das dichte Haar. Wie eine Diva schüttelte sie den Kopf. Dann fixierte sie ihre Augen im Spiegel, versuchte, möglichst lange nicht die Lider zu schließen. »Du musst dich vor niemandem verstecken, Desi!«

Nach dem Duschen zog sie sich ein leichtes rotblau gemustertes Sommerkleid über und mixte sich einen Orangensaft mit Gin, bevor sie es sich auf der Liege des Balkons gemütlich machte.

## Kapitel 7 – Heißer Sand

Lucia wählte einen anderen Weg als üblich, um mit Yuna in Richtung Alicante zu fahren, denn der ganze Tag lag noch vor ihnen. Bei Torrevieja bog sie von der Landstraße N332 nach El Chaparral ab, das zwischen den beiden Lagunen im Landesinneren lag. Ihr Ziel war die Laguna Rosa, die nach ihrer Färbung benannt und die für ihre Flamingo-Population bekannt war. Über einen kleinen Pfad durch Schilf und Gebüsch bahnten sie sich etwas mühsam den Weg ans Ufer. Dort setzten sie sich auf einen alten grauen rindenlosen Baumstamm direkt ans Wasser.

»Ich wollte dir diese stille Einsamkeit inmitten des Trubels zeigen, in der diese wunderschönen Vögel leben dürfen. Wenn ich einmal für mich sein möchte, um nachzudenken, komme ich gerne hierher. Im Sommer scheuen die Touristen von der Küste die Lagune, weil sie sich vor den Moskitos fürchten. Die aber kommen erst in der Dämmerung. Tagsüber haben wir hier unsere Ruhe vor ihnen.« Lucia zückte ihr Handy, um einige der scheuen Vögel aufzunehmen, die nahe am Ufer nach Nahrung suchten.

»Die Sommergäste scheinen sich ohnehin primär für Meer, Sand und Sonne zu interessieren. Das Hinterland lassen sie links liegen – im wahrsten Sinne des Wortes«, antwortete Yuna und ließ ihre Füße im Wasser baumeln.

»Hast du eigentlich schon vom Flamingoblut gehört?«, lenkte Lucia das Gespräch auf ein neues Thema. Dann zeigte sie auf ihrem Handy ein Foto, auf dem aus dem Schnabel eines Flamingos Blut auf einen Jungvogel tropfte.

»Schrecklich sieht das aus. Der Vogel muss ja schwer verletzt sein!«

»Nein, der Vogel ist kerngesund. Er füttert sein Junges mit seiner Kropfmilch, die wegen der Krustentiere, die er zu sich nimmt, rot gefärbt ist. Für mich ist das ein lebendiges Beispiel, dass hier an der Costa Blanca einiges anders ist, als es auf den ersten Blick erscheint.«

»Was willst du mir damit sagen?«, gab Yuna mit besorgter Miene zurück.

»Gutes sieht manchmal zunächst schlimm aus. Du solltest dem natürlichen Lauf der Dinge vertrauen. Dann wird sich alles fügen.« Lucia umarmte Yuna.

»Und noch etwas: Wenn du dich wirklich entscheiden willst, deine Zelte hier aufzuschlagen, solltest du die Costa Blanca gründlich erkunden. Viele der Schönheiten mögen nicht so offensichtlich erscheinen wie die Andalusiens. Aber sie sind direkt, ehrlich, substanziell – wie die Menschen, die hier wohnen. Einige Besonderheiten möchte ich dir heute auf dem Weg nach Alicante zeigen. Die Zeit dafür haben wir.«

»Ich muss vor allem intensiver Spanisch lernen, um die Menschen noch besser zu verstehen. Das ist so schrecklich kompliziert für mich als Koreanerin.«

»Je weiter nördlich du kommst, desto mehr wird von dir erwartet, dass du zumindest auch Valencianisch verstehst. Aber an diese Sprachversion wirst du dich gewöhnen, wenn du lange genug hier wohnst. Erst einmal musst du Ben davon überzeugen, seine internationalen Asienpläne ad acta zu legen, nachdem er seinen Doktortitel in der Tasche hat.«

»Ich habe Ben wirklich lieb.« Yuna fuhr sich mit der Hand durch ihr schwarzes Haar. »Aber ich werde meinen eigenen Weg festlegen müssen, der mich erfüllt und glücklich macht. Ben muss sich eventuell an meinen Plänen ausrichten. Schließlich bin ich als Erste mit meiner Ausbildung fertig geworden. Soll ich etwa in Stille verharren, bis Ben fertig ist?«

»Sei nicht so hart«, erwiderte Lucia erschrocken. »So kenne ich dich gar nicht.«

»Nur weil ich eine Asiatin bin, meint jeder in Europa, dass ich mich sanft verhalten und anpassen soll. Die Zeiten haben sich geändert, musst du wissen. Partner müssen sich auf Augenhöhe begegnen.« Yuna stand auf. »Lass uns weiterfahren, sonst werde ich noch emotional.«

Lucia fuhr zurück zur Küste gen Guardamar. Der Weg führte sie am Río Segura entlang zum Hafen Puerto Deportivo Marina de las Dunas. Das Meer hier war ungewöhnlich glatt, weil es die Tage zuvor kaum Wind gegeben hatte. Wie eine friedlich ausgebreitete blaue Decke erstreckte sich das Wasser bis zum Horizont. Sie parkten das Auto und liefen zum Ende der Mole, die von einem kleinen roten Leuchtturm abgeschlossen wurde.

»Ich will dir zeigen, wie verletzlich sich unsere Küste erwiesen hat. Der Río Segura zeigt sich meist so, als sei er ein Rinnsal. Aber wenn es tagelang heftig regnet, führt er nicht nur Hochwasser, sondern verwüstet ganze Küstenbereiche. 2019 wurden viele der dicht am Strand gebauten Häuser ins Meer gerissen. Schau, dort hinten am Strand steht noch eine Reihe Häuser wie fragile Schwalbennester, die bald abzustürzen drohen.«

»Warum zeigst du mir das?«, fragte Yuna erstaunt.

»Wer hier aufwächst, merkt, wie wichtig es ist, mit der Natur zu leben. Die Kräuter, Büsche und Pinien, die hinter den Stränden wachsen, sehen vielleicht nicht so imposant aus wie die Palmen an den Promenaden, aber sie sind in meinen Augen auch schön. Wenn du lernst, dich von ihnen verzaubern zu lassen, wirst du dich in die Costa Blanca verlieben; wenn nicht, dann wirst du dich vielleicht bald langweilen.«

»Ich habe mich schon verliebt. Sonst wäre ich nicht wiedergekommen. Schon beim ersten Besuch fiel mir auf, dass die Sonne fast stündlich ein anderes Licht erzeugt und mit dem Grün der Pflanzen spielt.« Yuna taxierte Lucias Augen, als könnten diese ihr ein tieferes Verständnis der Sätze ermöglichen. »Ich bin aus ganz persönlichen Gründen wieder zurückgekommen und nicht etwa, weil ich auf einen Anteil an Gran Monte spekuliert habe, indem ich Ben an mich binde.«

»Glaube mir: Das habe ich nicht gemeint, Yuna!«, gab Lucia mit leiser Stimme zurück. Die beiden Frauen umarmten sich wortlos.

In Alicante ließen sich beide vom Trubel auf der Promenade anstecken. Yuna kaufte sich an einem Stand einen Gürtel, den sie eigentlich gar nicht brauchte, und Lucia erwarb spontan eine Zeichnung vom Castillo de Santa Bárbara, das die Stadt bewachte. Sie ließen sich zu einem allzu süßen Becher Eis hinreißen, beobachteten die Touristen aus aller Herren Länder, wobei sie sich einen Spaß daraus machten, deren Nationalität zu erraten. Sie wetteten dann gegeneinander um eine teure Flasche Brandy, die sie Ben und Dorian mitbringen wollten. Eine von ihnen musste dann die Touristen fragen, aus welchem Land diese kämen. Natürlich verlor Yuna, denn sie konnte die Charaktere anderer Europäer ebenso wenig einschätzen wie deren Gesichtszüge. Lachend gestand Yuna ihre Niederlage ein, bevor beide sich auf den Weg ins Archäologische Museum aufmachten. Lucia versuchte, Yuna für die Geschichte Spaniens seit der Steinzeit zu begeistern. Aber die war eigentlich nur froh, der Hitze entronnen zu sein und in klimatisierten Räumen bei gedimmtem Licht Altertümliches in Vitrinen anschauen zu können, ohne die Texte lesen zu müssen.

Je näher der abendliche Termin in El Pinet heranrückte, desto weniger sprachen beide Frauen miteinander. Jede von ihnen versuchte, sich das Kommende auszumalen und sich seelisch darauf vorzubereiten. Da das die Stadt überragende Kastell nicht weit vom Museum entfernt lag, machten sie sich noch zu Fuß auf den Weg zur Burg. Oben angekommen blickten sie auf Alicantes Altstadt, deren Häuser sich wie ein Puzzle zusammenzusetzen schienen. Die Geräusche der Autos mischten sich mit den leise vernehmbaren Klängen aus den Lokalen.

»Yuna, ich habe Angst, Dorian und Gran Monte gleichzeitig zu verlieren. Bitte hilf mir, wenn du kannst!«

»Das tue ich doch gerade. Wenn du einverstanden bist, werden wir nachher gemeinsam zum Strandhaus gehen. Ich werde kein Wort sagen, wenn du den Erpresser triffst. Aber ich kann dich schützen, sollte dies notwendig sein.« Gedanken wirbelten ungeordnet durch Yunas Kopf. Sie wurde jetzt Teil des Problems von Lucia; sie merkte, wie sie die Lebensphase der Ausbildung mit dem baldigen Eintritt in das EUIPO hinter sich lassen würde, ohne eine klare Vorstellung von ihren zukünftigen Aufgaben zu besitzen. Mit Manuel hatte sie unerwartet einen magisch attraktiven Mann getroffen, der sie verwirrte, von dem sie aber nicht wusste, wie er sie wahrnahm. Und da war schließlich Ben, der wie angekettet schien durch seine Doktorarbeit. Yuna beschloss, sich von den Geschehnissen treiben zu lassen wie ein Fisch von den Gezeiten. Was blieb ihr anderes übrig?

Glocken einer Kirche in der Altstadt verkündeten dumpf die Zeit und mahnten zum Aufbruch. Es war bereits acht Uhr. Die Frauen eilten den Berg hinab zum Auto. Sie verließen die Tiefgarage am Hafen und gerieten in den Feierabendverkehr. Sie waren nicht die einzigen, die in Richtung Strand fuhren, um dort einen der begehrten Plätze in den Lokalen zu ergattern. Erst als sie nach den großen Salinen von der N332 auf die alte Landstraße abbogen, verlief sich der Verkehr. Lucia kannte den Weg blind. Als sie sich dem Meer näherten, erkannte auch Yuna, dass es sich um den Strand handelte, an dem sie Tage zuvor nach ihrer Ankunft gebadet hatten.

Als sie parkten, war es bereits nach neun Uhr. Die Sonne hatte ihre Strahlkraft verloren, ihr Schein wurde fahl. Die Büsche wechselten ihre Farbe von grün auf grau. Nur wenige Menschen saßen noch auf ihren Stühlen am Meer oder lagen dösend auf bunten Decken. Die meisten hatten gepackt, um den Strandtag zu beschließen. Sie eilten zum Auto oder gingen in die wenigen einfachen Lokale, die in diesem Bereich geöffnet hatten. Lucia wandte sich wie gefordert nach rechts. Eine lange Reihe simpler Häuser reihte sich Mauer an Mauer aneinander. Davor jeweils einfache Veranden mit weißen Säulen. Alle Häuser waren einstöckig errichtet und verfügten offensichtlich kaum über Komfort. Sie taugten nur mäßig zum Übernachten, dienten vielmehr als Sonnenschutz und Aufenthaltsraum für die Familien während der heißen Tage.

Lucia schritt eilig voraus durch den warmen Sand. Sie befürchtete schon, zu spät zu kommen. In gebührendem Abstand folgte Yuna ihr schweigend. Nach dreißig Metern näherten sie sich dem Ende der Häuserreihe, wo sie ganz allein waren. Jetzt sah Lucia die angekündigte grüne Holzbank vor einer klapprigen Flügeltür. Alles schien in die Jahre gekommen zu sein; die kleinen verstaubten und vergitterten Fenster erlaubten keinen Blick nach innen. Doch erkannte Lucia blasses Licht hinter der dreckigen Glasscheibe. Sie setzte sich auf die Bank, um zu warten. Yuna hielt sich hinter der Säule des Nachbarhauses versteckt.

Der Wind schlief ein. Lucia begann der Schweiß von der Stirn zu rinnen. Sie hatte keinen Blick für die Schönheit der Wellen, die die Küste streichelten.

»Warum kommst du so spät? Fast wäre ich gegangen«, ließ sich eine männliche Stimme hinter der Tür vernehmen.

»Der Feierabendverkehr war dichter als gedacht. Jedenfalls bin ich jetzt da. Wenn Sie wollen, kann ich ja wieder gehen.« Lucia drehte sich um. Sie drückte den Türgriff hinunter. Doch der Verschlag war verriegelt.

»Du passt dich meinen Regeln an, verstanden! Wir werden uns durch diese verschlossene Tür unterhalten. Das Haus habe ich gemietet. Es dient in Zukunft als Briefkasten, wenn ich es sage! Der Schlitz unter der Tür ist groß genug.«

Lucia blieb vor der Tür stehen, als könnte sie mit dieser reden. Laut und klar sprach sie, die Hände in die Hüften gestützt: »Wir lassen uns nicht erpressen. Dazu ist unsere Familie zu stark, zu einflussreich.«

»Keiner will euch erpressen. Wir wollen nur unser Recht, unseren angemessenen Anteil an Gran Monte, der uns zusteht.«

»Niemandem steht etwas zu, was nicht verbrieft ist«, antwortete Lucia und rüttelte an der Tür. Sie versuchte, sich ein Bild von ihrem unsichtbaren Gegenüber zu machen. War er alt, war er kräftig? Die sonore Stimme sprach kastilisch mit einigen Sprengseln Valencianisch. Der Mann kam allem Anschein nach aus der Gegend, dachte sie.

»Nicht so aufgeregt!«, schallte es lachend von drinnen. »Jetzt hör mir genau zu. Als ihr vor vielen Jahren unseren Großeltern das Land abgeluchst habt, hatte unsere Familie keine andere Wahl, als zu verkaufen. Danach mussten wir wegziehen.«

»Ich habe keine Ahnung von dem, was Sie erzählen«, erwiderte Lucia mit lauter Stimme. »Das liegt alles Jahrzehnte zurück. Ihre Großeltern hätten ja auch an jemanden verkaufen können, der mehr geboten hätte. Dass sie das nicht getan haben, spricht dafür, dass niemand einen höheren Preis geboten hat. Den wirklichen Wert des Grundstücks hat erst meine Familie geschaffen.«

»Dein Großvater und sein werter deutscher Freund haben sich die Umwidmung in Bauland vor dem Verkauf von Politikern zusichern lassen. Da wird Geld geflossen sein. Vor allem aber hat uns keiner davon unterrichtet. Das Land war schon vor dem Kauf faktisch ein Vielfaches wert. Ich verfüge seit Kurzem über handschriftliche Unterlagen, die diesen Betrug belegen. Wir wollen einen fairen Ausgleich.«

Yuna hatte schon seit einigen Minuten aufgeregt ihrer Gefährtin zugewinkt. Doch die hatte es erst jetzt bemerkt. Lucia schlich sich kurz zu ihr.

»Kommt dir die Stimme nicht bekannt vor?«, flüsterte Yuna. »Die klingt nach Manuel. Ich glaub es nicht!«

Lucia eilte zurück zur Tür. Und nach einige Minuten belangloser Kommunikation meinte dann auch Lucia, den Klang erkannt zu haben.

»Wer bist du?«, griff sie jetzt an. »Warum zeigst du dein Gesicht nicht?«

»Ich will keine Zeugen. Und wie ich sehe, habe ich Recht. Du bist nicht allein«, schallte es zurück.

»Du bist Manuel. Ich erkenne dich, auch ohne dich zu sehen.«

»Lass meinen Bruder aus dem Spiel. Der hat damit nichts zu tun. Ich verlange fünfzehn Prozent der Gran-Monte-Anteile in Bezug auf den Wert der verkauften Grundstücke. In bar. In zwei Wochen – noch vor der Jubiläumsfeier!«

»Du bist verrückt. Nie wird meine Familie zustimmen, niemals werde ich zustimmen.« Lucias Herz pochte bis zum Hals. Sie spürte, wie blanke Wut in ihr aufkam. Das Licht der Sonne war mittlerweile hinter dem Horizont verschwunden. Lucia wurde nun auch bewusst, wie ihre geheime Schwangerschaft bekannt geworden sein könnte. Manuel war auf dieselbe Schule gegangen – einige Klassen über ihr. Sie erinnerte sich jetzt wieder an den imposanten Schüler, der damals lange Haare trug und deshalb auffiel, bevor er von einem Tag auf den anderen plötzlich verschwand. Ihre

Schulfreundin Pilar, die jetzt Dorian als Sekretärin diente, war die einzige aus der Gegend, der sie sich anvertraut hatte. Sie musste geredet haben!

An einen Bruder von Manuel konnte Lucia sich nicht erinnern. Vielleicht, dachte sie, gab es aber auch gar keinen Bruder, und sie hatten es tatsächlich mit Manuel zu tun, der sich noch vor wenigen Tagen in die Familie eingeschmeichelt hatte. Wäre dem so, dann müsste sie die anderen warnen, allen voran ihre Schwester Maria. Ab sofort war Vorsicht geboten.

»Warum bist du so still?«, fragte Yuna laut, die ihre Zurückhaltung jetzt aufgab, weil sie ohnehin erkannt worden war.

»Mir ging so viel durch den Kopf, dass ich nicht sprechen konnte«, antwortete Lucia und wandte sich wieder der Tür zu. »Was willst du jetzt. Sag es mir ins Gesicht. Und vor allem, komm endlich raus.«

Doch keine Antwort war zu vernehmen. Anstatt dessen hörten die Frauen, wie ein Auto hinter den Dünen wegfuhr. Noch einige Male rief Lucia laut ins Haus hinein – doch ohne Reaktion. Sie liefen hinter die Häuserzeile zum Hintereingang, den sie verschlossen fanden. Kein Lichtschimmer drang nach draußen. Spuren im Sand, die durch die Dünen führten, verrieten, dass Manuel oder der seltsame Bruder verschwunden war.

»Ich bin jetzt noch nicht in der Lage, Auto zu fahren, Yuna. Lass uns zum ›Maruja‹ gehen, um alles noch einmal zu bereden, was wir gerade erlebt haben.« Lucia ging im Dunkel voraus, an der Häuserreihe entlang, mit Blick auf das türkisgraue Meer und die leuchtenden Boote in der

Ferne. Sie hatten Glück und bekamen einen Platz am Rande der Lokalveranda, wo sie in Ruhe sprechen konnten.

»Was meinst du, Yuna?«, begann Lucia. »Glaubst du die Geschichte mit dem Bruder von Manuel? Ich nicht!«

»Ich auch nicht wirklich. Aber andererseits habe ich Manuel besser kennengelernt, als ich Maria besuchte. Und die aggressive Art von dem Typen passt nicht zu Manuel. Er müsste sich schon extrem verstellt haben.«

»Unabhängig davon, die finanzielle Forderung sprengt alle Dimensionen. Selbst wenn wir davon ausgehen würden, dass etwas dran ist an der Entstehungsgeschichte von Gran Monte ...«

Yunas grüne Augen funkelten. Sie nahm ein Stück Papier aus ihrer Tasche, um sich Notizen zu machen. »Wir brauchen einen Plan, Luci. Dabei können wir uns die Aufgaben teilen, die jede von uns beiden erledigen muss. Du solltest bei Sandro und bei Dorians Großvater die Hintergründe durchleuchten, ohne dies auffällig zu machen. Und ich könnte mich darum kümmern, Einzelheiten über Manuel und seine Familie zu erfahren.«

»Das würdest du für mich tun?« Lucia umarmte ihre Freundin, die ihr versprach, ihr Halt zu geben. »Ich kann ja vorgeben, wegen der Jubiläumsveranstaltung mehr in Erfahrung bringen zu müssen. Dafür müssten alle Verständnis aufbringen.«

»Bald werde ich meinen Job beim EUIPO antreten. Ich habe nämlich das Angebot angenommen – sorry, dass ich dir das vorhin nicht gleich gebeichtet habe. Dann miete ich mir in Alicante eine kleine Wohnung und kann mich freier bewegen. Wie ich das Ben beibringe, weiß ich noch nicht.

Aber es bleibt mir keine andere Wahl«, stöhnte Yuna. »Sollen wir nicht vielleicht doch unsere beiden Jungs einweihen? Das würde alles einfacher machen.«

»Im Prinzip könntest du Ben ruhig einweihen. Nur glaube ich nicht, dass er die Geschichte vor Dorian geheim halten würde.«

»Dann musst du es eben auch Dorian sagen!«

»Das geht nicht! Lucias Stimme stockte. »Ich muss dir etwas beichten. Vorher ist mir klar geworden, woher die Drohung mit dem Sohn kommt. Ob von Manuels Bruder oder von beiden. Du weißt ja, dass ich in Barcelona Architektur studiert habe, bevor ich bei der Gran Monte-Organisation angefangen habe. Gleich zu Beginn hatte ich eine Affäre mit einem Jungen während einer Universitätsparty. Beide waren wir wohl etwas zu betrunken, als dass wir richtig aufgepasst hätten. Als ich feststellte, dass ich schwanger war, hatte ich eigentlich nicht mehr an den Abend gedacht.«

Yuna nahm Lucia in den Arm. Sie spürte, dass sie ihr jetzt Halt geben musste. »Du kannst mir alles erzählen – ja, du musst. Nur dann kann ich dir wirklich helfen. Ich werde keinem ein Sterbenswörtchen erzählen!«

Lucia liefen jetzt die Tränen über ihre Wangen. Es dauerte, bis sie wieder ihre Worte fand. »Als ich Gabriel davon erzählte, zweifelte er seine Vaterschaft erst an. Da er aus einer wohlhabenden Familie aus Toledo kam, dachte er wohl, dass ich es auf sein Geld abgesehen hätte. Als hätte ich das nötig gehabt!« Lucias Stimme klang jetzt fast emotionslos. »Als das Testergebnis feststand, forderte er mich auf, abzutreiben. Das konnte ich nicht, und das wollte ich nicht. So habe ich das Kind heimlich ausgetragen und meinen Eltern nichts erzählt.«

»Aber zahlt der Vater denn keinen Unterhalt?«, griff Yuna ein.

»Das war mir einerlei. Gabriel wollte seinen Sohn nicht. Deshalb wäre er nie sein echter Vater geworden. Als der Kleine kam, habe ich angegeben, den Vater nicht zu kennen. Ich habe den Jungen dann nach der gesetzlichen Frist zur Adoption freigegeben!«

»Hast du Dorian davon erzählt?«

»Nein. Ich hatte Angst, ihn zu verlieren. Und jetzt ist es zu spät!«

»Aber irgendwann musst du ihm reinen Wein einschenken.«

»Ja, irgendwann. Aber nicht jetzt, wo Desiree ihn umgarnt.«

»Und was hat Pilar damit zu tun?«

»Ich musste über die Sache mit jemandem sprechen, und das war meine engste Schulfreundin Pilar. Dass Sandro Pilar kurz danach als Sekretärin eingestellt hat, nachdem die Vorgängerin in den Ruhestand ging, war ein Wink des Schicksals. Ich konnte nichts dagegen unternehmen. Sie hat sich beworben – Sandro hat sie genommen, weil er sie ja von mir kannte. Wie du weißt, arbeitet sie für Dorian. Ich gehe ihr unauffällig aus dem Weg und arbeite nur mit Frau Diaz zusammen.«

»Und du meinst, Pilar steckt mit Manuel und seinem Bruder unter einer Decke?«, fragte Yuna besorgt.

»Nein, so schätze ich sie nicht ein. Aber vielleicht hat sie ihren Schulfreunden unbeabsichtigt etwas angedeutet.«

»Wo ist der kleine Junge denn jetzt?«

»Ich weiß es nicht, denn ich habe einer anonymen Adoption zugestimmt. Von mir aus kann ich keine Spur mehr aufnehmen, selbst wenn ich es wollte. Und erst, wenn er sehr viel älter ist, kann er selbst entscheiden, ob er seine Mutter suchen möchte. Yuna – ich bedauere meine Entscheidung heute so sehr und kann sie doch nicht mehr ungeschehen machen.«

Beide blickten noch lange auf das dunkle Meer, dann brachen sie auf. Sie hatten heute mehr als genug erlebt, weshalb sie schweigend den Weg nach Cabo Roig antraten. Als sie dort kurz vor Mitternacht ankamen, waren die Lichter in der Villa schon gelöscht. Leise schlossen sie die Haustür auf und suchten sich ihre Zimmer.

Yuna schlief bald ein, während Lucia noch lange wach lag. Bilder aus der Schulzeit, Bilder der verhängnisvollen Küsse von Gabriel gingen ihr durch den Kopf. Als sie endlich eingeschlafen war, träumte sie, dass sie in eine tiefe Grotte tauchte, aus der sie keinen Ausweg fand.

## Kapitel 8 – Aufbruch

Die Sonne leuchtete bereits auf die Berghänge um Alcoy, als Manuel langsam mit seinem Traktor auf Marias Hof vorfuhr. Auf seinen Hänger hatte er Rammböcke für den Zaunbau geladen, die jetzt klappernd an die Seitenwände schlugen.

Mit einem Flechtkorb in der Hand sprang er auf den Boden. »Maria, du Faulpelz – aufwachen!« Er öffnete die Tür, ohne zu klopfen, und lief ins Haus. Seit seiner Jugend hatte er Schwierigkeiten, im Bett zu bleiben, sobald die Sonne über dem Horizont aufging. Ihm machte es nichts aus, im Morgengrauen um fünf Uhr oder noch früher aufzustehen.

Noch in der Dunkelheit hatte er bei seinem Nachbarn frische Eier geholt, die dieser in einem Kasten vor dem Hühnerkäfig verstaut hatte. Er hatte wie immer die Menge in das kleine Büchlein notiert, das am Kasten hing. Dann hatte er die Eier zu dem frischen gekochten Schinken gepackt und sich auf den Weg gemacht. Er freute sich auf Maria und darauf, ihr helfen zu können. Aber er träumte auch davon, vielleicht Yuna dort zu treffen, obwohl er wusste, dass dies sehr unwahrscheinlich wäre.

Maria öffnete verschlafen die Tür ihres Zimmers und trat hinaus. Sie warf sich eine Jacke über ihren Pyjama. »Du fieser Eindringling. Mich um sechs Uhr morgens aus dem Bett zu werfen, ist Körperverletzung, Manu!«

Manuel lächelte. Er schlang seine starken Arme um sie, führte seine rechte Hand unter die Jacke und zwickte Maria leicht in die Seiten. »Frischer Schinken!« Er machte eine Pause, um zu warten, bis ihr Gesicht rot anlief. »Ich habe frischen Schinken und Eier mitgebracht. Lass uns ein Omelett zubereiten, bevor wir auf die Plantage fahren.« Er lachte, zwickte sie noch einmal, diesmal etwas tiefer; dann ließ er Maria los.

»Du Lüstling! Was würdest du sagen, wenn ich mich so benehmen würde?«

»Nur zu. Ich warte darauf!« Damit ging er in die Küche, holte die große Pfanne herunter, die an der Wand hing, schnitt Tomaten, Zwiebeln und Lauch. Bald brutzelte es, und der Geruch des in Butter gebratenen Gemüses durchzog das Haus. Während er die verrührten Eier hinzugab, tauchte Maria auf, jetzt in Arbeitsmontur, deckte den Tisch und bereitete Kaffee.

»Heute nehmen wir uns die Einzäunung in Benilloba vor. Es hat ja die letzten Tage dort oben so viel geregnet, dass die Erde weich genug sein müsste. Rammböcke und Pfosten habe ich auf dem Hänger. Alvaro bringt zwei Helfer mit, damit wir bis zum Wochenende alles Morsche ausgetauscht haben. Das ist Männerarbeit. Du kannst derweil die Bäume unter die Lupe nehmen.«

Maria lachte. Sie band sich ihre Haare zusammen, bereit für einen langen, erfüllenden Arbeitstag in der Berglandschaft. »Wenn ich dich nicht hätte, Manu!«

»Dann müsstest du dir andere Männer suchen, was dir nicht schwerfallen dürfte.«

»Nimm mich nicht auf den Arm! Als alleinstehende Frau habe ich es eben schwerer. Alle erwarten, dass ich heirate, wenn ich als Bäuerin akzeptiert sein will. Aber ich will und werde meinen eigenständigen Weg gehen – ganz gleich, was andere von mir erwarten.«

»Das habe ich letzte Woche unter der Dusche gemerkt. Du nimmst dir, was dir gefällt. Und du gibst, wie es dir gefällt!«, neckte Manuel zurück.

»Das klingt ja fast so, als hätte es dir nicht gefallen«, beendete Maria das Gespräch. Sie packte Proviant, vor allem Getränke in einen großen Korb, den sie in ihr Auto lud. Sie fuhr nach Benilloba voraus, um die Helfer einzuteilen und sie für die Arbeit der letzten Tage zu bezahlen. Am liebsten wäre sie auf der Fahrt in die eine oder andere Seitenstraße abgebogen, die in verborgene Seitentäler und auf bewaldete Berghänge führte. Diese Landschaft reizte sie mehr als die Küste mit ihren Stränden und dem Trubel, weil hier die Ursprünglichkeit Spaniens noch zu spüren war. Wer hier wohnte und arbeitete, konnte sich in ihren Augen glücklich schätzen. Der lebte mit der Natur und ihren täglichen Veränderungen, die zu meistern eine ewige Aufgabe blieb. Viele junge Menschen zog es natürlich eher an die Küste oder in die Städte, wo es vordergründig mehr Abwechslung und besser bezahlte Arbeit gab. Aufs Land zog es nur wenige Jugendliche, und wenn ja, dann erwiesen sie sich oftmals als Träumer, die es dort nicht lange aushielten.

Maria betrachtete ihre Hände. Sie bemerkte die Schwielen und einige eingerissene Stellen von der harten Arbeit der letzten Wochen und Monate. Arme und Gesicht waren trotz Sonnencreme und Hut braun geworden. Aber als sie sich im Innenspiegel ihres Autos ansah, leuchtete ihr ein zufriedenes Lächeln entgegen.

Als Manuel mit seinem Traktor an der Plantage ankam, hatte Maria bereits den Tagesplan mit den Arbeitern besprochen. Mit Rammböcken und Pfosten bewaffnet machten sich die Männer nun daran, die morschen Pfähle zu ersetzen. Stunde um Stunde vervollständigten sie ihr Werk. Dabei klang das Klopfen der Böcke wie Musik durchs Tal. Maria entschied, welcher Pfahl nicht mehr gut genug war und welcher noch ein Jahr durchhalten musste. Sie wollte alles in Ordnung halten, aber dabei trotzdem nicht unnötig viel Geld ausgeben. Sie blickte auf den roten fruchtbaren Boden, nahm ihn zwischen ihre Finger, zerrieb ihn. Als sie daran roch, meinte sie, den Zauber der Wurzeln und Steine wahrnehmen zu können.

Oberhalb der Obstkulturen breiteten sich die wilden Kiefernwälder aus, die bis zu den Gipfeln hinaufreichten. Außer einigen wenigen Jägern verirrten sich kaum Menschen dorthin. Auch für Touristen gab es einfach nicht genug zu entdecken, und Einheimische erholten sich lieber auf der Terrasse eines Lokals als beim Anblick des Geästs der Nadelbäume. Doch Maria schätzte die Ruhe und Friedfertigkeit dieser Gegend, die ihr Kraft gab. Sie konnte nicht genug bekommen vom Rauschen der Nadelbäume, wenn sich der Wind darin fing.

Am späten Nachmittag verließen die Arbeiter die Plantage, gezeichnet von der harten Arbeit in Hitze, Sonne und trockenem, zehrendem Wind. Sie vereinbarten, morgen früh die Zäune fertigzustellen, und verabschiedeten sich mit einem erleichterten »Hasta pronto«. Teile des Tageslohns flossen vermutlich noch am Abend in die Taschen eines freundlichen Wirts.

Manuel zeigte sich zufrieden mit dem Erreichten. Der Zaun stand jetzt wieder aufrecht, als wäre er stolz, die Plantagenbäume schützen zu dürfen. »Ich lass den Traktor hier und fahr mit dir zurück, wenn du einverstanden bist.«

»Na klar. Aber ich habe eine Idee. Wie wäre es, wenn wir jetzt noch nach Guadelest zum Abendessen fahren? Ich habe keine Lust, zu Hause zu kochen.«

»In unserem Aufzug? Meinst du, das passt?«

»Wir haben Vorrang vor den Touristen. Letztlich würde ohne unsere Arbeit die Landschaft nicht so lieblich aussehen.« Maria nahm ein frisches Hemd aus einer Tasche, die sie mitgebracht hatte. »Und du wirfst dir einfach deine leichte Jacke über.«

Sie fuhren die bergige Landstraße in Richtung Benidorm. Rechts von ihnen zogen sich die Berghänge hinauf, links öffnete sich der Blick auf tiefe Täler und dahinter aufsteigende hohe Bergmassive. Die unten im Tal liegenden Orte und Gehöfte, die nun schon im Schatten lagen, wirkten wie von der Welt abgeschnitten, und sie waren auch tatsächlich nur über verschlungene Sträßchen zu erreichen.

Maria fand noch einen Parkplatz am Eingang von Guadelest. Als sie beide dann ihren Weg hinauf zum Berg liefen, auf dem das Zentrum des Ortes lag, kamen ihnen zahlreiche Touristen entgegen, die es nun wieder zur Küste zog. Sie liefen durch den Mauerdurchlass, um bald darauf auf dem kleinen Ortsplatz in der Mitte der Burganlage zu stehen. Von der Mauer, hinter der es steil bergab ging, konnten sie auf den weit unter ihnen liegenden Stausee schauen, der wie ein Edelstein im letzten Licht funkelte. Kein Wunder, dachte Maria, dass dieser Ort eine der beliebtesten Touristenattraktionen darstellte. »Ist dieser winzige Ort nicht magisch? Die Gründer dieser Burgstadt wussten, warum sie sich hier ansiedelten.«

»Mag schon sein, aber ich habe gerade nur Blicke für dein schönes Profil!« Manuel legte seinen rechten Arm um Marias Taille.

»Bleib mal ernst. Wir sind nicht zum Turteln, sondern zum Entspannen hergekommen.« Maria wand sich aus seinem Griff. »Spürst du, wie gut die kühle Bergluft nach all der Arbeit tut?«

Gerne hätte Maria noch die Burg besichtigt, die sie zuletzt mit ihren Eltern vor langer Zeit besucht hatte. Doch diese war schon geschlossen. Deshalb stiegen sie wieder hinab und gingen durch das Tor, um unten an der Stadtmauer einen Platz in einem rustikalen Restaurant zu ergattern. Sie bestellten beide Olleta, den für hier typischen schmackhaften Eintopf. Dazu wählten sie ein kleines Bier, um den ersten Durst zu stillen. Eigentlich handelte es sich bei der Olleta um ein Gericht für herbstliche Tage. Doch hier im Hinterland war die Zubereitung mit deftigem Fleisch, Bohnen und Sellerie zumeist unvergleichlich schmackhaft und schmeckte auch im Sommer.

»Sind wir nicht ein tolles Team bei der Arbeit, Maria?«

»Klar, das sind wir. Ich bin dir auch wirklich dankbar, dass du mich gerade in der Zeit des Aufbaus meines Geschäfts so stark unterstützt.«

»Aber?«, versuchte Manuel, den Satz fortzusetzen.

»Aber zu mehr kann ich mich nicht entscheiden. Gib mir einfach noch Zeit, meine Gedanken zu ordnen.«

»Wie lange soll denn das noch gehen?« Manuel legte den

Löffel zur Seite und sah Maria eindringlich an. »Ich kann mir auch eine andere Frau suchen, wenn dir das lieber ist. Im Moment trage ich mein Mönchsleben mit Fassung – aber ich kann und will das nicht ewig. Vor allem lasse ich mein eigenes Geschäft schleifen, bin für Geschäftspartner oder Freunde immer schwerer zu erreichen.«

»Wenn die Arbeit dir zu viel wird, habe ich Verständnis dafür, dass du mir nicht jeden Tag hilfst. Ich werde schon selbst zurechtkommen. Ich will mich nicht gezwungen fühlen, dir dankbar zu sein, weil du mich unterstützt – dann wüsste ich nicht, ob meine Gefühle von Herzen kommen!«

Das Sonnenlicht schien auf die Kiefern am westlichen Bergkamm. Wie ein orange hinterlegter grüner Flaum schmückten die Bäume den Horizont. Die milde Luft strich zart über die Terrasse. Die Gespräche der anderen Gäste klangen unaufgeregt, da sich der Stress des Tages bei allen gelegt hatte.

»Am besten: wir unterbrechen unsere Diskussion.« Maria strich mit ihrer Hand über Manuels Haare. »Lass uns zurückfahren, zu dir nach Hause. Ich will heute gerne mit dir schlafen!«

## Kapitel 9 – Familientreffen

Lucia wählte den Weg vorbei am Real Golfclub Campoamor. Zur Morgenzeit stolzierten hier imposante weiße Reiher, die auf den Fairways nach Insekten und Amphibien suchten. Aufrecht standen sie in der Landschaft und ließen sich auch nicht von den ersten Golfern vertreiben, die sich auf ihre Runde machten. Majestätische Palmen säumten den Platz, dessen hügelige Kontur ein kleines Paradies formte. Hinter dem Clubgelände fuhr Lucia durch die üppigen Orangenhaine mit ihren prallen, leuchtenden Früchten, die auf die Ernte warteten. Sie öffnete das Fenster und verringerte die Geschwindigkeit. Ein betörender Zitrusduft lag in der Morgenluft. Die wachsende Kraft der Sonne erzeugte schon früh einen leichten Schimmer in der aufsteigenden Luft.

Als sie mit Yuna und der kleinen Inez in ihrer Villa in Las Colinas ankam, war Dorian bereits ausgeflogen. Sie trafen nur auf Ben, der ihnen die Tür öffnete und sie mit einem unterkühlten »Hola, guten Morgen«, empfing.

»Es war so schrecklich spät, dass wir uns einfach nicht mehr gemeldet haben.« Yuna ging auf Ben zu, um ihn in die Arme zu schließen. »Sei uns nicht böse. Jetzt sind wir ja wieder da.«

»Behandle mich nicht wie ein kleines Kind! Nur zu gerne wüsste ich genau, was ihr getrieben habt. Aber ich werde mich hüten zu fragen.« Er erwiderte die Umarmung seiner Freundin nur halbherzig. »Langweilig ist es euch augenscheinlich nicht geworden.«

»Nein, das nicht. Da bin ich ehrlich.« Lucia lachte betont laut, um Bens Anspannung zu lösen. »Jetzt lass uns reingehen. Die kleine Inez hat Durst auf frischen Orangensaft.«

Ben zog sich nach einem schnellen Kaffee wieder ins Arbeitszimmer zurück, um sich seinem Projekt zu widmen. Doch dies gelang ihm nur mäßig. Yunas Versuch, ihn durch süßes Gebäck, das sie ihm brachte, aufzumuntern, misslang. Auch Lucia scheiterte damit, einen klaren Plan für den weiteren Tagesablauf zu entwickeln, nachdem eine Whatsapp-Nachricht an Dorian ebenso unbeantwortet blieb wie eine SMS. Nur Inez beschäftigte sich glücklich mit ihren Spielsachen.

Als Bella am frühen Nachmittag anrief und ankündigte, gemeinsam mit Sandro zum Abendessen ins Clubrestaurant kommen zu wollen, wirkte dies wie eine Erlösung für alle. Den Rest besorgte dann die Sonne, die vom wolkenlosen Himmel leuchtete, als hätte sie erkannt, dass einige Menschen in der Villa ihre Kraft dringend benötigten.

Dorian war sehr früh wach geworden. Tatsächlich hatte er nur wenig geschlafen. Er dachte an den verrückten Golfnachmittag mit Desiree, das unbeschwerte Plaudern auf der Terrasse des Clubs und an das verschmitzte Lächeln seiner ehemaligen Freundin. Er fühlte sich voller Tatendrang, griff seine Laufschuhe und rannte los. Er wusste, dass vor sieben Uhr nur die Greenkeeper unterwegs waren, sodass er den Golfplatz einmal umrunden konnte, ohne Gefahr zu laufen, anderen Spielern in die Quere zu kommen. Er genoss den Blick auf den Tau, der auf dem Rasen lag und ihn silbergrau färbte, atmete die noch frische, kühle Luft der Morgendämmerung und nahm die Rufe der Vögel wahr. Er verließ die festen Wege, lief über das weiche Gras der Fairways, das sich wie ein Teppich samtig weich anfühlte.

Was war nur mit Lucia los?, fragte er sich. Von einem Tag auf den anderen wirkte sie plötzlich so nachdenklich und distanziert! Hatte er etwas falsch gemacht, ihr vielleicht zu wenig Aufmerksamkeit geschenkt? Oder brauchte Lucia zur Zeit ihre ganze Kraft für das Ausbauprojekt? Ihm war auch bewusst, wie viel Aufmerksamkeit Inez brauchte und wie wenig Ausgleich er schaffen konnte. Aber wenn es so war, warum sprach sie diese Belastung nicht einfach an, wie er es von ihr gewohnt war? Dorians Gefühle schwankten zwischen Ratlosigkeit, Frustration und Leere. Ihm lag es fern, Lucia Vorwürfe zu machen. Das aufsteigende Gefühl von Aggression bereitete ihm allerdings Sorgen.

Wieder erschien das Bild der lächelnden Desiree vor seinen Augen. Er versuchte, es wegzuwischen – ohne Erfolg. Er beschleunigte seinen Lauf, um auf andere Gedanken zu kommen; doch an jedem Punkt des Golfplatzes erinnerte er sich an das gestrige Spiel.

Der Schweiß lief ihm den Körper herunter, ausgelöst von der Anstrengung wie von den heftigen Gefühlen. Als er zur Villa zurückkehrte, wollte der Pulsschlag nicht sinken. Deshalb zog er sich aus und stellte sich lange unter die Pooldusche, um anschließend ins kühle Wasser zu springen.

Eine Stunde später saß er an seinem Schreibtisch in der Verwaltung von Gran Monte. Pilar hatte alle Unterlagen, die für den Tag entscheidend waren, akkurat geordnet. Er konnte sich keine bessere Sekretärin vorstellen. »Wenigstens hier ist alles im Lot«, dachte er laut.

»Un café para animarse?« Pilar schaute lächelnd mit ihrem Kopf um den Türstock herum. Mit ihren ultrakurzen Haaren sah sie aus wie ein junger Mann.

»Ja, eine Aufmunterung kann ich gebrauchen, Pilar«, gab Dorian lachend zurück.

Er schaute auf sein Handy, weil der Pington ihm eine Nachricht von Lucia ankündigte. Sandro und Bella würden kommen, las er erfreut, weshalb sie heute nicht ins Büro käme, sondern die Villa in Schuss bringen wolle. Zwar würde man sich im Clubrestaurant treffen, sie wisse jedoch, dass danach ein Drink in der Villa unvermeidlich wäre. Die Betten müssten dann auch noch frisch bezogen werden.

Lucia bat Yuna im Vorbeigehen, ein paar Stunden auf Inez aufzupassen. Ohne auf eine Antwort zu warten, packte sie einige Einkaufstaschen und ihren Geldbeutel und verließ eilig das Haus. Sie wollte unbedingt noch zum Fischmarkt in San Javier und danach auch ein paar süße Knabbereien besorgen. Gut, dass zumindest für kalten Cava und Wein schon vorgesorgt war, dachte sie sich.

Nach einigen Runden im Pool, dem Bau eines hohen Legoturms sowie Erdbeereis mit Sahne wagte sich Yuna im Schutz der kleinen Inez ins Bens Zimmer. Sie wusste, dass sie die Sprachlosigkeit noch vor dem abendlichen Besuch abbauen musste, selbst auf die Gefahr eines kurzen, heftigen Streits. Jetzt schien ihr der geeignete Moment – wenn es den überhaupt geben sollte.

»Dürfen wir dich stören, Ben? Wir haben auch Erdbeereis für dich mitgebracht.«

»Kommt ruhig rein. Bei der Hitze drehen sich meine Gedanken auch eher im Kreis, als dass sie eine klare Richtung annehmen könnten.« Ben stand auf, nahm das Eis, um es sogleich zu verschlingen. Inez lachte.

»Heute Abend kommen Bella und Sandro. Ich will, dass es dann keinen Streit zwischen uns gibt. Deshalb möchte ich gerne mit dir sprechen.«

»Es gibt keinen Streit zwischen uns«, raunzte Ben. »Du schaffst Fakten, ohne vorher mit mir zu reden. Das ist es, was mir missfällt.«

»Ich bin da hineingestolpert. Hätte nie gedacht, dass ich eine Chance hätte, überhaupt angehört zu werden. Und jetzt …« Yuna hob wie zur Verteidigung und Beschwichtigung ihre Hände. »Ich habe einen Vertrag vom EUIPO bekommen, den ich spontan angenommen habe.«

»Was heißt denn das schon wieder?« Ben blickte seufzend an die Decke. »Du hast also unterschrieben?!«

»Ja. Nächsten Montag werde ich anfangen.«

Ben blickte besorgt auf Inez, die irritiert vor sich hinstarrte, ohne zu verstehen, was vor sich ging. »Das werden wir später besprechen. Ich brauche jetzt erst mal ein bisschen Ruhe.«

Erschüttert von der knappen Auseinandersetzung, aber erleichtert, dass sie jetzt alle Fakten auf den Tisch gelegt hatte, verließ Yuna das Zimmer. »Du willst doch bestimmt noch ein Eis, Inez?!«

»Au ja! Zwei Kugeln.«

Lucia kam verspätet vom Einkauf zurück, denn sie hatte zur Sicherheit mehr eingekauft als notwendig. Da ihr bewusst war, dass sie nicht mit Bellas Kochkunst mithalten konnte, hatte sie versucht, dieses Manko mit Menge auszugleichen. Im Zweifel, dachte sie, würden die Vorräte für die nächsten Tage reichen.

Sie verstaute die Köstlichkeiten im Kühlschrank, der davon fast überquoll, und entschied, erst später einen Bewirtungsplan auszuarbeiten. Yuna würde ihr sicher dabei helfen. Draußen fand sie die Freundin mit Inez, die munter im Pool planschte. »Mama, ich habe zwei Eis gegessen!«

»Das ist ja toll!«, rief sie der Kleinen zu und sagte leise zu Yuna: »Du sollst ihr nicht so viel Süßes geben.« Und als sie in Yunas leere Augen blickte, ergänzte sie: »Du schaust so besorgt. Hast du dich mit Ben gestritten?«

»Ja. Kurz und heftig. Aber wir haben nichts ausdiskutiert. Ich habe ihm nur mitgeteilt, dass ich die Stelle am EUIPO am Montag antrete. Das verschlug ihm die Sprache.«

»Hätte mir auch die Sprache verschlagen, Liebes. Aber jetzt ist es zumindest ausgesprochen. Es gibt keinen Weg zurück. Deshalb solltest du es auch Bella und Sandro erzählen, auch wenn es die abendliche Stimmung trüben sollte.«

»Du solltest mich heute Abend unterstützen, denn du brauchst mich in Alicante. Nur ich kann dir Informationen beschaffen, ohne dass es auffällt.«

»Keine Sorge. Als ›Partners in Crime‹ können wir alles verlieren, wenn wir nicht zusammenhalten. Das ist mir bewusst.« Lucia legte beruhigend ihre Hand auf Yunas Schulter. »Übrigens habe ich vorhin mit Maria gesprochen, ob sie nicht auch kommen will.«

»Und?«

»Sie hat abgelehnt. Sie hätte zu viel zu erledigen. Aber sie hat uns – wie üblich – zu sich eingeladen.«

»Diese Einladung werde ich nächste Woche nutzen. Wir müssen einfach mehr Details zu Manuel und seinem ominösen Bruder rausbekommen.«

Es blieb dann doch noch genügend Zeit für alle, um sich auszuruhen, zu baden und zu sonnen sowie sich fein zu machen. Dorian hatte angekündigt, direkt ins Clubrestaurant zu kommen.

Die drückende Hitze lastete den ganzen Nachmittag wie Blei auf dem Gelände von Las Colinas. Erst als die Sonne an Höhe verlor, kam etwas Wind vom Meer auf. Der brachte auch leichte Wolken mit, die Schatten warfen. Inez griff nach der Hand ihrer Mutter und zog sie zur Haustür, da sie es gar nicht erwarten konnte, ihre geliebten Großeltern zu sehen. Yuna hatte eine halblange gelbe Hose mit weißer Bluse gewählt. Sie hakte sich demonstrativ bei Ben ein, als alle über den Golfplatz direkt zum Restaurant liefen.

»Hast du eigentlich etwas von deiner Schwester gehört? Wie gerne würde ich sie wieder einmal treffen.«

»Lisa schreibt mir fast täglich. Ihr scheint es in München gut zu gehen«, antwortete Ben knapp.

»Warum erzählst du mir nichts davon?«

»Ich dachte, du schreibst auch mit ihr! Woher sollte ich das wissen?« Ben seufzte auf.

»Dann werde ich das wohl machen. Trotzdem kannst du berichten, ob es etwas Neues gibt.«

»Eigentlich nicht viel. Sie geht ganz in ihrer Finanzrolle auf, die Dorian ihr damals aufgedrückt hat. Ihre Ausbildung in der Schreinerei, die sie mit der Geburt von Stella aufgegeben hat, wird sie wohl nicht abschließen.«

»Wie läuft die Forstfirma denn?«

»Soweit wohl reibungslos. Dorian muss ihr ewig dankbar sein, denn ohne sie würde er nicht wirklich wissen, was hinter den Kulissen vor sich geht. Seine ehemaligen Freunde sind mittlerweile nur noch kalte Geschäftspartner in der Firma.« Der sorgenvolle Blick von Ben sprach Bände.

»Hoffentlich bleiben wir von solchen Verhältnissen bei Gran Monte verschont.«

»Es läuft doch alles bestens, Yuna! Willst du mit deiner Bemerkung irgendetwas andeuten?« Ben blieb stehen. Er umgriff Yuna mit beiden Händen.

»Nein, nein. Ich wollte gar nichts andeuten. Sorry.«

»Mach mir keine Angst!«

Im Clubrestaurant von Las Colinas herrschte Hochbetrieb. Golfer, die von einer späten Runde zurückkehrten, verlangten nach den verdienten kalten Cervezas. Bewohner der umliegenden Villen und Apartments orderten Tapas oder eine kräftige Paella, zu der ein Rotwein selbst an diesem heißen Sommertag passte. Der Blick über das Wasser am letzten Loch zu den weit entfernten Pinien erzeugte Sehnsucht nach nicht endender Harmonie.

Bella und Sandro saßen schon gemütlich mit Dorian beisammen. Eine Karaffe Tinto de Verano stand auf dem Tisch, und die drei ließen sich nicht in ihrem Redefluss stören, als die Verwandten aus der Villa auf die Terrasse traten.

»Es sieht so aus, als bräuchtet ihr keine Gesellschaft. Wenn das so ist, dann setzen wir uns an einen anderen Tisch«, rief Lucia in gespielt pikiertem Ton. Als Bella das hörte, stand sie auf und lief ihrer Tochter entgegen, um sie zu umarmen.

»Wir haben euch nicht kommen sehen. Sorry.«

»War auch nicht ernst gemeint. Wir freuen uns so sehr, dass ihr die spontane Idee hattet, uns zu besuchen!«

Jeder fand seinen Platz, wobei die Männer sich am Tischende um Sandro gruppierten. Die Frauen steckten ihre Köpfe am anderen Ende zusammen. Die Tapas hier im Club wurden stylisch serviert – längliche Teller oder Platten in Grau oder Braun –, passend zum Anspruch des Lokals. Alle Gäste schienen bestens gelaunt, was sich im entsprechend anschwellenden Geräuschpegel der Stimmen widerspiegelte. Es schien, als müsste jeder jedem dringend eine neue Geschichte erzählen. Die ausgelassene Stimmung übertrug sich sogar auf die Bedienungen, die scherzten und die Gäste zu weiteren Getränken animierten.

Die Fairways gehörten jetzt den Kaninchen, die aus den Gebüschen hoppelten, und den Vögeln, die nach fetten Insekten suchten. Einige Enten flogen für die Nachtruhe den Teich beim letzten Loch an.

»Was macht der Fortschritt bei deiner Doktorarbeit, Ben?«, fragte Sandro neugierig. »Deine Eltern haben mich schon gelöchert, weil sie von dir nichts erfahren.«

»Löchert dich Sybille oder Christian?«

»Eigentlich eher Sybille, wenn ich mir das überlege. Was macht den Unterschied?«, hakte Sandro nach.

Ben nahm einen großen Schluck Sommerwein, bevor er antwortete. »Meine Mutter interessiert sich nicht wirklich für die Arbeit, schon gar nicht für deren Inhalt. Sie will nur wissen, wann ich Yuna heiraten werde. Und dafür muss nach ihrer Vorstellung die Arbeit abgeschlossen sein.«

»Und was wäre an dem Gedanken so verwerflich?«, lachte Sandro.

»Vielleicht hat Yuna ja ihre eigenen Pläne.«

Sandro hielt es für angebracht, das Gespräch am heutigen Abend nicht weiterzutreiben, und wandte sich Dorian zu. »Jetzt bin ich doch neugierig, Dorian«, startete er seinen Versuch, mehr über die Jubiläumsplanung zu erfahren. »Verrätst du uns, welchen Termin ihr ausgewählt habt? Meine Kollegen im Tourismusverband wollen bald Bescheid wissen.«

»Der dritte Samstag im September wird es werden. Pilar hat Christian und dir heute schon eine Mail mit den Details geschickt, die du aber sicher noch nicht lesen konntest.« Dorian wirkte erleichtert, weil er endlich der andauernden Nachfragen Herr geworden war. Lange hatte er mit Lucia um einen Termin gerungen. Keiner schien perfekt zu passen; entweder gab es Kollisionen mit anderen Events an der südlichen Costa Blanca, oder wichtige Politiker konnten sich zu keiner fixen Zusage durchringen. Als schließlich der Bürgermeister der Bezirkshauptstadt vor zwei Tagen einen für ihn passenden Tag ausgewählt hatte, war alles schnell gegangen. Lucia und er hatten zugestimmt.

»Weißt du, Sandro, heute ist alles so viel schnelllebiger geworden. Früher wurden solche Termine auf Monate im Voraus festgezurrt. Heute reichen wenige Wochen. Die

Kommunikation über Social Media reicht fast vollkommen aus. Wir werden natürlich noch Banner und Plakate aufhängen und die Lokalmedien informieren, aber wirklich entscheidend ist das nicht. Wichtiger als der Event wird ohnehin die Berichterstattung darüber – und die gestalten wir nach unserem Gusto.«

Sandro erhob sein Glas für ein »Salud« in die Runde. »Bella und ich freuen uns schon jetzt auf die Feier und nicht nur auf den Bericht darüber. Und vielleicht finden Sybille und Christian die Zeit, schon deutlich früher anzureisen.«

In der folgenden Stunde erzählten Bella und Sandro alte Geschichten aus den ersten Jahren von Gran Monte. Viele waren bekannt, aber einige in bestimmten Aspekten auch neu. Vor allem Yuna interessierte sich sehr für Details aus den Gründungsjahren.

»Es ist jetzt bald zehn Uhr«, unterbrach Lucia irgendwann die Gespräche. »Wenn ihr einverstanden seid, gehen wir gemeinsam zu unserem Haus. Liebe Eltern, ich habe euch schon ein Zimmer vorbereitet und dulde keine Widerworte. Ihr solltet jetzt nicht mehr mit dem Auto fahren!«

»Wir hatten uns gedacht, ein Taxi zu nehmen«, versuchte Bella einen halbherzigen Versuch, das Angebot abzulehnen. Im Grunde war sie glücklich, eingeladen worden zu sein. Wenig später machte sich die Gruppe quer über den Platz auf den Weg zur Villa. Die drückende Schwüle des Sommerabends wollte nicht weichen, weil der leichte Wind nun vom Landesinneren weitere Wärme heranschaufelte.

Dorian lief mit Sandro voran, als er bemerkte, dass Lucias Telefon klingelte. Er beobachtete, wie Lucia kurz auf ihr

Handy schaute und das Signal wegdrückte. Er hatte den Eindruck, als wäre Lucia besorgt. Aber er mochte sich auch geirrt haben.

Auf der Terrasse standen ausreichend Stühle um den großen Glastisch. Die Salate mit Fisch und Gambas hatten geduldig im Kühlschrank darauf gewartet, verzehrt zu werden. Doch alle waren schon satt und ließen sich nur noch zu etwas Wein überreden.

Beim nächsten Gang ins Wohnzimmer nahm Lucia Yuna zur Seite. »Vorhin hat mich Manuels Bruder angerufen. Ich habe ihn weggedrückt.«

»Woher weißt du, dass er es war?«

»Seine Nummer war anonym. Aber ich spüre es, er muss es gewesen sein. Ich habe mein Handy jetzt auf lautlos gestellt. Ich habe Angst, Yuna!«

»Keine Sorge, ich helfe dir. Gleich nächste Woche fahre ich nach Alcoy und stelle Manuel zur Rede. Er muss etwas wissen.«

Es war schon dunkel geworden in Alcoy. Grillen zirpten unaufhörlich, und die Hitze des Tages wollte immer noch nicht weichen. Manuel saß über seinen Unterlagen gebeugt auf der Veranda seines Hauses. Vor ihm stand ein Glas Mispellikör, das er sich zum Tagesabschluss gönnte. Sein Handy brummte auf dem Tisch, denn es war auf lautlos geschaltet. Der Blick verriet ihm, dass sich Yuna gerade über WhatsApp meldete.

»Hola Manuel. Ich fange nächste Woche an, beim EUIPO in Alicante zu arbeiten. Gerne würde ich dich am Montag treffen.«

Manuel unterbrach seine Arbeit. Seine Augen richteten sich nach oben zu den Sternen, die in dieser dunklen Nacht heller schienen als sonst. Seine Gedanken schweiften zu Yuna ab, die ihm schon seit Tagen nicht mehr aus dem Sinn ging. Ihn überfiel das Gefühl, ihre samtige Haut spüren zu können, ihre weiche Stimme zu hören. Was brachte ihn so durcheinander, wenn er an sie dachte, fragte er sich? Er wollte eigentlich Maria für sich gewinnen, doch Yuna drängte sich dazwischen. Nicht, dass sie sich ihm genähert hatte, als sie sich das letzte Mal getroffen hatten. Nein, er hatte seinen Blick auf sie verändert. Er entwickelte Interesse für sie.

»Schön, dass du dich so mutig für Spanien entschieden hast! Morgen habe ich eine Menge Arbeit. Aber vielleicht klappt es. Wann?«, schrieb er eilig zurück.

Er musste nicht lange auf eine Antwort warten. »Ab 19 Uhr in Alicante?!«

»Kann knapp werden. Melde mich tagsüber. :-)«

Warum hatte er so spontan zugesagt, fragte er sich, ohne zu wissen, was Yuna überhaupt von ihm wollte? Und sollte er Maria davon erzählen? Er biss sich auf die Lippen.

Yuna kehrte beschwingt in den Garten zurück, nachdem sie ihre Nachrichten verschickt hatte. Sie beobachtete, wie Lucia mit Dorian vorne an der Mauer zum Golfplatz stand und heftig gestikulierend mit ihm sprach.

»Wer hat denn vorhin angerufen, Luci?«, fragte Dorian.

»Jemand hat sich verwählt. Ich hab ihn weggedrückt.«

»Woher willst du das denn wissen, wenn du gar nicht drangegangen bist?«

»Weil die Nummer unterdrückt war. Was fragst du denn so aggressiv?«

Dorian drehte sich langsam zu Lucia um. »Du benimmst dich seit zwei Wochen ganz seltsam, als wolltest du mich meiden. Du erzählst mir nicht, was dir auf der Seele liegt, aber ich spüre, dass du dich von mir abwendest.«

»Vielleicht ist mir zur Zeit alles zu viel.«

»Da steckt etwas anderes dahinter, was du vor mir verbirgst.«

»Wie kommst du darauf?«

»Du schläfst seit Tagen nicht mehr mit mir.«

»Sorry. Du kannst heute Nacht mit mir schlafen, wenn dir das wichtig ist.«

»Ich will, dass du mit mir schlafen willst!«

Lucia schwieg. Dann ging sie langsam wieder zu den anderen zurück, die sich angeregt unterhielten und von der Auseinandersetzung zwischen den beiden nichts mitbekommen hatten. Dorian aber schickte ein Golfer-Emoji an Desiree mit der Nachricht, dass er sich wegen einer weiteren Runde alsbald melden würde.

Lucia setzte sich zu Sandro, ohne dessen Gespräch zu unterbrechen. Die Dunkelheit hatte sich jetzt komplett über den Golfplatz gelegt. Die Käuzchen begannen mit ihrem nächtlichen Rufen. In den benachbarten Villen erloschen die Lichter, sodass das Kerzenlicht auf dem Tisch noch heller wirkte. Das Unterwasserlicht erleuchtete den Pool tiefblau. Eine unschuldig friedliche Stimmung machte sich breit.

Als das Zentrum des Gesprächs an das obere Ende des Tisches wanderte und Sandro eine Weile nichts gesagt hatte, sprach Lucia ihn an. »Wir bereiten ja die Jubiläumsfeier für Gran Monte vor und haben dazu sehr gründlich auch die alten Unterlagen studiert. Aber zu den Hintergründen der Grundstückskäufe finde ich nicht viel Erhellendes.«

»Was willst du denn damit, Lucia? Die Grundstücke hat Jorge gekauft und dann in das Unternehmen eingebracht. Das weißt du doch. Möchtest du die Preise oder Verkäufer wissen? Das waren Bauern, die verkaufen wollten, weil sie nicht genügend Geld hatten, um ihre Familie durchzubringen.«

»Kann schon sein«, unterbrach ihn Lucia. »Aber ich möchte sicherstellen, dass das Geschäft damals fair ablief.«

»Davon kannst du ausgehen. Mein Vater war ein Ehrenmann. Er hat geschlossene Verträge immer eingehalten.« Auf Sandros Stirn zeigten sich Sorgenfalten. »Wie kommst du darauf, dass da etwas nicht mit rechten Dingen zuging, Lucia? Wenn jemand einen höheren Preis gezahlt hätte, hätte der Bauer an ihn verkauft. Ich verstehe deine Fragen nicht. Wir haben das bereits diskutiert.«

»Die Grundstücke waren ja Agrarland und wurden dann später zu Bauland. Wusste der Verkäufer, dass eine Umwandlung möglich war?«

»Das geschah meines Wissens deutlich später, als wir uns mit der Familie Michel zusammenschlossen. Da Jorge tot ist, können wir ihn nicht mehr fragen. Und ob Dorians Großvater etwas Genaueres weiß, möchte ich bezweifeln. Wenn du es wissen willst, musst du ihn anrufen. Ich kann dir da nicht weiterhelfen.«

»Das werde ich dann auch tun, Sandro. Verzeih mir meine bohrenden Fragen. Ich möchte nur sichergehen.«

»Sicher in Bezug auf was?«, unterbrach Sandro. »Mir erschließt sich deine Fragerei immer noch nicht. Aber jetzt lass uns ein Glas auf Gran Monte trinken und darauf, dass wir heute Abend bei euch sein dürfen.« Mit einem eindringlichen »Salud« brachte er alle am Tisch wieder zusammen.

Erst lange nach Mitternacht wurde es stiller, und die Plätze auf der Terrasse leerten sich. Ben und Yuna waren die letzten, die Lucia halfen, die Kerzen zu löschen und abzuräumen.

Im Haus herrschte Ruhe. Erschöpft von dem langen Abend und den intensiven Familiengesprächen suchte ein jeder Erholung in Schlaf und Traum. Nur Ben konnte und wollte nicht ruhen. Als Yuna sich bereits im Bett zum Schlafen auf die Seite gedreht hatte, setzte er sich neben sie. Erst massierte er ihr die Füße, dann arbeitete er sich weiter nach oben. Er streichelte Yunas Waden, dann zärtlich die Schenkelinnenseiten. Sie rührte sich nicht. Doch Ben merkte, dass sie nicht schlief, sondern es bereitwillig geschehen ließ. Als sie sich auf den Rücken drehte, wusste Ben, dass er nicht aufhören sollte. Durch den feinen Stoff des Schlafanzugs spürte er Yunas weiche Haut.

Ben streichelte Yuna jetzt behutsam am ganzen Körper. Mit seiner Zunge reizte er sie durch den Stoff hindurch. Ben merkte, wie erregt Yuna war, und doch irritierte es ihn, dass sie keinen Laut von sich gab. Auch ließ sie ihre Hände unbewegt. Wollte sie nur genießen, fragte er sich, oder wollte sie einfach abwarten?

Als Yuna schließlich ihren Schlafanzug auszog und sich nackt ins Bett kniete, konnte Ben nicht länger an sich halten. Er umklammerte sie von hinten, mit seinen Händen griff er um ihre Taille. Sanft führte er sein Glied ein. Mit einer Mischung aus Erregung, Eifersucht und Verzweiflung kam er rhythmisch zum Höhepunkt.

Yuna huschte ins Bad. Angezogen mit einem neuen Schlafanzug kehrte sie zurück. Sie gab Ben einen Kuss auf die Stirn, streichelte ihm über sein Haar. »Gute Nacht Ben. Morgen wird ein heißer Tag.«

## Kapitel 10 – EUIPO

Während Ben noch tief und fest schlief, packte Yuna aufgeregt ihre Sachen für den ersten Arbeitstag beim EUIPO. Sie war um fünf Uhr früh aufgestanden, denn es hielt sie nicht länger im Bett. Eigentlich entsprach es nicht ihrer Art, sich ausgiebig zu schminken. Doch heute wollte sie bewusst eine Ausnahme machen, denn bei ihrem ersten Besuch im EUIPO war ihr aufgefallen, wie viel die meisten Frauen dort in ihr Äußeres investierten. Mit Lidstrich, Wimperntusche, Lipgloss, Puder, Nagellack hatte jede Frau ihr Wesen betont, wollte auffallen und etwas Besonderes darstellen. Yuna schien dieses Verhalten zwar etwas aus der Zeit gefallen zu sein, doch wagte sie es nicht, es an ihrem ersten Arbeitstag in Spanien öffentlich infrage zu stellen. Sie entschied, sich auffällig unauffällig zu schminken – dezent und fein. Und das brauchte eben Zeit. Viel Zeit.

Ihre Gedanken kreisten bereits um die Planung des kommenden Tages. Sie wollte einen guten Eindruck bei Herrn Winter machen, sollte er Zeit für sie haben. Und ihre Kolleginnen und Kollegen wollte sie durch Bescheidenheit und Aufmerksamkeit für sich einnehmen.

Noch wichtiger jedoch war das Treffen mit Manuel, dem sie entgegenfieberte. Er hatte ihr gestern versprochen, sich im Laufe des Tages zu melden. Sie überlegte, ob es besser wäre, ihn noch einmal an den Termin zu erinnern, entschied sich dann aber, bis nach dem Mittagessen abzuwarten, ob er sich melden würde. Lucia wollte sie über jeden Schritt auf dem Laufenden halten, weil ihre Schwester Maria von dem Treffen Wind bekommen könnte und sie sogleich anrufen würde. Sie fragte sich auch, ob Manuel Maria im Vorhinein vom geplanten Treffen erzählen würde; und wenn ja, wie sie darauf reagieren würde. Yuna glaubte zwar nicht, dass Maria eifersüchtig werden könnte, zumal es dafür keinen Grund gab. Aber gleichzeitig wusste sie nicht, wie sie ihr erklären sollte, warum sie Manuel treffen wollte. Es drohte eine verfahrene Situation, noch ehe irgendetwas geschehen war.

Yuna formte ein kleines Herz aus Marmelade auf einem Toast, deckte Teller und Tasse auf dem Platz, den Ben immer nutzte, und verließ das Haus. Sie wählte den Weg über die Autobahn, um schneller beim EUIPO zu sein, denn sie wollte sich auf keinen Fall verspäten. Eine halbe Stunde vor der vereinbarten Bürozeit erreichte sie das Verwaltungsgebäude.

Als sie sich schließlich am Empfang meldete, überraschte eine freundliche Dame sie damit, dass sie ihr einen provisorischen Ausweis aushändigte und sie in fließendem Englisch begrüßte: »Herzlich willkommen beim EUIPO. Man erwartet Sie, Frau Lee. Sie sollen sich im dritten Stock, Zimmer dreihundertdrei beim Sekretariat Winter melden. Ich denke, den Weg finden Sie selbst. Um den finalen Ausweis mit Lichtbild kümmern wir uns später.«

In korrektem Spanisch, wenn auch etwas langsam, antwortete Yuna ihrem Gegenüber und nahm mit beiden Händen den Ausweis in Empfang. »Guten Morgen. Ich bin beeindruckt, dass Sie mich so nett begrüßen. Vielen Dank.«

Natürlich wartete im dritten Stock nicht Herr Winter auf sie, sondern eine Abteilungsleiterin, die Yuna mit Unterlagen und Papieren bombardierte. Sie erklärte ihr Sinn und Zweck der neuen Organisation, die sich im Aufbau befände und noch nicht ihre endgültige Struktur aufweise. »Innerhalb der Bürokratie des EUIPO stellen wir den Teil unbürokratischen Handelns dar. Wir streben an, einen Brückenkopf zu den zahlreichen Markenämtern auf der Welt zu bilden, die mit uns kommunizieren wollen. Wie dies genau aussehen soll, wird sich weisen. Und Sie sind Teil dieses neuen Gebildes, wie die anderen fünf Kollegen, die ich Ihnen nachher vorstellen werde. Zunächst aber bitte ich Sie, sich in unsere Organisation einzuarbeiten. Übrigens unterhält EUIPO auch ein Apartmenthaus für Mitarbeiter. Melden Sie sich, wenn Sie Interesse daran haben sollten.«

Yuna bekam Hinweise, wie und wo sie einen Laptop und ein Mobilphone bekäme, wo sie die notwendigen Sicherheitstrainings absolvieren könnte und wer vom Personalwesen für sie zuständig sei. Ein fester Arbeitsplatz wurde ihr nicht zugeteilt, denn auch hier begann das Zeitalter des Desksharings. Auch Arbeiten von zu Hause wurde ihr ermöglicht, sobald sie sich ausreichend eingearbeitet hätte.

Am Nachmittag wurde sie ihren Kollegen vorgestellt, die alle aus unterschiedlichen Ländern stammten. Für sie fühlte es sich ein wenig wie die Arbeit in einem Start-up an, in dem jeder Eifer und Interesse zeigte, aber keiner sich einer klaren Struktur unterwerfen wollte und musste. Das ideale Umfeld für ihren Plan, neben ihrer Arbeit das Geheimnis hinter Manuels Familie zu ergründen.

Plötzlich fiel ihr auf, dass sich Manuel noch nicht gemeldet hatte, obwohl es schon Nachmittag geworden war. Sie suchte einen stillen Ort auf dem Gang vor dem Büro und wählte seine Nummer. Sie musste es mehrfach versuchen, bevor sie erfolgreich war.

»Hallo, Yuna. Es tut mir leid, dass ich mich nicht melden konnte. Ich habe die ganze Zeit Maria bei der Buchhaltung geholfen.«

»Heißt das, du hast heute Abend keine Zeit?«, fragte Yuna. »Sag es ehrlich!«

»Nein, nein, ich kann kommen. Sieben Uhr wird aber wahrscheinlich knapp. Wo treffen wir uns?«

»Auf der Explanada de España gibt es in der Mitte einen Eisladen. Ruf einfach an, wenn du in der Nähe bist«, antwortete Yuna in entspanntem Ton. »Ich freue mich.« Damit beendete sie das Gespräch, um sogleich eine Nachricht an Ben zu schicken. »Ben, alles läuft gut. Die Kollegen sind nett und hilfsbereit. Ich werde abends noch in Alicante weggehen. Wird etwas später heute. ♥«

Manuel ging zurück in Marias Büro und legte sein Handy auf den Tisch. »Wahrscheinlich muss ich nochmal nach Alicante heute Abend.«

»Das ist aber schade«, gab Maria zurück. »Wir hätten nach Alcoy ins Zentrum gehen können. Nach all der Unterstützung hätte ich dich gerne auf einen Stadtbummel eingeladen.«

»Vielleicht morgen. Treffen wir uns um zehn Uhr früh bei dir?«

»Ja, das passt.« Maria löste den Haargummi, den sie den ganzen Tag getragen hatte, und lockerte mit ihren Fingern ihre Frisur. »Dann werde ich mich heute Abend mit ein wenig Hausputz vergnügen.«

»Sei mir nicht böse, Maria.« Er legte seine Stirn in Falten. Dann strich er ihr durchs Haar. »Morgen Abend habe ich alle Zeit der Welt für dich. Und ich lade dich ein.«

Er packte seine Unterlagen in seine Tasche und verließ den Hof. Während er eilig seinen Weg durch den Verkehr nach Alcoy suchte, dachte er darüber nach, was Yuna wohl von ihm wollte. Benötigte sie Tipps für das Leben in Alicante? Wollte sie einen beruflichen Rat als Koreanerin in dieser neuen Welt? Oder hatte sie eventuell doch ein Interesse an ihm als Mann entwickelt? Er würde es bald erfahren. Wichtiger erschien ihm, seine eigene Position zu bestimmen, noch bevor er sie heute Abend treffen sollte. Dabei fragte er sich, warum er Maria nicht erzählt hatte, dass er Yuna traf. Vielleicht hatte Yuna bereits Maria informiert?

Zu Hause duschte er schnell, zog eine weiße Leinenhose und ein blaues kurzärmeliges Hemd an. Er blickte in den Spiegel und war zufrieden.

Der Verkehr in Richtung Alicante war ungewohnt dicht. Viele Einwohner der Umgebung hatten vermutlich einen ähnlichen Plan und wollten die Explanada entlangbummeln oder im Hafen mit Blick aufs Meer und die Schiffe den Tag ausklingen lassen. Je mehr der Uhrzeiger sich auf die Acht zubewegte, desto nervöser wurde er.

»Bin um acht Uhr beim Eisladen«, schrieb er eine eilige Nachricht, als er an einer Ampel stoppen musste.

Yuna lief Manuel entgegen. Lachend und gutgelaunt umarmte sie ihn, als würden sie sich schon Jahre kennen. »Klasse, dass du so flexibel warst, um auf ein Eis nach Alicante zu kommen.«

»Nach diesem heißen Tag kann ich etwas Kaltes gut vertragen. Vor allem, wenn du mich so inständig bittest zu kommen. Da darf ich doch nicht Nein sagen!« Manuel lächelte und trat einen Schritt zurück. »Du siehst toll aus. Als Businesslady kann ich mir dich immer noch nicht richtig vorstellen. Wenn du mir nicht entgegengekommen wärst, hätte ich dich vielleicht nicht erkannt.« Er lachte. Sie setzten sich an einen frei werdenden Tisch und bestellten jeweils einen großen Früchtebecher.

»Ich habe das Gefühl, an der Costa Blanca angekommen zu sein, obwohl ich erst vor ein paar Tagen gelandet bin. Mein Studium habe ich beendet, und nichts hält mich mehr in Korea – außer Ben. Das klingt doch irgendwie verrückt.«

»Ist Ben nicht sauer auf dich? Ich würde an seiner Stelle von dir erwarten, dass du bei mir bleibst, bis auch ich meinen Abschluss gemacht hätte.«

Yunas Miene verfinsterte sich. »Warum? Auch in Korea dreht sich die Welt nicht mehr nur um den Mann. Ihr erwartet wohl immer noch, dass sich eure Frauen euren Plänen anzupassen hätten?«

»Hola, Yuna! Du sprichst mit dem falschen Adressaten. Diese Angelegenheit kläre bitte mit deinem Freund und nicht mit mir.«

»Sorry, Manuel«, dämpfte Yuna ihren Ton. »Ich weiß nicht einmal, wann Ben genau fertig sein wird. Das belastet mich, weil ich mich ja irgendwann entscheiden muss.«

Das Gedränge auf der Explanada wurde dichter. Touristen, die noch auf der Suche nach Andenken waren, mischten sich mit Einheimischen, die sich vor dem Abendessen noch ein wenig die Füße vertreten wollten. Hinten am Pier legte ein Kreuzfahrtschiff ab, das auf einer Mittelmeertour unterwegs war. Der Geruch frischer Speisen wehte aus der Altstadt in die Fußgängerzone. Köche und Restaurantbesitzer warteten auf ein üppiges Geschäft mit den Hungrigen.

Manuel hatte eine Weile geschwiegen. Er ordnete seine Gedanken, bevor er sich entschied, das Thema zu wechseln. »Du wolltest mich aber nicht treffen, um mit mir über die altmodischen Männer zu sprechen?«

Obwohl Yuna keine Anstalten machte zu antworten, sprach Manuel nicht weiter, sondern löffelte die Reste seines Eisbechers aus.

»Lass uns noch in ein Restaurant gehen. Da können wir besser sprechen als hier in dem Gewimmel.« Yuna winkte dem Kellner, der froh schien, wieder einen Tisch freizubekommen. Er brachte unaufgefordert die Rechnung, die Yuna bezahlte, noch bevor Manuel reagieren konnte. Sie stand auf: »Jetzt bist du dran! Wohin gehen wir?«

In der Altstadt fanden sie ein kleines, versteckt liegendes Lokal, das eine Renovierung hätte gut vertragen können, aber einen gemütlichen Eindruck machte. Hier wählten sie einen freien Tisch in der hinteren Ecke. Da die meisten Gäste wegen der drückenden Hitze im Außenbereich saßen, blieben sie fast für sich.

Manuel machte sich auf den Weg in die Küche und verschwand für eine Weile. Als er zurückkam, strahlte er. »Ich kenne den Koch und Besitzer. Es gibt heute ein Überraschungsmenü, wenn du einverstanden bist. Hoffentlich hast du nichts gegen Meeresfrüchte!«

»Ganz im Gegenteil!«, antwortete Yuna begeistert.

Es begann mit Gambas, die in frischen Kräutern geschwenkt waren, und setzte sich mit Dorade in Salzkruste fort. Bedauerlich war lediglich die Tatsache, dass beide nur ein Glas Weißwein trinken durften, um kein Problem mit der Polizei zu bekommen.

»Verrätst du mir jetzt endlich, warum du mich nach Alicante gebeten hast, Yuna?«

»Weil du ein attraktiver Mann bist, den ich besser kennenlernen will«, antwortete Yuna und blickte in ein ratloses, verunsichertes Gesicht ihres Gegenübers. Dann lachte sie hell auf. »So hättest du es wohl gerne! Spaß beiseite. Ich möchte eine delikate Sache mit dir ansprechen, die ich am Telefon nicht diskutieren könnte.«

»Nur zu. Das klingt ja spannend.« Manuel beugte sich nach vorne, stützte seinen Kopf auf die Handballen.

»Lucia wird erpresst«, startete Yuna und erzählte in allen Einzelheiten, was vorgefallen war, während Manuel still und konzentriert zuhörte. Allerdings verriet sie nicht alles, weder die Drohung, den geheim gehaltenen Sohn bekannt zu machen, noch die Tatsache, dass Dorian nicht eingeweiht war. »Vor einigen Tagen fand schließlich das Treffen in El Pinet statt. Zur Sicherheit begleitete ich Lucia, denn sie hatte Angst. Am vereinbarten Treffpunkt geschah dann etwas Seltsames: Der Mann, der Lucia dorthin zitiert hatte, zeigte sich nicht. Er sprach durch eine verriegelte Tür. Und dabei kam uns die Stimme bekannt vor.«

Yuna machte eine Pause.

»Erzähl weiter!« Manuel blickte Yuna tief in die Augen und schwieg ansonsten beharrlich.

»Ich dachte, es sei deine Stimme, was ich Lucia dann auch gesagt habe.«

»Und?«

»Nichts und. Der Mann behauptete, er sei dein Bruder.« Yuna packte Manuel an den Schultern. »Bist du es gewesen?«

»Spinnst du? Nein!« Manuels Stimme klang nun ungewohnt aggressiv.

»Aber hast du einen Bruder? Und wenn ja, was hast du mit der Sache zu tun?«

»Ich habe einen älteren Bruder. Der wohnt in Benidorm. Doch ich habe seit Ewigkeiten keinen Kontakt mehr mit ihm. Wir haben uns aus den Augen verloren. Und woher soll er überhaupt Lucias Kontaktdaten haben? Ich habe sie ihm sicherlich nicht gegeben.«

»Mag sein. Aber du bist trotzdem in die Sache verstrickt. Hat damals dein Vater das Land an die Cassal-Familie verkauft?« Yunas Stimme klang kalt. Manuel versuchte, sich einen Reim aus dem Vorgefallenen zu machen. Noch vor einer Stunde schien ein romantischer Abend ganz nach seinem Geschmack zu beginnen. Er hatte plötzlich zärtliche Gefühle für Yuna entwickelt, die ihn verwirrten. Jetzt aber fühlte er, wie ihm Kälte und Hass entgegenströmten.

»Liebe Yuna …«, setzte er an.

»Hör auf mit dem Quatsch! Ich will eine klare Antwort von dir.«

»Ich habe dir schon gesagt, dass ich meinen Bruder seit Monaten nicht mehr gesehen habe«, setzte Manuel seinen Versuch fort, die Situation zu retten. »Und ja: Es war mein Großvater, der damals sein Ackerland an Jorge Cassal verkauft hat – verkaufen musste, weil er Geld brauchte. Die Familie übersiedelte dann nach Alcoy, wo ich immer noch lebe. Er konnte den Verkauf nie verschmerzen. Ich weiß das, weil er kurz darauf verstarb, ohne dass ein gesundheitlicher Grund auszumachen war. In der Familie haben wir nie über den Verkauf gesprochen, weil er auch für meine Eltern zu belastend war. Aber das ist alles ewig her, und ich will damit nichts zu tun haben.«

»Wenn dem so ist, dann fragen wir doch deine Eltern! Lucia kann sich nicht erpressen lassen. Deshalb müssen wir die Geschichte klären, bevor es zu spät ist.«

»Vater ist letztes Weihnachten verstorben, und meine Mutter ist seit dieser Zeit nicht mehr die tatkräftige Frau, die sie einmal war. Ich habe sie in ein Heim bringen müssen, denn sie ist geistig umnachtet. Sie betet den ganzen Tag, es ist schrecklich.«

»Das tut mir leid!« Yunas Ton klang nun etwas versöhnlicher und ruhiger. »Dann lass uns doch deinen Bruder anrufen. Wir müssen das klären.«

Manuel wischte sich mit dem Handrücken über die Augen. Er legte seine Hände auf die Yunas. »Ich glaube, Carlos hat kein Telefon. Zumindest habe ich seine Nummer nicht. Und ich weiß auch nicht, wo er in Benidorm wohnt. Ich muss ihn erst suchen.«

»Dann such ihn. Du musst dafür sorgen, dass die Erpressung gestoppt wird, bevor es zu spät ist.«

Der Uhrzeiger näherte sich der Zehn, und Manuel mahnte zum Aufbruch. »Ich melde mich, wenn ich etwas Neues über meinen Bruder in Erfahrung gebracht habe. Bist du jetzt jeden Tag in Alicante?«

»Ja. Ich werde mir freinehmen, wenn es sein muss. Ben werde ich nichts von unserem Treffen erzählen. Bitte, rede auch du nicht mit Maria.«

»Warum eigentlich nicht?«, fragte Manuel. »Sie könnte uns doch eventuell helfen.«

»Lucia meint, dass sie nicht schweigen kann. Alles würde dann unberechenbar. Bitte, Manuel, versprich mir, dass du ihr nichts erzählst. Wir haben uns auch nicht getroffen!«

Die Autobahn war fast menschenleer. Yuna öffnete das Schiebedach, um den Fahrtwind zu spüren. Über ihr blinkten die Sterne in der Dunkelheit. Auf der linken Seite konnte sie den rötlichen Widerschein der Lichter von Torrevieja sehen. Im Lichtkegel der Autoscheinwerfer wechselte das Weiß mit dem Rosa des Oleanders am Straßenrand. Sie dachte an das ihr vertraute Korea, das jetzt so fern und unerreichbar schien. Allmählich wurde ihr bewusst, dass ihr Leben mit der Reise nach Spanien endgültig und unwiderruflich einen neuen Mittelpunkt bekommen hatte. Sie hatte sich entschieden, ihre Zukunft selbst zu gestalten – ohne die Unterstützung ihrer Familie und Freunde. Aber nach diesem ereignisreichen Tag schlichen sich bange Zweifel ein, ob sie alleine Kraft genug hätte, ihren Weg zu gehen. Die Wahl, beim EUIPO anzufangen, empfand sie als richtig. Auch die Entscheidung, nicht zu warten, bis Ben seine Ausbildung beendet hatte, fand sie konsequent und zeitgemäß. Nur zweifelte sie, ob sie der Herausforderung »Manuel« gewachsen war.

Es war kurz vor Mitternacht, als Yuna Las Colinas erreichte. Die Wachen am Gate leuchteten ihr ins Gesicht, als sie mit ihrem Auto an der Schranke hielt. Sie öffnete das Fenster: »Ich wohne hier. Das Autokennzeichen ist registriert«, herrschte sie den Wachmann an.

»Verzeihung! Ich bin neu, habe die Anweisung, ab Mitternacht gründlich zu kontrollieren. Das ist auch zu Ihrer Sicherheit. Sie verstehen?!«

»Lo siento! Tut mir leid. War nicht so gemeint.«

»Einen schönen Abend noch, die Dame.« Der Wachmann öffnete die Schranke und ließ Yuna passieren. Seinen Machoblick verbarg er nicht.

Ben schlief bereits. Sie legte sich leise zu ihm. Bald darauf träumte sie.

## Kapitel 11 – Grüne Berge

Als Ben erwachte, war Yuna bereits verschwunden. Nur das rotbraune Make-up, das sie abends nicht mehr vom Gesicht gewischt hatte, blieb auf dem Laken als untrügliches Zeichen zurück, dass sie heute Nacht beim ihm gewesen war. Ben roch auch den vertrauten blumigen Duft ihres Parfüms, den sie auf dem Kissen hinterlassen hatte.

Er stand zügig auf. Ratlos, wie er mit der Situation umgehen sollte, stürzte er sich in die Arbeit. Nicht einmal Zeit für ein gemeinsames Frühstück mit Lucia und Dorian gönnte er sich.

Lucia und Dorian frühstückten mit Inez. Sie warteten auf Bella, die sich bereit erklärt hatte, auf das Mädchen aufzupassen. Sie wollte auch ihre Haushälterin Candela mitbringen, um das Haus auf Vordermann zu bringen.

»Du kannst ruhig schon ins Büro fahren, Dorian«, sagte Lucia. »Ich bleibe hier, bis Bella kommt. Sie wird sich sicher etwas verspäten, weil sie noch Obst für Inez besorgen wollte.«

Die Kleine strahlte übers ganze Gesicht. Ihre Oma verwöhnte sie und las ihr jeden Wunsch von den Lippen ab. Deshalb freute sie sich so sehr, dass sie fast vergessen hätte, weiterzuessen.

»Wann denkst du, wirst du im Büro auftauchen, Luci?«

»Nicht vor elf Uhr. Mag sein, dass ich es erst zum Mittagessen schaffe. Wie wäre es, wenn wir uns gleich zum Lunch verabreden? Bei der Hitze könnten wir nach San Miguel ins

Grotten-Restaurant gehen. Da lässt es sich besser aushalten.«

»Super Idee. Dann sehen wir uns dort um ein Uhr.« Damit erhob sich Dorian und machte sich auf den Weg nach Gran Monte.

»Alle unsere Apartments sind möbliert, Frau Lee. Auch die Küche ist vollständig eingerichtet. Sie brauchen also nur noch einzuziehen.« Der Mitarbeiter des EUIPO pries die Vorzüge der Wohnungen an, als wäre er ein Verkäufer. »Ein wunderschönes Schmuckstück mit Meerblick könnte ich für Sie reservieren. Es wäre zum Monatsende bezugsfertig. Normale Wohnungen, die sofort verfügbar sind, liegen im Gebäude hinter der Verwaltung und haben einen Blick auf den Hang. Aber ich empfehle Ihnen zu warten.«

»Ich nehme eines der verfügbaren Apartments, wenn das geht«, antwortete Yuna ohne Zögern. »Wann kann ich es übernehmen?«

»Sie können den Schlüssel von mir bekommen. Aber wollen Sie sich nicht doch das Apartment am Meer anschauen, bevor Sie entscheiden?«

»Das ist sehr nett von Ihnen, aber ich habe mich bereits entschieden. Ich wohne eigentlich in einem Haus in Las Colinas und brauche die Unterkunft lediglich während der Woche.« Yuna holte einen Kugelschreiber aus ihrer Tasche, um die notwendigen Unterschriften zu leisten.

Ihr Gegenüber stöhnte leise und schüttelte unmerklich mit dem Kopf. »Alicante ist eine wirklich bemerkenswerte

Stadt, die viel zu bieten hat. Sie werden bestimmt auch neue Freunde finden. Dann ist es eine gute Idee, eine Wohnung in der Nähe zu haben.«

»Mir geht es eher darum, nicht täglich in der Dunkelheit die lange Strecke nach Las Colinas fahren zu müssen.«

»Aha«, schloss der Kollege die Diskussion. »Bitte unterschreiben Sie hier und hier.«

Yuna verließ dankend, mit einer Karte und einem Schlüssel bewaffnet, das Büro und machte sich zu Fuß auf den Weg in das nahegelegene Apartmenthaus. Die Wohnung befand sich im sechsten Stock und überragte die anderen Gebäude. Vom kleinen Wohnzimmer mit Balkon blickte man auf den grünen Hang, während Schlaf- und Badezimmer auf das Meer ausgerichtet waren. Zufrieden inspizierte Yuna ihr neues Heim. Alles war sauber und zweckmäßig eingerichtet, ohne über einen spanischen Touch zu verfügen. Diese vier Wände hätten in jeder anderen internationalen Stadt liegen können.

Yuna machte einige sachliche Fotos, wobei sie vermied, die schönen Seiten herauszustellen: Tür von außen, Gang, kleines Bad, Küchenschränke, Bett, Couch und Tisch im Wohnzimmer. Den Balkon mit Blick ins Grüne und das Meer unterschlug sie. Sie schickte die Bilder an die Familiengruppe: »Hallo Ben, liebe Familie. Das EUIPO stellt mir eine kleine Wohnung direkt bei der Verwaltung zur Verfügung. Ich habe gleich zugeschlagen, bevor sie weg ist. Heute Abend mehr. ♥ «

Dann schrieb sie an Manuel. »Hola. Hast du schon etwas über deinen Bruder herausbekommen? Kann ich dir dabei helfen?«

Bald darauf sah sie, wie Manuel die Nachricht empfangen hatte. Aber auf eine Reaktion wartete sie den ganzen Tag vergeblich.

Lucia griff nach ihrem Handy und rief bei Yuna an. Mehrfach versuchte sie es, bis es bei ihr klingelte.

»Ich war gerade in einer Besprechung. Ich habe eine Wohnung vom EUIPO zur Verfügung gestellt bekommen und musste eine Menge Papiere unterschreiben. Eigentlich müsstest du schon Bilder vom Apartment bekommen haben. Ich hätte dich aber ohnehin bald angerufen.«

»Gestern Abend erhielt ich wieder eine Mail mit der Aufforderung, endlich Farbe zu bekennen.« Lucia ging nicht auf Yunas Neuigkeiten ein. »Was soll ich nur machen? Hat dein Treffen mit Manuel funktioniert?«

»Ja, durchaus. Ich bat ihn, nach Alicante zu kommen. Er kam dann um acht Uhr. Nach einer Weile konfrontierte ich ihn mit der Erpressung, und er tat so, als wüsste er von nichts. Ich hatte den Eindruck, dass das auch stimmen könnte.«

Lucia verließ das Wohnzimmer und ging in den ersten Stock, wo sie einen Blick auf den Golfplatz hatte. Hier konnte sie sich besser konzentrieren. »Hast du ihn nach seinem Bruder gefragt?«

»Klar. Er sagte, dass er ihn seit Langem nicht mehr getroffen hätte. Er soll in Benidorm wohnen. Wo genau, will Manuel jetzt herausfinden. Das hat er versprochen.«

»War das alles, was du in Erfahrung bringen konntest?«, hakte Lucia nach.

»Nein, es gibt noch mehr. Manuel hat bestätigt, dass sein

Großvater das Land an Jorge verkauft hatte. Der Opa sei aber verstorben.« Yuna machte eine Pause. »Manuel hat dann noch vorgeschlagen, Maria einzubinden. Das habe ich abgelehnt und ihm das Versprechen abgenommen, sie nicht von unserem Treffen zu informieren. Jetzt muss ich aber aufhören. Bis später!«

Als Bella kam, schlug Lucia ihr vor, mit Inez zum Community Pool zu gehen. Da könnte die Kleine noch andere Kinder treffen und wäre beschäftigt. Bella nahm die Idee bereitwillig auf und marschierte über den Golfplatz zum Clubhaus, wo der Pool mit flachem Kinderbereich lag. Bei der sengenden Hitze spielte kaum ein Mensch Golf. Nur einigen Nordeuropäern konnte es offensichtlich nie heiß genug sein. Sie schienen sich fast nach Sonnenbrand und Hitzschlag zu sehnen.

Lucia wählte nun die Nummer von Frank Michel in München. Sie war erstaunt, dass dieser sofort an den Apparat ging.

»Schön, von dir wieder einmal etwas zu hören. Aber Großeltern ruft man ja eigentlich nur an, wenn sich ein neues Kind ankündigt oder eine Katastrophe passiert ist.« Frank lachte. »Was gibt es denn so Dringendes, dass du mich sprechen musst?«

»Du weißt genau, dass wir alle immer an euch denken. Und nichts wäre uns lieber, als wenn ihr hier in Spanien wärt, damit wir jeden Tag gemeinsam etwas unternehmen könnten.«

»Schmier mir keinen Honig ums Maul. Du weißt: Im Sommer bei täglich über dreißig Grad ziehen wir Bayern der

Costa vor. Vielleicht kommen wir aber doch bald. Ich habe von Sandro und Christian gehört, dass ihr eine Jubiläumsfeier plant.«

»Da hast du Recht. Deshalb rufe ich auch an. Kannst du dich noch erinnern, wie ihr damals das Grundstück von dem Bauern gekauft habt? Wenn die Presse nachfragt, sollte ich das wissen.«

»Das ist doch ewig her, Lucia«, antwortete der Großvater in einem Tonfall, der ihr verriet, dass er über diese Geschichte nicht reden wollte. »Außerdem hatte den Kauf Jorge in den Händen. Ich war für die Finanzierung zuständig.«

»Du wirst doch aber nicht blind dem Kauf vertraut haben, sondern hast sicher nachgefragt, ob die Preisvorstellungen angemessen waren«, insistierte Lucia. »Dazu kenne ich dich gut genug. Wenn es ums Geld ging, warst du schon immer auf der vorsichtigen Seite.«

»Da hast du Recht. Aber ich sprach damals zu wenig Spanisch, als dass ich mich in die Verhandlungen eingemischt hätte. Immerhin, an so viel kann ich mich noch erinnern: Der Bauer musste verkaufen, weil er Geld für die Familie brauchte. Und es war landwirtschaftlicher Boden mit Hanglage, der sehr günstig zu haben war.« Frank stoppte, als hätte er das Gefühl, schon zu viel preisgegeben zu haben. »Der Preis steht in dem notariellen Vertrag, der euch vorliegen sollte.«

»Das tut er. Der Preis war vermutlich angemessen. Aber ich will auf etwas anderes hinaus: Warum habt ihr Agrarland gekauft, wenn ihr doch eine Wohnanlage bauen wolltet?«

»Bauland war damals rar, vor allem für eine große, zusammenhängende Anlage. Also mussten wir landwirtschaftliche Grundstücke kaufen. So einfach erklärt sich das.«

»Aber das Baurecht musste umgewandelt werden, um Gran Monte zu starten.«

»Das haben wir …« Frank unterbrach sich. »Das hat Jorge dann beantragt und später genehmigt bekommen. So, jetzt weißt du, was du wissen wolltest.« Wieder entstand eine Pause. »Ich muss jetzt aber los, Lucia, weil Inge mit mir in die Stadt fahren will. Wir können ja später weitersprechen.«

»Ich will verstehen, wie ihr an die Genehmigungen gekommen seid, Frank. Das ist meine entscheidende Frage!«

Doch er hatte das Gespräch schon beendet. Ob er die Frage noch verstanden hatte, konnte Lucia nicht ausmachen.

Manuel saß schon früh am Schreibtisch bei Maria. Er versuchte, den Monatsabschluss in einer übersichtlicheren Form für sie vorzubereiten. Er hatte erkannt, dass Zahlen für Maria oftmals wenig bedeuteten, da sie sich auf die Arbeit in den Plantagen konzentrierte oder auf die Frage, wie lokale Früchte am besten zu vermarkten wären. Er hoffte, dass eine möglichst einfache Darstellung ihr helfen würde, den Überblick zu behalten.

Er schlürfte den frisch bereiteten Kaffee und dachte an den letzten Abend und die Nacht. Als er sich von Yuna verabschiedet hatte, stiegen in ihm ungewohnte Gefühle der Vertrautheit und Nähe auf. Am liebsten hätte er Yuna umarmt und ihren Körper gespürt. Natürlich wusste er, dass er sich Yuna nicht intensiver nähern sollte, da diese mit Ben befreundet war. Doch konnte er die aufkeimenden Gefühle nicht einfach beiseiteschieben. Wie es Yuna damit wohl ging? Bis auf die Tatsache, dass sie ihn persönlich treffen wollte, anstatt ihn anzurufen, hatte sie sich eigentlich normal benommen, nicht besonders vertraulich. Auch hatte sie nicht seine körperliche Nähe gesucht. Trotzdem hatte sie sein Interesse geweckt – und sie wusste das vermutlich genau einzuschätzen.

Er war dann nach dem Essen in Richtung Alcoy zurückgefahren, um kurz vor seinem Haus die Richtung zu wechseln. Um Mitternacht rollte er auf Marias Hof vor, stellte den Motor ab, stieg aus. Fahles Licht drang aus dem Küchenfenster. Als er sich dem Haus näherte, hörte er leise Geräusche, als würde Geschirr in einen Schrank geräumt. Er drückte die Klinke herunter und fand die Eingangstür unverschlossen. Mit einem leisen »Hola Maria« trat er ein. Nichts rührte sich zunächst. Wieder ein Hola, bis Maria aus der Küche kam. Mit ihrer kurzen weißen Hose und einem rosa Poloshirt sah sie wie ein Teenager aus.

»Du kannst einen ja ganz schön erschrecken! In Zukunft sollte ich wohl besser abschließen.«

»Sorry. Ich dachte, bei dieser Hitze kannst du vermutlich auch noch nicht schlafen. Deshalb wollte ich es noch versuchen.«

»Und was willst du jetzt hier?« Marias Blick war starr auf Manuel gerichtet. »Hast du etwa nichts zu essen bekommen?«

»Ich habe mich nach dir gesehnt, Maria. Ich will ehrlich sein.« Er machte eine Pause. »Du kannst mich jetzt rauswerfen, wenn du willst.«

Sie blickte ihn verständnislos an. »Erst gibst du mir einen Korb für das Abendessen, dann kommst du mitten in der Nacht, um mir zu sagen, dass du dich nach mir sehnst.«

»Ja!« Manuel ging langsam auf Maria zu. Er legte seine Arme um sie, und sie ließ es geschehen. Er gab ihr einen leichten Kuss auf die Lippen, den sie unmerklich erwiderte. Er schob ihr Poloshirt nach oben und streichelte abwechselnd ihren Bauch und Rücken. Obwohl er bemerkte, dass Maria keinen BH trug, vermied er es, ihren Busen zu berühren.

So standen sie eine Weile aneinandergeschmiegt. Maria schob nun ihrerseits Manuels Hemd nach oben. Sie streichelte über seine Brust, dann fuhr sie ihm durch das dichte Haar. Schließlich bewegte sie ihre Hände tiefer und fasste in seinen Schritt. Manuel blieb ruhig stehen. Sein Glied wurde fest und forderte mehr.

»Am besten hören wir hier auf.« Maria lächelte ihn an. »Ich weiß nicht, was ich will, und auch du weißt es vermutlich nicht wirklich.«

»Spürst du nicht, wie erregt ich bin?«

»O doch. Aber nach Sex steht mir gerade nicht der Sinn.« Sie gab ihm einen Klaps auf den Hintern.

Die Morgensonne tauchte die Berghänge hinter Marias Hof in ein leichte Gelbgrün. Die Greifvögel nutzten die erste Thermik über den Südhängen und zogen ihre Kreise höher und höher. Manuel schob die Unterlagen auf dem Arbeitstisch zur Seite, ließ den Computer hochfahren. Dann begann er mit der Aufbereitung der Monatszahlen.

Er war noch sehr spät wieder zurück nach Alcoy gefahren. Die halbe Nacht hatte er nicht schlafen können. Er fluchte, dass er sich hatte hinreißen lassen, Maria so spät zu besuchen. Ihre Ablehnung schmerzte noch immer.

Als Maria eine Stunde später verschlafen im Arbeitszimmer auftauchte, schien sie die nächtliche Episode vergessen zu haben.

»Ich sehe, du bist schon fleißig bei der Arbeit«, begrüßte sie ihn in freundlichem Ton. »Soll ich dir noch einen frischen Kaffee bringen? Ich habe mir gerade einen Mokka gekocht.«

»Danke, keine schlechte Idee! Ich bin übrigens bald mit dem Zahlensalat durch, und es sieht nicht schlecht aus. Glückwunsch! Du bist der bessere Geschäftsmann von uns beiden.«

»Frau bitte, Frau! Danke für das Kompliment. Ich konzentriere mich eben auf meine Arbeit, im Gegensatz zu dir.« Maria machte kehrt, um den Mokka zu holen. »Heute Abend machen wir dann Alcoy unsicher«, hörte Manuel sie aus der Küche rufen.

Dorian erreichte Gran Monte kurz nach neun Uhr. Er parkte sein Auto in der schattigen Parkbucht hinter dem Verwaltungsgebäude. Als er auf den Eingang zulief, fiel sein Blick auf den hintersten Tisch im Café. Er täuschte sich nicht. Desiree saß dort vor ihrem Frühstück mit Blickrichtung auf den Eingang, als hätte sie auf ihn gewartet. Als sie ihn sah, legte sie das Besteck beiseite und winkte ihm zu. Dorian blickte zuerst nach oben zu seinem Büro, um sich zu vergewissern, dass man sein Kommen dort noch nicht bemerkt hatte. Dann betrat er das Lokal, wo er vom Besitzer begrüßt wurde. Danach ging er zu Desiree, die ihn mit einem strahlenden Lächeln einlud, sich zu setzen.

»Ist Lucia nicht mitgekommen?«, fragte sie mit klarer Stimme. »Wahrscheinlich nicht. Sonst hätte sie dir verboten, dich zu mir zu setzen.«

»Sei doch nicht so bissig, Desi. Du würdest es an ihrer Stelle auch nicht gern sehen, wenn dein Mann sich zu seiner Ex gesellt.«

»Entschuldigung, das war nicht böse gemeint. Ich freue mich einfach, dass wir ein paar ruhige Minuten beisammen sein können. Ich habe dich vermisst.« Desiree winkte dem Kellner, der zu dieser frühen Tageszeit wenig motiviert an der Theke stand. »Zwei Cortados, bitte!«

Dorian setzte sich mit dem Rücken zum Eingang, sodass seine Mitarbeiter ihn nicht sogleich erkennen konnten, sollten sie am Café vorbeilaufen.

Es kündigte sich wieder ein heißer Sonnentag an. Kaum ein Lufthauch versprach Kühlung. Über dem Asphalt entwickelte sich schon früh eine flirrende Hitze. Eine schwarzweiße Katze verkroch sich in den Büschen neben dem Verwaltungsgebäude.

»Du siehst heute wunderschön aus, Desi. Dir scheint der Aufenthalt in Gran Monte gutzutun.«

»Das stimmt. Deshalb habe ich mich auch entschieden, um zwei Wochen zu verlängern. In München scheint ohnehin nicht viel zu passieren, weil alle in Urlaub sind. Die wenigen Besprechungen gehen auch über das Tablet.«

»Vielleicht klappt es ja noch einmal mit einer Runde Golf.«

»Oder einem Ausflug an die Küste?«, gab Desiree zurück.

»Das würde mich in Teufels Küche bringen, und das weißt du genau. Obwohl: Lust hätte ich schon«, lachte Dorian. Er stand auf, trank seinen Kaffee eilig zu Ende und ging in sein Büro.

»Du kommst aber spät«, empfing Pilar ihren Chef. Und bevor dieser antworten konnte, ergänzte sie in schnippischem Ton: »Aber eine junge attraktive Frau kannst du natürlich nicht alleine frühstücken lassen.«

»Pilar! Ich habe einen Gast unserer Anlage zufällig beim Frühstück gesehen und dann mit ihr gemeinsam einen Kaffee getrunken. Das wird doch nicht verboten sein!«

»Das habe ich auch nie gesagt. Es fiel mir eben nur auf.« Pilars Blick richtete sich auf Dorians Gesicht, als könnte sie daraus lesen. »Diese schöne Frau fiel mir gleich in die Augen, als ich am Café vorbeilief. Wenn ich mich nicht täusche, kenne ich sie von früher.«

Dorian verspürte an diesem Morgen absolut keine Lust, sich mit seiner Sekretärin über Desiree zu unterhalten. Noch weniger wollte er auch nur einen Hauch seiner Gefühlswelt offenlegen. Er überlegte, wie er das Gespräch abbrechen konnte, ohne dass Pilar dachte, er wollte etwas verschweigen. Er ging zum Schreibtisch und senkte seinen Kopf über die vor ihm liegenden Unterlagen.

»Wir haben heute früh eine Menge zu erledigen, weil ich zum Mittagessen in San Miguel verabredet bin. Kannst du versuchen, den Bürgermeister von Orihuela zu erreichen? Ich möchte mit ihm über den Event sprechen.«

Pilar drehte sich wortlos um. Erst als sie das Vorzimmer erreichte, rief sie: »Ich werde alles für mich behalten. Du musst keine Sorge haben.«

Nachdem Dorian kurz mit dem Bürgermeister über die Veranstaltung gesprochen hatte, verließ er das Büro. Er konnte sich einfach nicht mehr auf seine Arbeit konzentrieren. Das Verhalten von Pilar irritierte ihn, denn es passte so gar nicht zu ihrem sonst sachlichen, zurückhaltenden Stil. Er wurde sich unsicher, ob er sich auf ihre Vertraulichkeit verlassen konnte. Dass Pilar Lucia nicht leiden konnte, war ihm von Beginn an bewusst, denn Sandro hatte sie gegen Lucias Zustimmung eingestellt. Doch schien dies bislang kein Problem darzustellen, da sie sich aus dem Weg gingen.

Dorian entschied sich, zum nahen Stausee zu fahren. Der Embalse de Pedrera lag nicht weit entfernt von San Miguel. Er wirkte nicht einladend, konnte weder mit einem netten Café noch mit schönen Aussichtsplätzen punkten. Vielmehr zeichnete ihn eine schroffe Uferlinie und viel Gestrüpp aus. Dorian aber liebte die Farben des Wassers, die sich mit der Lichteinstrahlung permanent änderten. Hier wollte er Ruhe finden, sich sammeln, bevor er Lucia traf.

Beim Weiler El Tocino bog er von der Straße auf den Feldweg ab, der zum Wasser führte. Hier stellte er sein Auto ab und lief die letzten hundert Meter zu Fuß. Ein alter Kahn, der auf dem Trockenen lag, sollte ihm als Ruheort dienen. Es herrschte glühende Hitze. Die Sonne brannte erbarmungslos vom blauen Himmel. Kein Vogel ließ sich blicken oder hören – nur der schnarrende Ton einiger Zikaden unterbrach die Stille.

Dorian zog sich aus und sprang ins Wasser, obwohl in diesem Stausee eigentlich absolutes Badeverbot herrschte. Mit kräftigen Zügen schwamm er vom Ufer weg. Er zog seine Bahn in Richtung der gegenüberliegenden Felsen.

Dorian dachte an Lucia und daran, warum sich seine Gefühle ihr gegenüber so plötzlich verändert hatten. Die Vertrautheit war verschwunden. Steinerne Kälte hatte sich breitgemacht, die jede Nähe zerstörte. Sie schien nicht mehr erreichbar, auch wenn er nahe bei ihr war. Sie schien bedrückt, wies das aber sogleich von sich, wenn Dorian sie darauf ansprach.

Er entschied sich, ihr die notwendige Zeit zu geben. Um sicherzustellen, dass ihr Verhalten nicht mit Desirees Auftauchen zusammenhing, wollte er ihr später offen berichten, dass er sie wieder getroffen hatte. Auch auf die Gefahr einer Eskalation hin, wollte er die Konfrontation wagen.

Dorian hatte das andere Ufer erreicht. Er hielt kurz inne, dann stieß er sich vom Felsen ab und schwamm zurück. Vor ihm tauchte – wie im Traum – das Bild von Desiree auf. Klar, freundlich, unbeschwert. Er hörte ihr befreites Lachen. Er schwamm weiter, beschleunigte. Am Ufer angekommen, strich er sich das Nass von der Haut, die bald darauf getrocknet war. Mit seinen Fingernägeln brachte er seine Haare in Form, da er keinen Kamm bei sich hatte.

Das Baden hatte ihm gutgetan. Er stieg in sein Auto und fuhr Richtung San Miguel. Bei der sengenden Hitze freute er sich auf das Restaurant, das in einer Grotte unter der Erde lag und Kühle und gutes Essen versprach.

Als er die unterirdischen Räume betrat, hörte er Stimmengewirr aus allen Richtungen und war froh, dass er reserviert hatte. Das Lokal war ausgebucht – verständlich bei der Hitze. Gleich im ersten Raum auf der rechten Seite sah er Lucia, die in die Speisekarte vertieft war.

»Heute ist es brütend heiß, selbst im Schatten«, begann Dorian das Gespräch. »Auch im Büro war es trotz Klimaanlage kaum auszuhalten.«

»Ich habe mich noch im Pool abgekühlt, bevor ich herfuhr.«

»So etwas Ähnliches habe ich auch versucht. Ich habe mir gerade ein Bad im Pedrera-Stausee gegönnt.«

»Warst du dann gar nicht richtig im Büro?«, fragte Lucia besorgt.

»Eigentlich nicht. Das hast du richtig erraten. Außer einem Telefonat mit dem Bürgermeister und dem Blick auf ein paar Rechnungen habe ich nichts zuwege gebracht. Ich hätte heute Vormittag auch bei dir bleiben können.«

»Heißt das, du gehst auch nicht wieder ins Büro?«

»Das soll es heißen, Luci. Wir gehen nachher gemeinsam zurück.«

Beide entschieden sich für eine scharfe Gazpacho sowie einen Salat mit Krustentieren. Dazu ein kaltes Lassi mit Knoblauch, Gurke und Minze. Sie unterhielten sich mit dem Wirt, der sich über die Hitze freute, die ihm die Gäste in sein Lokal schwemmte. Beide vermieden es, kritische Themen anzusprechen, und berichteten lieber über Gespräche mit Freunden und Bekannten und deren inhaltsleere Erlebnisse. Dorians Plan, Lucia von dem zufälligen Treffen mit Desiree zu erzählen, löste sich in Luft auf. Das Essen schmeckte einfach zu gut.

Nach dem Restaurantbesuch fuhren beide nach Las Colinas und ließen die Büroarbeit ruhen. Als sie die Haustür aufschlossen, kam ihnen Inez freudestrahlend entgegen. Auf der Terrasse saß Bella mit Ben bei einem Kaffee und Eiswasser beisammen.

»Bei der Hitze kann kein Mensch einen klugen Gedanken fassen, der einer Doktorarbeit würdig ist«, schimpfte Ben. »Ich habe den ganzen Vormittag versucht, etwas Sinniges zu Papier zu bringen. Vergebens!«

»Du weißt genau, dass nicht die Hitze dir die Konzentration raubt, sondern Yuna!«, traf Bella ins Schwarze. »Dir missfällt, dass sie ihr Leben selbstbewusst gestalten will.«

»Da gebe ich Bella Recht«, mischte sich Dorian ein. »Hätte ich damals Lucia gebeten, mit mir nach München zu kommen, dann hätte sie das abgelehnt.«

»Das ist nicht vergleichbar, Dorian. Das Erbe ließ dir keine andere Wahl. Wärst du nach München gegangen, stündest du mit leeren Händen da und müsstest dich mühsam von deinem Forstunternehmen ernähren.«

»Mag sein, dass die Situationen nicht ganz vergleichbar sind, Bruderherz. Ein Erbe ist ein Auftrag, den man erfüllen muss. Das gilt auch für mich. Unabhängig davon wirst du dich aber daran gewöhnen müssen, dass die Frauen sich nicht mehr von uns gängeln lassen.«

Lucia lachte. »Respekt, dass du das jetzt öffentlich eingestehst. Früher hast du das auch anders gesehen.«

»Ich bin eben lernfähig, Luci.« Alle lachten gemeinsam – bis auf Ben, der nur etwas Unverständliches vor sich hin murmelte.

»Yuna kann doch nicht einfach eine Wohnung in Alicante mieten, ohne mit mir darüber gesprochen zu haben!«, knurrte er gleich darauf. »Ihr habt ja auch die Nachricht erhalten.«

»Vielleicht solltest du dich mehr um sie bemühen und nicht nur verbissen an deiner Doktorarbeit hocken«, warf Lucia ein. »Sexy ist das ja gerade nicht.«

Es entstand eine Pause, in der niemand auch nur eine Silbe sprach. Schließlich griff Bella ein. »Was haltet ihr davon, wenn wir heute Abend nach Murcia fahren?«, schlug sie vor. »Sandro kommt bestimmt auch mit.«

»Vielleicht ist das keine schlechte Idee«, stimmte Ben zu. »Yuna wird vermutlich auch wieder länger arbeiten. Wenn sie sich uns anschließen will, soll sie eben nachkommen.«

## Kapitel 12 – Murcia

Um sieben Uhr machte sich die Gruppe auf den Weg nach Murcia. Yuna hatte sich kurz gemeldet, um mitzuteilen, dass sie noch nicht wüsste, ob sie es schaffte. Sandro steuerte gleich nach Bellas Nachricht Las Colinas an. Dort hatte er das erfrischende Nass des Pools genossen und die neue Erfindung von Lucia getestet: Leicht gesüßte Limonade aus Limetten und Gurkensaft. Ben hatte die Arbeit am Computer eingestellt, konnte er sich doch seit Yunas Nachricht ohnehin nicht mehr richtig auf seine Arbeit konzentrieren.

Murcia war bekannt für seine hohen Temperaturen. Auch heute machte die Provinzhauptstadt davon keine Ausnahme, und selbst der Río Segura, der die Altstadt vom moderneren Teil trennte, brachte keine Linderung.

Ben übernahm mit Dorian die Chauffeurdienste. Sie parkten am Fluss, der weniger Wasser als üblich führte. Der Weg in die Altstadt war nicht weit. Bald kamen sie an der Kathedrale vorbei, die vor sechshundert Jahren bewusst an der Stelle einer maurischen Moschee errichtet worden war und mit ihrem hohen Turm die Stadt überstrahlte. Dann liefen sie zum berühmten Real Casino, das mit seiner historischen Fassade um Aufmerksamkeit warb. Sie ließen sich von den kleinen Geschäften in den engen Gassen inspirieren, die immer für eine Überraschung gut waren. So konnten sie weder dem SOSO-Geschäft mit seinen unzähligen Salzspezialitäten entkommen, noch einem kleinen Laden, der feinsten Tee und Kaffee anbot. An einem der vielen

Parks und Gärten pausierten sie im Schatten ausladender Gummibäume und ließen die Seele baumeln. Die Sorgen und Ängste verflüchtigten sich. Das Einzige, was drängte, war schließlich der Appetit auf eine Paella, für die diese Stadt bekannt war.

Inmitten des Altstadtgewirrs fanden sie ein kleines Lokal, das sie schon früher nicht enttäuscht hatte. Die Tische standen so eng beisammen, dass man den Gesprächen der Nachbarn hätte lauschen können, wenn man es wollte.

»Willkommen, Herr Cassal«, begrüßte der sichtlich erfreute Wirt die Familie. »Sind es zwei oder bald drei Jahre her, dass sie mich zum letzten Mal beehrt haben? Was soll's – jetzt sind Sie wieder hier, und wir werden Sie nicht enttäuschen!«

»Früher waren wir häufiger in Murcia, muss ich gestehen. Das lag einfach daran, dass einer unserer Architekten sein Büro in der Altstadt hatte. Leider verlegte er es ins Industriegebiet.«

»Sie brauchen sich nicht zu entschuldigen«, beruhigte der Wirt, dessen gegerbtes Gesicht von seiner harten Arbeit erzählte. »Wir freuen uns einfach, dass sie es wieder geschafft haben. Gerade die letzten Tage sprachen wir über ihren verstorbenen Vater, der schon bei meinen Eltern zu Gast war – alte Zeiten, die nicht mehr wiederkehren.«

Die Paella-Auswahl der Speisekarte schien endlos. Nicht nur die Zutaten wie Meeresfrüchte, Kaninchen, Rothuhn beeindruckten, sondern auch die Auswahl verschiedener Reissorten aus Murcia und Valencia. Die Debatte über die Unterschiede erwies sich als appetitanregend und spannend. Jeder wusste etwas beizutragen, jeder übertraf den anderen mit seinem Detailwissen.

Lucias Handy meldete sich fast lautlos, denn sie hatte es auf Vibrieren gestellt. Kurz schaute sie auf das Display, dann drückte sie das Gespräch weg – merkte dann aber, dass Dorian das Manöver mitbekam. »Das scheint Yuna zu sein. Ich gehe mal raus, um sie zu fragen, ob sie noch kommen möchte. Ben, hast du ihr geschrieben, wo wir gerade sind?«

»Nein, das habe ich vergessen. Sie wird ohnehin nicht kommen.« Ben wandte sich wieder der Speisekarte zu, während Lucia aufstand, um vor das Lokal zu treten. Als Erstes wählte sie die Nummer von Yuna, die ihr versprochen hatte, immer erreichbar zu bleiben.

»Ihr seid in Murcia?«, fragte Yuna knapp. »Ich werde nicht kommen, denn ich möchte später unangemeldet bei Manuel vorbeischauen. Außerdem muss ich vorher noch Sachen für die neue Wohnung kaufen. Entschuldige mich bitte bei Ben – er wird sauer sein. Aber ich kann es nicht ändern.«

»Schon in Ordnung«, sagte Lucia knapp, nannte ihr aber sicherheitshalber den Namen des Restaurants und wählte dann eine zweite Nummer.

»Warum gehst du nicht dran, wenn ich dich anrufe?«, raunzte eine ihr bekannte Stimme. »Diese Nummer ist prepaid. Ich werde sie künftig für unseren Kontakt verwenden.«

»Ich war mit der ganzen Familie im Lokal. Du erwartest ja wohl nicht, dass ich da rangehe.« Lucia schaltete auf kalt.

»Werde nicht frech, Girlie. Bis zum nächsten Wochenende möchte ich eine definitive Antwort, ob du auf die Forderung eingehst. Sonst rufe ich im Bürgermeisteramt an, um eine erste Lunte zu legen. Wir treffen uns am Sonntag um einundzwanzig Uhr an gleicher Stelle.«

»Aber wie soll ich denn das Geld besorgen, ohne Dorian einzuweihen?«

»Wie wäre es mit deinem Vater oder deinem Onkel? Die werden einer zweifachen Mutter bestimmt einen Vertrauensvorschuss geben.« Das Gespräch brach ab. Lucia eilte wieder ins Lokal. Ihr wurde schwindelig.

»Yuna kann leider nicht kommen. Sie möchte noch die wichtigsten Sachen für ihre neue Wohnung besorgen«, rief Lucia in die Runde, bevor sie sich setzte, froh, sich anlehnen zu können. Dann ergänzte sie: »Ich teile mir eine große Meeresfrüchte-Paella mit dir, Dorian.«

»Das war aber ein langes Gespräch«, brummte dieser und schaute Lucia direkt in die Augen. Sie schlang ihren Arm um ihn und gab ihm einen demonstrativen Kuss auf die Backe.

»Eigentlich machen wir viel zu selten gemeinsame Ausflüge«, lockerte Bella die Stimmung auf. »Lasst uns vereinbaren, wenigstens einmal im Monat etwas zusammen zu unternehmen. Das nächste Mal machen wir Alicante unsicher. Yuna wird das freuen.«

»Vielleicht lädt sie uns ja in ihre neue Wohnung ein. Dann kriege ich die auch mal zu sehen.« Ben stocherte im Vorspeisensalat, als vermutete er dort Ungeziefer.

»Du bist doch nicht etwa eifersüchtig auf das EUIPO?«, grinste ihn Dorian an. »Aber sei sicher, dass du mit Missmut Yuna nicht gewinnen kannst.«

»Sei still, sonst vergeht mir der Appetit!«

Zur Erleichterung aller kamen jetzt die ersten Paellas – angepriesen vom Wirt, der keinen Vergleich scheuen musste und vor allem den murcianischen Reis hervorhob, der geschmacklich dem aus Valencia überlegen sei. Sein Kommentar gipfelte in dem Standpunkt, dass es nicht auf die Art des Reises – ob Bomba, Albufera oder ähnliches – ankäme, sondern auf die Provinz, in der er wachse. Sandro lachte herzlich, denn er wusste um die übliche Übertreibung, die zum Geschäft eines jeden Paella-Lokals gehörte. So besserte sich auch in der Folge die Stimmung – begleitet vom steigenden Weinkonsum und der anschwellenden Lautstärke im Restaurant.

Yuna hatte nach ihrer Arbeit eilig im Einkaufszentrum die notwendigsten Artikel für ein eigenständiges Leben in der kleinen Wohnung zusammengesucht. Stur arbeitete sie die vormittags erstellte Einkaufsliste ab und packte alles in den Kofferraum ihres Autos. Als sie danach die Tüten in ihr neues Heim hinaufgeschleppt hatte, bemerkte sie, dass die sommerlichen Temperaturen ihren Tribut bei den frischen Nahrungsmitteln schon gefordert hatten. Die Butter war weich, die Milch warm geworden. Aber sie war zumindest froh, alles Wesentliche bekommen zu haben.

Bevor sie in Richtung Alcoy aufbrach, öffnete sie die Fenster und ließ die Brise durch die aufgeheizte Wohnung strömen. Vom Balkon aus hörte sie das leise Rauschen des Windes in den Pinien. Sie beobachtete, wie die Sonne hinter dem Berghang verschwand, dessen Schatten in Richtung Meer wanderte. Yuna legte sich kurz auf das kleine Sofa im Wohnzimmer, denn sie wusste, dass sie noch einen langen Abend vor sich hatte. Und ehe sie sichs versah, nickte sie ein.

In ihrem Traum schoben sich gelbe Wolken über den Himmel, aus denen es heftig regnete. Die Wellen des Meeres lösten sich auf in zahllose tanzende winzige Vulkane, die zum Strand strebten. Yuna sah sich in einem Wattebausch gebettet, der sie weich trug und behütete. Der Regen schien auch sie jetzt zu erreichen, doch war es kein Wasser, sondern weiche Blütenblätter, die auf sie niederfielen. Sie rochen wie eine Mischung von Rosen und Kamille. Yuna war nackt. Sie spürte die kühlen Blätter auf ihrer Haut. Plötzlich sah sie, wie sich ein Gesicht über sie beugte. Zunächst konnte sie es nicht erkennen. Dann wurde ihr klar: Es war Manuel, der sie anlächelte. Ihr Herz klopfte heftig, sie schwitzte. Manuels Lippen kamen näher und näher. Sie öffneten sich, und ein Tropfen Blut fiel auf sie hinunter, dann ein Schwall. Yuna schreckte auf und schrie verzweifelt. Sie versuchte, sich das Blut vom Gesicht zu wischen, was aber misslang. Sie stand auf, blickte umher. Ihre Bluse war schweißnass.

Ihre Uhr mahnte sie zur Eile, nachdem sie durch ihre unfreiwillige Siesta eine halbe Stunde verloren hatte. Sie sprang unter die Dusche, zog sich frische Sachen an, griff den Autoschlüssel und hastete zum Fahrstuhl.

Die Zieladresse hatte sie bereits am Nachmittag eingegeben. Sie wählte nicht die Route über die Autobahn, sondern über die kleine CV 800. Diese kurvige Gebirgsstraße führte über Xixona, eine beschaulichen Gemeinde, die bei Touristen wie Einheimischen für den weißen Nougat »Turron« bekannt war, den niemand an Weihnachten missen wollte. Die Kulisse der imposanten Burg vor dem Berg erzeugte einen Hauch von Romantik. Yuna wollte spüren, was Manuel an dieser Gegend faszinierte – sie wollte wissen, warum er hier und nicht an der Küste leben mochte. Mit jedem Kilometer fügte sich ein winziger Puzzlestein in das Bild. Doch es galt, noch viele Teilchen zu entdecken und einzufügen.

Es war deutlich nach acht Uhr geworden, als sie in Alcoy ankam. Die einsetzende Dunkelheit tauchte die Stadt in ein fahles Grau. Yuna bog in die holprige Straße ein, in der Manuel wohnte. Sie hatte ihn nicht informiert, dass sie käme, weshalb sie auch nicht wusste, ob sie ihn antreffen würde. Als sie ihr Auto parkte und auf das Haus zulief, ging gerade das Licht im Obergeschoss aus. Er muss also da sein, dachte sie sich. Sie fühlte einen Kloß im Hals, als sie schluckte. Als sie gerade klingeln wollte, öffnete Manuel die Tür. Er hatte sich sportlich elegant gekleidet, mit weißer Leinenhose und kurzem Hemd.

»Ich glaube es nicht! Was machst du denn hier?«

»Ich hatte die spontane Idee, dich zu besuchen«, hörte Manuel sie unschuldig antworten. »Freust du dich denn nicht?«

»Maria kommt gleich. Wir wollen die Stadt unsicher machen, das habe ich ihr versprochen.«

»Da will ich nicht stören. Vielleicht klappt es ja an einem der nächsten Tage besser.«

»Warum rufst du denn nicht vorher an? Du hättest dir viel Zeit erspart«, gab Manuel kühl zurück. »Und was soll Maria denken, wenn sie dich hier sieht?«

»Sie denkt, was sie denkt. Ich habe kein Problem, wenn sie kommt.«

»Aber ich habe damit ein Problem. Sie wird denken, dass wir ein Verhältnis haben.«

»Das haben wir aber nicht. Und das kannst du ihr erklären.«

»Du hast ja selbst gesagt, ich soll nicht davon erzählen, dass wir uns in Alicante trafen.« Manuels Stimme wurde laut. »Was willst du von mir?«

»Wenn du heute Abend ausgehst, scheint dich die Geschichte mit deinem Bruder ja nicht wirklich zu interessieren. Wahrscheinlich gibt es deinen Bruder gar nicht, oder aber, er hat mit der ganzen Sache nichts zu tun. Ich glaube, dass du selber hinter der ganzen Geschichte steckst.«

»Quatsch! Bist du von Sinnen? Ich lasse mir das von dir nicht sagen! Und jetzt bitte ich dich, mein Grundstück zu verlassen. Ich lasse mir den Abend mit Maria nicht kaputt machen.« Manuel zeigte mit eindeutiger Geste, dass für ihn das Gespräch beendet war.

Yuna überlegte nur kurz. Ohne Manuel anzublicken, lief sie zu ihrem Auto, wendete, um wieder durch die Straße zurückzufahren, auf der sie gekommen war. Sie schaltete das Fernlicht an, damit Maria sie nicht erkennen konnte, würde diese ihr jetzt entgegenkommen. Sie beschleunigte, denn sie wollte noch rechtzeitig zum Dessert in Murcia ankommen.

Auf der Autobahn nahm sie ihr Handy, um Ben eine Nachricht zukommen zu lassen. »Komme vor zehn Uhr zur Crema.« Dann trat sie aufs Gas, ignorierte die vorgeschriebene Höchstgeschwindigkeit und rauschte der Provinzhauptstadt entgegen.

Manuel stand regungslos vor seinem Haus. Er versuchte, seine Gedanken zu ordnen. Was wollte dieses schöne asiatische Wesen von ihm?, fragte er sich. Dass sie gekommen war, um ihm ihre Skepsis mitzuteilen, glaubte er nicht. Sicher waren ihr Zweifel gekommen, dass er ernsthaft nach seinem Bruder suchte, als sie ihn im Ausgehdress sah. Aber sie wusste ja auch, dass er Maria nicht links liegen lassen konnte und wollte – und deshalb mit ihr etwas unternahm. Wollte sie ihm vielleicht nah sein, weil sie Interesse an ihm entwickelte? Nicht auszuschließen.

Aber wie stand es mit ihm? Er gestand sich ein, dass Yuna einen gewissen Reiz auf ihn ausübte. Nicht nur, weil sie ein so starkes Selbstbewusstsein besaß. Sie verströmte die Aura einer geheimnisvollen Persönlichkeit. Am liebsten hätte er sie vorhin umarmt, obwohl sie ihn beschuldigt hatte. Am liebsten hätte er ihren zarten Körper gespürt. Blut schoss ihm in die Wangen, wie bei einem Jugendlichen, der an ein Mädchen denkt, das er unerreichbar wähnt.

Im gleichen Moment sah er, wie ein Auto flott die kleine Straße auf sein Haus zufuhr. Das Geräusch des aufgewirbelten Schotters kündigte Maria an, die alsbald vor Manuel zum Stehen kam. Mit einem Strahlen im Gesicht stieg sie aus. Sie hatte sich auffällig geschminkt, als ginge sie auf einen Abschlussball. Das Haar hatte sie füllig frisiert. Ihr eng sitzendes rotes Top betonte ihren Busen. Passend dazu trug sie einen kurzen gemusterten Rock. Die hochhackigen Schuhe trug sie in ihrer linken Hand.

»Wow!«, kam es Manuel über die Lippen. »Ich bin beeindruckt. Toll siehst du aus, Maria!« Er gab ihr die obligatorischen Küsschen auf die Wangen und sog den floralen Duft ihres Parfüms ein. »Neu?«

»Ja, neu! Alles neu – von Kopf bis Fuß.« Sie fuhr Manuel durch seine frisch frisierten Haare, wie sie es so gerne tat. Dann gab sie ihm einen kurzen, zärtlichen Kuss auf die Lippen. »Alcoy, wir kommen.«

Yuna erreichte Murcia in weniger als einer Stunde und zögerte nicht, direkt in die Altstadt zu fahren. Zwar wusste sie, dass viele Straßen nur für Anwohner befahrbar waren, doch das war ihr einerlei. An einer Straßenkreuzung fand sie schließlich einen halblegalen Platz für ihr Fahrzeug. Sie griff nach einem Stück Papier aus ihrer Aktentasche. »Bin gleich zurück ♥!«, schrieb sie und hinterließ die Nachricht auf dem Armaturenbrett.

Die Innenstadt glühte immer noch wie ein Ofen, denn die Hitze konnte den engen Gassen mit ihren hohen Häusern nicht entkommen. Das Geräusch der Klimaanlagen begleitete ihren Weg durch das Gewirr der Altstadt. Späte Gäste suchten nach einem geeigneten Lokal, das gutes Essen in kühler Atmosphäre versprach. Selbst für Spanier war diese abendliche Hitze eine Herausforderung. In der beleuchteten Auslage einer Konditorei bemerkte Yuna, wie der Schokoladenbelag auf einem Gebäck zu laufen begonnen hatte.

Als sie das Paella-Restaurant betrat, strömten ihr die Gerüche aller nur denkbaren Kombinationen von Fleisch, Fisch und Krustentieren entgegen. Der Geräuschpegel ließ sich nur von denen ertragen, die schon Stunden hier bei Essen und Wein verbracht hatten. »Magia« von Alvaro Soler schallte aus den kleinen überforderten Lautsprechern. Yuna erkannte sogleich, an welchem Tisch die Familie saß. Erleichtert stellte sie fest, dass alle noch mit dem Vertilgen der zweiten Runde Paella beschäftigt waren. Sie ging zum Tisch und drängte sich zwischen Ben und Dorian, die offensichtlich weltbewegende Dinge zu besprechen hatten, denn sie hatten Yunas Kommen noch gar nicht bemerkt.

»Ich freue mich, dass ich es doch noch geschafft habe. Habt ihr noch einen Bissen für ein hungriges Mädchen?«

Ben stand auf, um einen Stuhl für Yuna zu besorgen. Er gab ihr einen unterkühlten Kuss auf die Wange. »Wenn du Meeresfrüchte-Paella magst, kannst du etwas von meiner Pfanne haben. Was hast du eigentlich noch in Alicante gemacht, dass du so spät kommst?«

»Ich habe mir das Nötigste für die Wohnung gekauft, damit ich nicht immer alles hin- und herschleppen muss.«

»Ben vermisst dich eben sehr«, mischte Bella sich ein. »Er hätte dich nun mal gerne um sich.« Sie machte eine Pause. »Stimmt doch, Ben?!«

Ben knurrte etwas Unverständliches vor sich hin, füllte einen freien Teller mit Paella und schob ihn zu Yuna rüber. Nun bemühte sich Sandro, das Thema zu wechseln. »Deine Eltern haben heute Nachmittag angerufen«, sagte er zu Dorian. »Sie wollen nächste Woche mit Frank herkommen. Inge wollte erst später nachkommen, wenn die Feier startet. Ich habe aber darauf bestanden, dass sie gleich mitfliegt.«

»Das sind ja gute Nachrichten«, kommentierte Dorian.

Die Stimmung entspannte sich allmählich wieder, und die Tischgespräche drehten sich um Freunde und Ausflüge. Man kam zu dem Ergebnis, dass die nächste Fahrt das als Barockstadt bekannte Lorca zum Ziel haben könnte.

Maria liebte Alcoy inzwischen, als wäre sie hier geboren. Viele Menschen, die hier lebten, stammten von alteingesessenen Familien ab. Manche bezeichneten sie als eher spröde, andere als bodenständig und ehrlich. Die Altstadt lag jenseits des Riu Molinar – verbunden mit der beeindruckenden

Brücke mit ihrem grandiosen Ausblick auf das Tal. Manuel hatte sich eine Tour durch einige Bars ausgedacht, in denen er immer wieder auf Freunde traf. Maria ließ sich an diesem Abend treiben, angeregt durch Drinks, Musik und zahlreiche Gespräche mit Manuels Bekannten. Ein Hola hier, eine geschäftliche Frage dort, auch mal ein Wangenkuss attraktiver Weiblichkeit. Manuel konnte hier glänzen, und er genoss es, dies seiner Maria zeigen zu können.

»Wir sind inzwischen ein regelrechtes Dream-Team geworden, Maria, findest du nicht?« Manuel zog Maria an sich heran, wobei er ihre Hüfte zärtlich umarmte. Sie wehrte sich nicht dagegen, denn er machte dies in der Gegenwart anderer junger Frauen, die ihn augenscheinlich gut kannten.

»So habe ich mir diesen Abend vorgestellt, den ich schon gestern mit dir verbringen wollte«, bemerkte sie lächelnd.

»Dann wären wir aber vielleicht heute nicht beieinander, Maria«, erwiderte Manuel und ließ seine Hand etwas tiefer über ihren Rücken gleiten. »Mit dir kann man Pferde stehlen. Du bist nicht wie die anderen Frauen, die nur sich selbst im Kopf haben.«

»Wie meinst du denn das schon wieder? Darf eine Frau nicht an sich selber denken?« Marias Stimme verriet, dass sie keinen wirklichen Vorwurf erheben wollte.

»Klar soll eine Frau – gerade in der heutigen Zeit – ihre eigenen Pläne verfolgen und sich nicht einseitig abhängig machen von einem Mann. Geschäftlich bist du ja auch auf einem guten Weg. Auch ohne mich wirst du erfolgreich sein. Nur würde ich gerne wissen, ob du dir vorstellen kannst, dass ich eine langfristig tragende Rolle in deinen Plänen übernehmen kann.«

»Das Gleiche will ich eigentlich auch von dir wissen!«

»Du weißt, wie sehr ich dich begehre, Maria.«

»Für eine Nacht oder eine Woche?«

»Wenn hier jemand mit dem anderen spielt, dann bist das du, Maria. Wenn du mich als Mann brauchst, nimmst du mich, ohne mich zu fragen. Und wenn ich frage, dann lässt du mich links liegen.«

»Sei doch nicht so empfindlich! Wie ich merke, hast du ausreichend Verehrerinnen, auf die du zurückgreifen kannst.«

»Aber jetzt begehre ich dich. Keine andere«, gab Manuel trotzig zurück. Seine Lippen näherten sich den ihren. Dann küsste er sie, und sie erwiderte seine Zärtlichkeit, indem sie mit seiner Zunge zu spielen begann.

»Lass uns gehen, Maria!«

Maria hakte sich ein, während sie die Bar verließen und sich auf den Weg zu Manuels Haus machten.

Manuel zog sich sein Hemd aus. Eine drückende Hitze stand im Haus. Er öffnete einige Fenster und die Tür zum Garten, um einen Hauch Frische hineinzulassen, aber vergeblich.

»Magst du einen Orangensaft, Maria?«

»Nein, danke. Später vielleicht.«

Er näherte sich Maria, gab ihr einen sanften Kuss. Dann streifte er ihr Top ab. Er streichelte mit seinen Fingern zärtlich über ihren BH, ohne ihn zu öffnen. Ihre Lippen wurden eins. Maria ließ ihren gemusterten Rock zu Boden fallen.

Manuels Erregung war nicht zu übersehen – doch er zog

sich nicht aus. Mit seinen Fingernägeln reizte er Marias Brustwarzen.

»Manuel!«

»Pst!«, legte er seinen Finger auf ihre roten Lippen.

Mit seinen Händen streifte er ihren Slip vorsichtig etwas nach unten, sodass dieser die dunklen Haare freigab. Dort beließ er ihn und streichelte weiter ihre Brüste. Nun griff Maria nach Manuels Hand und führte diese an ihr Zentrum heran. Doch Manuel hatte anderes im Sinn und entzog sich ihr. Er bewegte seine Hände fast unmerklich zart über ihren Rücken, während er eng bei ihr stand.

»Willst du nicht?«, flüsterte sie.

»Nicht so eilig!«

Maria öffnete seine Hose und zog sie hinunter. Dann folgten die Shorts. Sie kniete sich hin und nahm seine runde Frucht zwischen ihre Lippen. Ihre Handflächen legten sich auf Manuels Pobacken, dann tiefer.

Manuel hob seinen Kopf und blickte in die dunkelblaue Nacht, während sein Blut pochte. Er spürte Marias Zähne wie die einer mild gestimmten Raubkatze. Der angenehm beißende Druck zwischen seinen Schenkeln stieg an.

»Setz dich auf mich«, forderte er jetzt Maria auf, während er sich auf den Steinboden legte. Sie folgte, er schloss die Augen, bewegte sein Becken gegen ihres.

»Jetzt, jetzt!«, forderte Maria.

Doch nun erschien vor seinen geschlossenen Augen ein Bild, das ihm Angst machte. Yuna lächelte ihn an. Er riss die Augen auf und sah in Marias strahlendes Gesicht, die gerade zum Höhepunkt kam.

Maria verharrte noch kurz, wälzte sich dann geschmeidig herunter. Manuel blickte in ihr Gesicht. Sie erlöste ihn mit ihren warmen Lippen. Wenig später lagen sie erschöpft nebeneinander. Der kühle harte Steinboden störte beide nicht.

»Was bedrückt dich, Manuel?«, fragte Maria. »Ich sehe es dir an.«

»Schon gut. Ich habe das alles nicht erwartet.«

»Was?«

»Deine Zärtlichkeit, Maria!«

Auch Ben und Yuna liebten sich an diesem Abend heftig, nachdem sie aus Murcia zurückgekehrt waren. Aber in die körperliche Liebe mischte sich eine versteckte Aggression. Feste Berührungen traten an die Stelle von Liebkosungen. Beide versuchten, den anderen zu dominieren. Sie liebten sich zweimal und waren dennoch nicht glücklich. Die erhoffte Erlösung blieb aus.

Wortlos schliefen sie ein, weil jede Äußerung geschmerzt hätte. Verletzliche Stille füllte den Raum. Der Schweiß des Liebesspiels roch bitter.

## Kapitel 13 – Hitzewelle

Lucia saß bereits vor der Dämmerung auf der Terrasse. Sie wartete auf Yuna, mit der sie sich am Vorabend verabredet hatte. Vor ihr lag ein Blatt Papier mit allerlei Notizen. Der frisch bereitete Kaffee wollte nicht schmecken, und auch die Kühle des Morgenwinds brachte nicht die erhoffte Erfrischung.

»Dass wir uns wie Kriminelle konspirativ treffen müssen«, flüsterte Yuna, als sie ins Freie trat, »hätte ich nie für möglich gehalten.«

»Wir haben uns für diesen Weg entschieden. Jetzt gehen wir ihn auch zu Ende. Keine Zeit zu lamentieren.« Lucia ordnete ihre Notizen. »Der Erpresser fordert fünfzehn Prozent der Gran Monte-Anteile der damaligen Grundstücke. In bar, hat er gesagt. Wenn man den jetzigen Wert nimmt, bedeutete das Millionen, worauf wir uns nicht einlassen können. Wenn wir den Wert des Kaufs nehmen und mit einer dreiprozentigen jährlichen Steigerung kalkulieren, komme ich immer noch auf achthundertfünfzigtausend Euro für den Anteil.«

»Aber du weißt ja gar nicht, wie er kalkuliert,« erwiderte Yuna. Sie studierte die Zahlen auf dem Papier. »Und ihm müsste klar sein, dass du ohne Wissen und Zustimmung von Dorian einen solchen Betrag nicht aufbringen kannst.«

»Er zählt auf unsere Großeltern, wenn ich seine letzten Worte noch richtig in Erinnerung habe. Aber ich habe ja mit Frank gesprochen – nicht wegen Geld, sondern wegen der möglichen Kungelei mit der Gemeinde. Er ist mir ausgewichen.«

»Das spricht aber dafür, dass etwas dran ist an der Anschuldigung; meinst du nicht, Luci?«

»Leider muss ich dir zustimmen. Morgen Abend will ich mit Manuels Bruder Klartext sprechen und ihm einen Vorschlag unterbreiten.«

»Und wie willst du Dorian erklären, dass du abends nach El Pinet fahren möchtest?«

»Du fährst vor, rufst mich dann aus Alicante an, weil du mich noch in der Wohnung brauchst. Ich werde dann folgen.«

»Ich muss dir noch erzählen, was gestern passierte. Ich besuchte Manuel ohne Vorankündigung in Alcoy. Er kam gerade aus dem Haus, um auf Maria zu warten, mit der er die Stadt unsicher machen wollte. Ich sagte ihm ins Gesicht, dass ich nicht an die Geschichte mit seinem Bruder glaube, denn sonst hätte er nach ihm gesucht, statt mit Maria auszugehen.«

»Wie hat er reagiert?«

»Er tat meinen Anwurf als Quatsch ab. Morgen Abend will ich der Sache auf den Grund gehen. Ich fahre eine Stunde früher nach El Pinet und warte beim Parkplatz hinter dem Strandhaus, ob Manuel auftaucht. Sollte er kommen, wissen wir Bescheid.« Yuna konnte ihren Stolz nicht verbergen. Sie hob ihren Kopf, drehte ihr Gesicht Lucia zu.

»Du mauserst dich zur wahren Detektivin«, gab diese anerkennend zurück.

Beide schlürften sie zufrieden ihren Kaffee. Sie hörten den ersten Golfer, der seine Bälle auf den taubedeckten

Fairway schlug. Die Kaninchen hoppelten vom Gras in das nahe Gebüsch. Aber mit jeder Minute, die die Sonne über den schützenden Kiefernwäldern höherstieg, stiegen auch die Temperaturen.

»Lass uns heute früh an den Strand gehen, bevor es richtig heiß wird und die Madrilenen uns die Plätze streitig machen«, übernahm Lucia die Initiative. »Wenn wir nach Cabo Roig fahren, stoßen Bella und Sandro sicher auch dazu.«

»Und die liebe Inez wird sich freuen«, ergänzte Yuna.

So packten sie, ohne auf die Männer zu warten, Decken, Stühle und Sonnenschirme in die Autos, Sonnencreme, Getränke, Obst und Spielsachen für Inez. Als Dorian und Ben auf der Bildfläche erschienen, blieb ihnen keine Wahl, als dem Strandausflug zuzustimmen. Als sie keine Stunde später gemeinsam mit ihrem Gepäck von der Anhöhe hinunter in die Bucht liefen, konnten sie barfuß kaum mehr über den heißen Sand gehen. So entschieden sich die Männer, ihr verpasstes Frühstück im Chiringuito nachzuholen, während die anderen drei den Sonnenschutz aufbauten, um es sich gemütlich zu machen. Der Geruch frisch aufgetragener Sonnencreme mischte sich mit der salzigen Meeresbrise. Eine Karawane sonnenhungriger Städter, die ihr Wochenende einläuteten, eroberte den Strand und füllte die leeren Plätze. Alle versuchten – mehr oder weniger erfolgreich –, ihre kleinen Sonnenschirme in den Sand zu bohren.

Fast hätte Yuna den Anruf des auf lautlos gestellten Handys verpasst, hätte Inez sie nicht auf das Vibrieren aufmerksam gemacht.

»Maria! Mit deinem Anruf hätte ich jetzt nicht gerechnet. Wir sind gerade in Cabo Roig am Strand und lassen es uns gut gehen. Bella und Sandro stoßen nachher dazu.«

Lucia schaute gespannt auf Yuna.

»Heute Abend kann ich nicht kommen, nein. Höchstens morgen Nachmittag. Um was geht es denn?«

Es entstand eine längere Pause, in der nur Maria sprach. Vom Chiringuito blickten nun auch die Männer herüber.

»Ich komme dann so um vier Uhr zu dir!« Yuna beendete das Gespräch.

»Was wollte Maria von dir?«, fragte Lucia erstaunt.

»Sie hat eine Idee für eine Obstmarke, die sie mit mir besprechen will. Ihr scheint es dringend zu sein, denn sie war ganz begeistert von ihrer Idee. Ich sollte gleich heute vorbeischauen, meinte sie.«

»Du hast jetzt aber für morgen zugesagt. Wird das nicht verdammt knapp?«

»Das schon. Aber so kann ich Ben bestens erklären, dass ich früh wegfahren muss.« Yuna schaute immer wieder zu den Männern hinüber, die jedoch keine Anstalten machten, ihre Schattenplätze zu verlassen. »Wie willst du denn mit der Aufgabe weiterkommen, unauffällig Geld aufzutreiben?«

»Sandro kann ich nicht fragen, weil der sogleich Dorian informieren würde«, erwiderte Lucia, die ihre im Wasser planschende Inez immer im Blick behielt. »Heute Abend will ich mit Frank sprechen, spätestens morgen. Er muss Farbe bekennen.«

Die Hitze nahm minütlich zu. Lucia cremte Inez nochmals mit einer Schicht Sonnenschutz ein und zog ihr ein langes Hemdchen über. Nur im Schatten der kleinen Sonnenschirme ließ es sich jetzt noch aushalten.

Das Chiringuito spielte kalifornische Beach-Musik. Schweigend blickten die Brüder auf eine Gruppe junger Mädchen, die es sich auf einem Strandtuch bequem gemacht hatten.

»Hast du wieder was mit Desiree?«, fragte Ben plötzlich. Sein Satz besaß die Schärfe einer Stahlnadel.

»Wie kommst du denn darauf, Ben?« Dorian setzte unvermittelt sein Glas Orangensaft auf dem Plastiktisch ab.

»Ich habe dich beobachtet, wie du in den letzten Tagen immer wieder Nachrichten an sie schickst – heimlich.«

»Du weißt ja, dass sie sich als Gast in Gran Monte eingemietet hat. Das hat sie offen mitgeteilt.«

»Und du hast dann mit ihr gegolft und das Lucia verschwiegen. Tu nicht so, als wäre nichts geschehen. Ich kenne dich schließlich und kann deine Gesichtszüge lesen, wenn du ihren Namen aussprichst.«

»Sie hat nichts von ihrer Attraktivität eingebüßt – das gebe ich zu. Aber ich habe mich für Lucia entschieden und plane nicht, das zu ändern.«

»Aber irgendwas liegt doch zwischen Lucia und dir im Argen, das sieht ein Blinder. Hat dies mit Desiree zu tun? Du kannst mir das ruhig anvertrauen.«

»Eigentlich ist es andersherum. Lucia verhält sich seit einiger Zeit seltsam, als würde sie etwas bedrücken. Aber ich komme nicht an sie heran. Schlimmer noch: Sie stößt mich mit ihrem Verhalten vor den Kopf. Nachts läuft zur Zeit auch nicht viel.«

»Und da kommt Desiree gerade zur rechten Zeit«, setzte Ben genüsslich einen Punkt.

»Ende der Fragestunde, Ben!« Dorian rief den Wirt, um die Rechnung zu begleichen, während Ben seinen Cortado in aller Ruhe zu Ende trank.

Als Bella und Sandro an den Strand kamen, vergnügten sich alle gerade im Wasser. Bei einer Temperatur von gefühlten dreißig Grad, erinnerte dieses Vergnügen allerdings eher an eine Badewanne als an Meeresfrische. Sandro trug eine sichtlich schwere große Kühlbox mit sich, die kalte Getränke und ein Eis für Inez versprach.

Jeder Fleck Sand war inzwischen von Wochenendgästen aus Madrid und Touristen aus nördlichen Gefilden besetzt. Das Rauschen der anbrandenden Wellen überlagerte das Kreischen der planschenden Kinder, das Geplauder der Gruppen unter ihren Sonnenschirmen und die Klänge aus dem nahen Chiringuito. Die glühende Sonne schien die Sandkörner mit der Sonnencreme auf der röter werdenden Haut der englischen Dauergäste zu einer Kruste zu verbinden. Bald würden sie aussehen wie panierte Schnitzel. Die Hunde genossen es sicher, in den gekühlten Wohnungen zurückgelassen worden zu sein, weil ihr Aufenthalt am Strand untersagt war. Afrikanische Verkäufer buhlten um Geschäfte – sie boten alles, was ein Strandgast hätte vergessen können: Sonnenbrillen, Badetücher, Hüte und natürlich gefälschte Uhren. Wer trotz Hitze nach einer Massage verlangte, fand geschickte Hände freundlicher Damen. Und welches kleine Mädchen konnte der dunklen Madame widerstehen, die ihre Flechtkunst für Dreads oder Zöpfe anbot? Ein ganz normaler Sommersamstag am Strand nahm seinen Lauf.

»Habt Ihr Lust, heute Abend zu uns zu kommen?«, fragte Bella. »Wenn ja, dann schlage ich vor, nicht mehr allzu lange am Strand zu bleiben. Vor allem Inez tut so viel Sonne und Hitze auch gar nicht gut.«

»Wenn wir deine Fürsorge nicht hätten!«, lachte Dorian.

»Dann hättet ihr alle bald einen Mordssonnenbrand. Sandro hat für euch kalte Getränke mitgeschleppt. Während ihr euren Durst löscht, springe ich nur einmal in die Fluten. Danach gehen wir zu uns zur Siesta!« Bellas Blick veranlasste Sandro, die Kühlbox zu öffnen und den frisch zubereiteten Limonensaft zu verteilen. Und natürlich bekam die kleine Inez ihr dreifarbiges Lieblingseis, das nur ihre Oma so toll zubereiten konnte.

Keine Stunde später verlagerte sich das Treiben der Familie in die Villa nach Cabo Roig. Dorian, Inez und Lucia machten es sich auf dem breiten Sofa im Wohnbereich gemütlich. Nach kürzester Zeit nickten alle drei ein – müde von der Sonne und erschöpft vom Baden. Ben hatte sich schmollend aufs Bett im Gästezimmer zurückgezogen, was Yuna aber nicht verborgen blieb. Sie folgte ihm und schmiegte sich katzengleich still an ihn. Als er etwas sagen wollte, gab sie ihm einen zärtlichen Kuss und hieß ihn schweigen.

»Störe ich, Frank?« Lucia hatte sich in ihr altes Jugendzimmer zurückgezogen, das inzwischen als zusätzliches Gästezimmer diente, und sofort das Telefon hervorgezogen. »Kannst du sprechen?«

»Schön, deine Stimme zu hören. Wie geht es euch bei der Hitze?«, antwortete Frank, der nicht erstaunt schien, dass Lucia ihn sprechen wollte.

»Es fühlt sich an, als richtete jemand einen heißen Föhn auf dich. Aber das kennen wir ja mittlerweile. Frank, du ahnst, dass ich mit dir nicht über das Wetter reden will.«

»Das ist mir klar. Was willst du von mir, meine Liebe? Ich dachte, ich hätte dir alles erklärt.«

»Nichts hast du«, stieß Lucia in ungewohnt aggressivem Ton hervor. »Du hast bestätigt, dass ihr die Umwandlung von Ackerland und Bauland beantragt hattet, was dann genehmigt wurde.«

»Ja! Du wiederholst nur, was ich dir erzählt habe!«

»Ich weiß nicht, ob du meine anschließende Frage bei unserem letzten Telefonat noch mitbekommen hast. Habt ihr damals finanziell bei der Gemeinde nachgeholfen? Verzeih mir meine Direktheit. Ich muss das unbedingt wissen.«

Es entstand eine unerträglich lange Pause, in der keiner der beiden einen Ton herausbrachte.

»Ich werde erpresst, Frank. Jemand will an die Öffentlichkeit gehen, wenn ich nicht zahle. Er behauptet, dass damals nicht alles mit rechten Dingen zuging – so, jetzt weißt du es!«

»Warum hast du mir das nicht schon letzte Woche erzählt, Lucia?«, antwortete Frank mit sichtlich besorgter Stimme. Lucia meinte zu spüren, wie Franks typische Kontrolliertheit einer ungewohnten Unsicherheit wich. »Was fordert der Erpresser, wer ist es überhaupt, hat er irgendwelche Belege? Und was meinen Sandro und Dorian zu der Geschichte?«

»Frank, du musst mir versprechen, dass dieses Gespräch unter uns bleibt, weil der Erpresser auch Informationen über mich an die Öffentlichkeit bringen will, die mir persönlich schaden würden und über die ich mit Dorian und Sandro nicht sprechen kann. Und lass bitte auch deinen Sohn aus dem Spiel.«

»Und was sind solche Informationen, Lucia?«

»Ich kann und will darüber nicht reden. Akzeptiere das bitte, Frank.«

»Schon gut«, beschwichtigte Frank, um gleich darauf die Initiative zu übernehmen. »Wir brauchen einen klaren Plan. Dabei ist wichtig, dass wir uns nicht von einem Unbekannten die Richtung aufzwingen lassen. Was weißt du von ihm?«

»Ich habe ihn schon getroffen und werde ihn morgen Abend wieder treffen. Er sagt, er sei einer der Enkel des damaligen Verkäufers. Wenn wir nicht auf seine Forderungen eingehen, will er noch vor unserer Jubiläumsfeier an die Öffentlichkeit gehen.« Lucia vermied bewusst, ihre Mitwisserin Yuna zu erwähnen, denn sie wollte die Kontrolle über das Geschehen nicht verlieren. Ohnehin, dachte sie, gab sie im Gespräch mit Frank schon sehr viel preis. Sie begann zu zittern.

»Erpresser verlangen meistens Geld, Lucia. Mit welchem Betrag müssen wir rechnen?«, griff Frank den Gesprächsfaden wieder auf.

Das Wort »wir« bewies Lucia, dass Frank zu helfen bereit war. Und es zeigte, dass Substanz hinter den Anschuldigungen von Manuels Bruder steckte. »Zahlen hat der Mann nicht genannt. Aber ich will das morgen herausbekommen, weil die Zeit bis zur Jubiläumsfeier knapp wird.«

»Bekomme vor allem heraus, welche Beweise der Erpresser für seine Anschuldigungen besitzt. Behaupten kann er viel«, trieb Frank die Diskussion voran.

»Das heißt also ...«. Lucia überlegte, wie sie es am besten ausdrücken sollte. »... ihr habt tatsächlich Geld an Politiker bezahlt, um die Umwidmung zu erhalten.«

»Sagen wir es einmal so: Wir wollten sicherstellen, dass die diskutierten Zusagen der Kommune nicht wieder gekippt würden. Du kannst die Zeiten nicht mit heute vergleichen, Lucia!«

»Danke für deine Offenheit, Frank. Ich halte dich auf dem Laufenden.«

»Ich spreche nachher mit Inge. Vermutlich macht es Sinn, dass wir früher nach Spanien fliegen als geplant.« Frank beendete das Gespräch.

Die Hitze wollte nicht weichen, obwohl ein leichter Wind blies. Kein Vogel war zu sehen, sie verbargen sich still in den Büschen, bis es auch für sie erträglicher wurde. Ermattet verließen immer mehr Besucher den Strand, bepackt mit Liegen, Stühlen, Sonnenschirmen und ihren farbigen Kühlboxen. Sie würden erst spät wieder in die Strandlokale zurückkehren, wenn der Tinto de Verano nicht innerhalb weniger Minuten lauwarm zu werden drohte. Dann würden sie ihre Gespräche von gestern wieder fortführen, in denen Arbeit, Geld und Aufgaben keinen Platz fanden und durch Meer, Freunde, Erlebnisse sowie Familie ersetzt wurden.

In München hatte der Regen gerade wieder begonnen, als wollte er den Herbst ankündigen. Die Äste der riesigen Tanne im Garten wogten hin und her. Der Wind rüttelte an den Zapfen, sodass die braunen Früchte in hohem Bogen auf den Rasen herabfielen. Frank öffnete die Terrassentür und trat ins Freie. Er hatte sich die Stöpsel in die Ohren gesteckt, um besser hören zu können.

»Christian, ich wollte nur Bescheid geben, dass wir vermutlich eher nach Spanien fliegen werden. Bei dem Wetter hält uns hier nichts mehr.«

Die Regengischt erwischte Frank von der Seite, obwohl er sich unter den Dachtrauf gestellt hatte.

»Wir können ja alle gemeinsam fliegen. Vielleicht besprichst du das mit Sybille.« Er machte eine Pause. »Nein das ist der Wind und der Regen. Ich stehe gerade auf der Terrasse und schaue dem Wettertreiben zu.«

Frank blickte sich um. Inge öffnete die Tür. »Du bist ja verrückt, Frank. Es gibt wirklich passendere Plätze, um ein Telefonat zu führen!« Dann schloss sie die Tür wieder.

»Bevor wir fliegen, sollten wir uns noch einmal zusammensetzen, Christian – vielleicht am Montagvormittag?«

Christian wusste, dass dies keine Bitte war, sondern eine klare Aufforderung, seine Zeitpläne anzupassen.

## Kapitel 14 – Flamingoblut

Bella und Lucia hatten ein kreatives Abendessen gezaubert. So wurde es spät, und keiner machte den Vorschlag, noch nach Las Colinas zurückzufahren. Also blieben alle in der Villa in Cabo Roig. Das Haus verfügte ja schließlich über genügend Betten.

Für die Organisation des Frühstücksbuffets hatten sich die Männer zur Verfügung gestellt. Sie waren sehr früh in der Dämmerung schwimmen gewesen, und auf dem Weg zurück hatten sie große Mengen leckeres Gebäck eingekauft. Sie pressten frischen Orangensaft, bereiteten reichlich Müsli und Obst vor und knauserten auch nicht mit Kaffee. Die Sonnenstrahlen legten eine hellgelbe Lichtdecke über den Rasen, als der gedeckte Tisch im Garten auf die Gesellschaft wartete, die wenig später eintrudelte.

Ben schaufelte eine große Portion Rührei in sich hinein, als hätte er tagelang nichts gegessen. Mit vollem Mund eröffnete er das Tagesgespräch: »Yuna, du hast erzählt, dass du heute Nachmittag Maria besuchen willst. Da komme ich glatt mit. Mir fällt die Decke auf den Kopf bei der Plackerei für meine Doktorarbeit.«

Yuna schaute irritiert. Doch bevor sie etwas antworten konnte, griff Lucia ein: »Maria will in aller Ruhe mit Yuna ihre Pläne diskutieren, hat sie mir berichtet. Lass uns einen getrennten Termin ausmachen, zu dem wir alle Maria überfallen.«

»Wie wäre es, wenn wir nach dem Frühstück gemeinsam nach Alicante fahren? Dann kann ich euch auch meine neue Wohnung präsentieren«, griff Yuna jetzt ein. »Danach kann ich ja dann Maria besuchen.«

»Keine üble Idee«, mischte sich Bella ein. »Wir haben ja nichts vor – oder, Sandro?«

Sandro nickte still.

»Du sagst ja gar nichts, Dorian«, legte Lucia jetzt nach.

»Schon gut. Ich will kein Spielverderber sein.« Dorian versuchte, seine Gedanken zu ordnen. Er konnte den Verdacht nicht loswerden, dass etwas mit dem Termin bei Maria nicht stimmte. Warum kam diese nicht einfach nach Cabo Roig, wenn sie wichtige Dinge zu besprechen hatte? Wenn sie augenscheinlich etwas von Yuna wollte, wäre es nur gerecht, sich selbst auf den Weg zu machen. Und wenn Lucia mit Maria gesprochen hätte, würde sie ihm das erzählt haben – das tat sie eigentlich regelmäßig, weil sie immer über Neuigkeiten bei ihrer Schwester Bericht erstattete. Er überlegte, ob Yuna und Lucia einen gemeinsamen Plan aushecken. Wenn er genau überlegte, dann wurde ihm klar, dass die beiden mehr miteinander sprachen, als Lucia mit ihm. Dorian beschloss, wachsam zu bleiben.

Ben stand auf, um frischen Kaffee zuzubereiten. Als er zurückkam, beugte er sich kurz zu Yuna herab, als wollte er ihr einen Kuss geben. Doch er streichelte ihr übers Haar und flüsterte in ihr Ohr: »Treib es nicht zu weit, Yuna!« Dann richtete er sich auf. »Dann geben wir jetzt Gas, wenn wir Alicante erobern wollen.«

Ben und Yuna führten die Kolonne in die Provinzhauptstadt an. Sie nahmen die Landstraße, die an den Salinen vorbeiführte. Beide schwiegen sich während der Fahrt an, sodass sich die Minuten wie Stunden anfühlten. Yuna fuhr, weil nur sie den Weg zu ihrem neuen Apartment kannte, das nun jeder bestaunen wollte. »Ich kann dir nicht alles erklären, Ben. Bitte, hab Geduld mit mir.«

»Du meidest mich, als wäre ich ein Aussätziger. Meinst du, ich würde so meine Arbeit schneller zu Ende bringen?«

»Nein. Ich habe mich entschieden, meinen ersten Job erfolgreich zu starten, denn so eine Chance bekomme ich vielleicht nie wieder. Jetzt brauche ich die Zeit für mich und das EUIPO. Als Frau werde ich doppelt kritisch beäugt.«

»Das hat aber nichts mit der Tatsache zu tun, dass du unbedingt an einem Sonntag Maria besuchen musst!«, erwiderte Ben scharf.

»In der Woche habe ich dazu keine Zeit, Ben. Da lerne ich die neuen Kollegen besser kennen, wenn ich nicht bei euch in Las Colinas bin, oder arbeite an Themen, die mir die Behörde aufgegeben hat.«

Ben entschied sich, für den Rest der Fahrt zu schweigen. Er kannte die Argumente seiner Freundin, die viel Wert auf ihre Selbstständigkeit legte. Doch so sehr er diese Argumente auch nachvollziehen konnte, frustrierte ihn ihr Verhalten.

»Wenn du jetzt schon in einer Firma arbeiten würdest und ich noch meine Masterarbeit schriebe, würdest du dich genauso verhalten.« Yuna beschleunigte den Wagen, sodass die anderen Schwierigkeiten hatten zu folgen.

Ben entschied sich, keine Antwort zu geben, um kein weiteres Öl ins Feuer zu gießen.

Als sie an den Salzseen vorbeifuhren, passierte es. Vom linken Ufer erhob sich ein Flamingo in die Luft, um zur Futtersuche in den benachbarten Salzsee hinüberzuwechseln. Yuna sah nur noch ein helles Federknäuel auf sich zukommen, das an die Windschutzscheibe knallte. Blut verteilte sich auf dem Glas und rann die Scheibe herab. Yuna bremste scharf ab und stoppte erschrocken am Straßenrand. Dorian und Sandro parkten ihre Fahrzeuge dahinter. Die Warnblinker erzeugten ein gespenstisches Bild. Ben eilte nach draußen, um zu schauen, was von dem grazilen Vogel noch übrig war. Der Körper war zerschmettert und blutig, doch der Schädel lag sanft und unbeschädigt auf der Seite.

Yuna musste weinen. Sie hockte sich an den Straßenrand, nahm den zarten Kopf des Vogels in ihre Hände, um ihn zu streicheln. »Es tut mir leid!«, sagte sie zu ihm. »Ich hab dich nicht kommen sehen.«

Die anderen blieben in ihren Fahrzeugen. Vor allem sollte Inez von dem Unfall nichts bemerken. Ben legte den toten Vogel hastig an die Böschung des Sees, bevor er zurückkam. Als Yuna wieder ins Auto stieg, bemerkte sie, dass sich Flamingoblut auf ihrem Kleid verteilt hatte.

Als die Gruppe nach langsamer Fahrt am Apartmentblock ankam, stand die Sonne im Zenit. Alle quetschten sich gemeinsam in den modernen Aufzug, um nicht warten zu müssen, denn sie waren gespannt, wie Yunas Zuhause aussah. Nachdem diese die Wohnungstür aufgeschlossen hatte, beäugte die Familie neugierig jedes Detail. Sandro öffnete die Balkontür, um den Ausblick auf den grünen Hang zu testen. Dorian hatte gleich das Badfenster als Aussichtspunkt für das Meer ausgemacht. Lucia bestaunte die moderne Kücheneinrichtung. Und Ben testete die Weichheit der Matratze im Schlafzimmer. Danach kamen alle zusammen, setzten sich auf Couch und Sessel im Wohnzimmer und lobten die Großzügigkeit des EUIPO. Gleichzeitig war man sich gemeinsam aber auch einig, dass Yuna mit ihrem guten Masterabschluss diese Behandlung absolut verdient habe.

Yuna konnte ihre Freude über so viel Lob kaum verbergen. Innerlich fluchte sie, dass ihre Augen feucht wurden, was jeder aufmerksame Beobachter erkennen konnte. Sie dachte an die harte Zeit des Studiums in Seoul, an das gemeinsame Leben mit Ben in dem kleinen Apartment mit Blick auf den Hangang-Fluss, an das Kochen mit Freunden, die jetzt weit weg ihre Lebensplanung fortsetzten. Nun war sie dabei, in einem fremden Land Wurzeln zu schlagen und dessen Sprache und Gebräuche zu lernen. Die Anzeichen für eine erfolgreiche Karriere waren unverkennbar, und eigentlich konnte sie zufrieden sein. Doch in ihr rumorte es. Sie fand in den letzten Tagen immer schlechter in den Schlaf. Ihre Gedanken kreisten um Ben, der seine gewohnte Lockerheit und sein Selbstbewusstsein verloren zu haben schien. Sie kreisten um Manuel, der sie magisch anzog, obwohl sie ihn verdächtigte, Lucia zu erpressen. Und sie fühlte sich schuldig, weil sie Maria nicht von ihren Begegnungen mit ihm berichtet hatte. Auch heute Nachmittag würde sie das Thema tunlichst vermeiden.

»Ich habe einen Vorschlag. Warum gehen wir nicht in den Hafen, um Schiffe anzuschauen? Meine App zeigt mir die Eigentümer aller großen Yachten.« Endlich raus aus dem engen Apartment! Yuna brauchte dringend frische Luft.

Im Hafen kam tatsächlich ein leichter Wind vom Meer auf, sodass die Temperaturen erträglicher wurden. An der Mole lag ein mächtiges Kreuzfahrtschiff, das schon die meisten Passagiere ausgespuckt hatte, die nun ihre Ausflüge ins Hinterland unternahmen. Einige wenige standen auf dem Oberdeck und kühlten ihr Inneres mit einem Drink. Die Sommersaison lief auf ihren Höhepunkt zu. Die Familie begeisterte sich für die herausgeputzten großen Boote, die im Hafen lagen, und Yuna las ihre Erkenntnisse über die Besitzer vor.

Nach einer Stunde suchte die Familie Schutz unter einem großen Sonnenschirm. Sandro hatte mit etwas Trinkgeld nachgeholfen, sodass sie einen Platz bekamen. Die Gespräche nahmen Fahrt auf und kreisten um die Jubiläumsveranstaltung sowie den baldigen Besuch von Frank, Inge, Christian und Sybille, für die ein Ausflugsprogramm erstellt werden sollte. Den ursprünglichen Plan, noch eine Tour durch die Altstadt zu unternehmen, legte die Familie ad acta.

Als es zwei Uhr schlug, erinnerte sich Yuna, dass es an der Zeit war, zu Maria zu fahren. Sie drückte Ben, der neben ihr saß, fest an sich, als müsste sie ihn halten.

»Ich sage Maria, dass wir bald alle gemeinsam einen Besuch bei ihr machen werden. Inge und Frank werden sicher gerne mitkommen. Ich fahre dann los, damit ich mich nicht verspäte«, rief sie in die Runde und warf der Familie eine

Kusshand zu. Zuvor kämmte sie sich ihre schwarzen Haare noch einmal gründlich durch, was sie wie eine strenge Lehrerin aussehen ließ. Das Flamingoblut hatte sie mit einem nassen Tuch aus dem Stoff ihres Kleides getupft. Ganz erfolgreich war sie damit nicht gewesen.

Sie hastete zu ihrem Auto, obwohl sie wusste, dass sie ohne Probleme rechtzeitig um vier Uhr Marias Hof erreichen würde. Trotzdem beeilte sie sich, denn der Tag würde noch lang werden. Bald war das Häusermeer durchquert. Hinter Alicante wurde die Landschaft karg und unwirtlich. Steinfabriken und schmucklose Gemeinden säumten die Autobahn, bevor es ins Gebirge ging. Wer hier entlangfuhr, hatte meist ein fernes Ziel wie Valencia oder Barcelona im Sinn. Yuna beschleunigte und versuchte, die Reste des Vogelblutes mit dem Scheibenwischer zu beseitigen. Da dies misslang, stoppte sie an einer Tankstelle und putzte nach.

Eine halbe Stunde vor der vereinbarten Zeit bog sie in den kleinen Weg ein, der zu Marias Hof führte. An der Abbiegung saßen drei ältere Männer im Schatten eines Palisanderbaumes an einem Tisch, als wären sie Wächter, die jeden Fremden argwöhnisch prüften. Vor ihnen standen kleine Gläser mit Wein und Wasser. Yuna meinte misstrauische Blicke zu bemerken. Der Schotter knirschte, eine Staubwolke bildete sich hinter ihr. Sie parkte direkt vor dem Tor, obwohl dies offen stand und der Hof über ausreichend Platz verfügte.

»Hola Maria«, rief sie laut und vernehmlich, doch nichts rührte sich. Sie stieg aus, lief auf das Haus zu und setzte sich auf die blaue Bank unter der Pergola. Alles wirkte so friedlich, als hätte jemand die Zeit angehalten. Unter den Blumenampeln hatten sich kleine Wasserflecken gebildet. Also konnte Maria nicht weit sein, dachte Yuna.

Schließlich näherte sich eine große Staubwolke von der Weggabelung. Maria rauschte mit ihrem Auto heran. Sie nahm keine Rücksicht auf die alten Männer, sie hatte es eilig. »Du bist schon da!«, rief sie Yuna lächelnd zu, während sie ausstieg. Sie ließ die Autotür offen, ging auf ihre Freundin zu und umarmte sie so herzlich, als hätten sie sich eine Ewigkeit nicht mehr gesehen. »Ich hörte von Lucia, dass du die Familie bei einem Hafenbummel verlassen musstest. Hoffentlich sind die jetzt nicht sauer auf mich.«

»Ich laufe denen ja nicht weg«, gab Yuna zurück. »Du siehst ja die Familie deutlich seltener. Übrigens haben alle zugestimmt, dich bald gemeinsam zu überfallen.« Sie lachte.

Maria holte einen Korb aus dem Wagen. »Ich habe noch ein paar Früchte für dich geholt, damit du gesund bleibst. Und eine Überraschung – du kannst dich schon einmal freuen.«

Sie gingen ins Haus, denn die Nachmittagshitze kannte auch hier in den Bergen keine Gnade. Maria hatte auf einem Tisch zahlreiche Zettel verteilt, auf denen sie Begriffe und Namen notiert hatte. Sie forderte Yuna auf, sich zu setzen. Auf einem kleinen Tablett hatte sie Gläser und kalte Getränke bereitgestellt.

»Obst ist heutzutage austauschbar geworden. Die Kunden wollen preiswerte Ware, die äußerlich makellos aussieht. Im Wettbewerb mit den großen Plantagenbetreibern können wir nicht mithalten, wenn es um Kosten geht. Sie beschäftigen billige Auslandskräfte, besitzen große Lager, aus denen sie ganz Europa bedienen. Meine Chance liegt im

Anbau spezieller Obstsorten, die keinem Standardgeschmack entsprechen und die von Bauern der Region kultiviert werden. Ich baue selber Einiges an, das Meiste vermarkte ich aber für befreundete Landwirte. Manuel hilft mir dabei, vor allem bei der Buchhaltung und Verwaltung.«

»Das klingt ja bestens. Wozu brauchst du mich dann so dringend?«

»Der Schlüssel zum Erfolg für mein Projekt liegt in der Außendarstellung. Ich bin überzeugt, dass ich einen starken Namen brauche, den ich schützen lassen kann und der die Essenz dessen, was ich mache, wiedergibt. Es wäre mega, wenn du mir als Sparringspartner für die Namenssuche dienen könntest!« Maria wies auf die Zettel, die frei auf dem Tisch verteilt lagen. »Hier habe ich alle Namen, die mir passend erschienen, aufgelistet – wie Babynamen für ein Neugeborenes. Schau dir mal die Zettel an. Sie liegen bewusst wahllos auf dem Tisch, damit du unvoreingenommen urteilen kannst.«

Das Lesen, Sortieren, Priorisieren begann. Bald standen sie auf, da sie nichts mehr auf ihren Stühlen hielt. Zu jedem Namen schrieben beide Frauen ihre Anmerkungen auf die Zettel. Neue Worte kamen hinzu. Die Zeit flog nur so dahin. »Secreto de Frutas« – das Geheimnis der Früchte, »De Maria« – von Maria. Es ging hin und her. Sie klatschten sich gegenseitig in die Hände, wenn sie meinten, dem Ziel ein Stück näher gekommen zu sein.

»Lass uns eine Pause machen, Yuna. Nimm die Karaffe mit dem Saft mit nach draußen«, ermunterte Maria ihre Freundin. Sie stellte Gläser auf ein Tablett und legte eine kleine Schachtel dazu. Dann ging sie voraus in Richtung auf das Hoftor, wo ein schattenspendender Feigenbaum mit Holzstühlen darunter stand. Maria platzierte das Tablett auf dem Boden, schenkte die Gläser voll, setzte sich hin.

»Fast hätte ich vergessen, dir etwas zu geben, was ich vorher noch bei einer Freundin von mir abgeholt habe. Pack es ruhig aus, Yuna!« Damit reichte sie ihr das Schächtelchen. Yuna zögerte, dann öffnete sie es und blickte auf zwei zarte rosa Federn, an deren Kiel es silbern glänzte.

»Das sind Federohrringe von Flamingos. Die wollte ich dir schenken!«

Yuna nahm die Ohrringe in ihre linke Hand. Sie schaute sie still an. Dann liefen ihr Tränen über die Wangen.

»Was ist mit dir, Yuna?«

»Die sind ja wunderschön, Maria.«

»Dann steck sie dir an!«

»Das kann ich noch nicht. Du musst wissen, dass ich heute früh einen Flamingo totgefahren habe, als wir nach Alicante unterwegs waren.« Yuna zeigte auf die inzwischen dunkelrot gefärbten Blutflecken auf ihrem Kleid.

»Das kann doch nicht wahr sein!« Maria legte erschrocken eine Hand auf ihre Brust. »Wenn du meinst, dass die Ohrringe ein schlechtes Omen sind, musst du sie nicht annehmen.«

»Ich nehme sie, und ich werde sie tragen – sei beruhigt. Es war nur alles etwas zu viel heute.« Yuna steckte sich die Ohrringe an. Sie lockerte ihr streng gekämmtes Haar mit ihren Fingern, sodass sie plötzlich zart und zerbrechlich wirkte. Jeder Lufthauch ließ die Federn drehen, als wollten sie fliegen.

Die Frauen nahmen die Diskussion um die Namen wieder auf. Sie fanden kein endgültiges Ergebnis, meinten aber beide, dass »Maria« Teil der Marke sein sollte – vielleicht ergänzt um stilisiertes Obst. Beide vergaßen das Gefühl für die Zeit, sodass die Kirchenglocke im Dorf sie daran erinnern musste. Die ersten Schatten an den Berghängen ließen das Grün dunkler erscheinen. An den Kiefernkronen strahlten die Nadelspitzen gelblich.

Yuna spürte ein nervöses Kribbeln im Bauch, denn eine lange Fahrt nach El Pinet stand ihr noch bevor. Sie befürchtete, dass der Abendverkehr am Strand zu Staus führen könnte.

»Es hat sieben Uhr geschlagen. Ich muss jetzt dringend aufbrechen, Maria«, wechselte sie das Thema.

»Warten die anderen mit dem Abendessen auf dich in Las Colinas?«

»Nein, ich möchte noch einige Vorbereitungen für das Büro treffen.«

»Eigentlich dachte ich, dass wir noch gemeinsam zum Abendessen gehen. Du hast mir bisher kaum etwas von deiner Familie erzählt, obwohl wir ja fast schon Verwandte sind.«

»Das nächste Mal, Maria.« Yuna packte nervös ihre Sachen zusammen. Dann schaute sie in Richtung Meer und sah dunkle Wolken aufziehen. »Jetzt zieht auch noch ein Sommergewitter herein! Das hat mir gerade gefehlt.«

»Warte doch, bis das Gewitter vorbeigezogen ist. Ein Unfall am Tag sollte doch reichen«, verstärkte Maria ihre Bitte zum Bleiben. Doch ihre Freundin ließ sich nicht aufhalten.

Die Frauen umarmten sich kurz. Die ersten Blitze in der Ferne verhießen nichts Gutes, ebenso wie die lila-bläulichen Wolken, aus denen der Regen fiel.

Der Schotter stob unter dem Auto hervor, als Yuna den Wagen beschleunigte. Solange es noch trocken blieb, konnte sie Strecke machen. Bald erreichte sie die Autobahn. Nur mit viel Glück würde sie die Dünen von El Pinet um acht Uhr erreichen. Der dichter werdende Verkehr machte ihre Situation noch schwieriger. Yuna griff bei der rasanten Fahrt nach ihrem Handy. Sie lenkte mit den Knien und suchte ein gemeinsames Foto mit Maria. Geschickt sendete sie es an Ben: »Grüße von Maria ♥«. Dann schaltete sie ihr Handy auf lautlos. Fast hätte sie den wegen des beginnenden Regens bremsenden Wagen vor ihr übersehen. Sie wich ihm nach links aus. Ein Auto hinter ihr hupte aggressiv. Yuna begann zu schwitzen. Das war noch einmal gut gegangen. Sie fühlte sich gewarnt. Ein Unfall hatte sich vor ihnen ereignet, der jetzt Zeit kostete, die sie nicht hatte. Zäh bewegte sich die Kolonne in Richtung Alicante. Mit einem »Ping« meldete sich zu allem Überfluss noch die Benzinanzeige, die Reserve anzeigte. Doch zum Tanken blieb keine Zeit.

Auch der Regen wollte kein Ende nehmen, obwohl das Wetter an der Küste inzwischen wieder Wolkenlosigkeit verhieß. Warum musste es gerade jetzt wie aus Kübeln gießen – im Monat August, der Sonne gebucht hatte? Die spanischen Straßen waren nicht für solche Regenmengen gebaut. Das Nass wollte nicht abfließen.

Es war kurz nach acht Uhr, als sie endlich Alicante hinter sich ließ. Mit einem Mal hörte der Regen auf, der Himmel zeigte wieder unschuldiges Blau. Nur im Rückspiegel waren noch Reste des Gewitters auszumachen. Yuna hatte keine Augen für die Vögel, die in den Salzseen Nahrung suchten.

Sie wollte einfach nur möglichst bald in El Pinet am Strand ankommen. Sie bog in die Alte Landstraße ab. Den Weg hatte sie sich vom letzten Besuch eingeprägt. Im Ort lenkte sie nach links in Richtung Strand. Die Gegend hatte ihre Glanzzeiten hinter sich, seitdem die neue Landstraße eine andere Route wählte. Die Häuser atmeten den Charme früherer Zeiten und riefen nach frischer Farbe und Renovierung.

Der Parkplatz vor den Dünen lag rechter Hand. Yuna fuhr bis zum Ende, so weit es ging. Sie suchte einen Platz, an dem sie ihr Auto unauffällig abstellen konnte und von dem sie die kommenden Fahrzeuge und Menschen beobachten konnte. Als das Auto zur Ruhe kam, ließ sie sich seufzend in den Sitz zurückfallen. Angekommen. Sie schaute umher – alles blieb still. Nichts rührte sich. Vorne parkten einige Autos, von denen ihr keines bekannt vorkam. Vor allem war sie sich sicher, dass Manuels Auto nicht dabei war. Erleichtert stieg sie aus, spürte die milde Meeresbrise. Noch fünfzehn Minuten bis zur vereinbarten Zeit. Aufatmen.

Dann nahm sie das Vibrieren ihres Handys wahr. Das Display verriet viele verpasste Nachrichten. Doch die letzte, die nun aufleuchtete, alarmierte sie. »Er hat den Treffpunkt geändert! Komm schnell! Luci« Yuna hatte diese Zeilen in all der Hektik verpasst. Wie konnte ihr das passieren, wo sie doch sonst alles so sorgfältig plante? Dieser Tag schien verhext.

»Wohin?«

»Mirador del Faro de Santa Pola. Aussichtspunkt an der Klippe. Schnell!«

Yuna kannte den Weg nicht, sondern musste erst nachschauen. Ihr Puls begann zu rasen, als sie feststellte, dass sie für die Strecke fast eine halbe Stunde brauchen würde.

Die Familie hatte schon oft von dem gigantischen Blick vom Aussichtspunkt beim Leuchtturm erzählt. Lucia stand vermutlich längst auf der Plattform, um auf den Erpresser zu warten. Und gerade heute musste Yuna sie im Stich lassen!

Sie raste los. Wieder hörte sie das »Ping« der Reserveanzeige. 38 Kilometer. Zum Tanken blieb keine Zeit.

## Kapitel 15 – Am Leuchtturm

Lucia fluchte, als sie die Nachricht erhielt. »Ich treffe dich an der Aussichtsplattform beim Faro. Selbe Zeit.« Mit der Entschuldigung, dass Yuna sie noch heute dringend treffen wolle, hatte sie sich von Las Colinas noch vor dem Abendessen aufgemacht, um rechtzeitig in El Pinet bei den Strandhäusern zu sein. Lucia hatte versprochen, nicht allzu spät wieder zurückzukommen. Sie wusste, dass ein Sonntagabend keinen Grund darstellte, früh ins Bett zu gehen, sondern eher eine Motivation, noch lange die Milde der Nacht zu genießen.

Jetzt beeilte sie sich, die Strecke zum Leuchtturm in Rekordzeit hinter sich zu bringen, um noch vor Manuels Bruder den Treffpunkt zu erreichen. Davor schrieb sie eine kurze Nachricht an Yuna, weil diese trotz mehrfacher Versuche telefonisch nicht erreichbar war. Sie lenkte ihren Wagen hinter Santa Pola von der N332 in die holprige enge Straße, die zum Aussichtspunkt führte. Die unzähligen tiefen Schlaglöcher, die schon seit Jahren vergeblich auf eine Reparatur warteten, konnte sie gut erkennen und ihnen ausweichen, weil sie die Sonne im Rücken hatte. Nur wenige Wagen kamen ihr entgegen. Wahrscheinlich war es den Pärchen heute auf der Klippe zu heiß, um sich hier ihrer Liebe zu versichern. Sie lagen wohl eher am Strand oder suchten ein schattiges Plätzchen in einem Chiringuito.

Tatsächlich war der Parkplatz am Leuchtturm spärlich besetzt. Weiter hinten standen andere Autos – unter schattigen

Büschen oder Kiefern versteckt. Die Kinder einer schwedischen Familie stritten sich lautstark um den besten Platz auf der Rückbank. Ein hechelnder Hund wartete auf eine Portion Wasser von seinem Frauchen. Lucia eilte den Trampelpfad vom Turm zur Aussicht entlang, vorbei an kleinen Büschen und kargem Bewuchs. Sie fand den Aussichtspunkt menschenleer vor. Die imposante Konstruktion aus Stahl führte zwanzig Meter hinauf und hinaus über den Klippenrand. Hier machte sie einen Bogen und wendete sich zurück. Lucia zögerte, dann ging sie nach vorne zur Aussichtsplattform. Sie wartete, schaute auf ihre Uhr. Kurz nach neun. Der Schatten des Klippenrandes reichte inzwischen weit ins Meer hinaus, weil die Sonne tief stand. Dadurch färbte sich auch das Wasser dunkel türkis. Das vorangegangene Unwetter hatte hohe Wellen aufgeworfen, deren Gischt sich über die Schaumkämme verteilte. Zweihundert Meter unter ihr parkten Campingwagen, die aussahen wie Spielzeuge.

»Fast pünktlich Lucia. Ich wusste, dass auf dich Verlass ist.«

Lucia drehte sich um. Sie sah die Umrisse eines Mannes im grellen Gegenlicht der Abendsonne – keine zwanzig Meter entfernt. Er hatte sich eine Kapuze tief ins Gesicht gezogen. Nur seine Konturen konnte Lucia erkennen. Aber die Stimme klang unverkennbar.

»Ich traue dir nicht. Du wolltest deine Freundin als Spionin mitbringen, aber da musst du früher aufstehen.«

»Was willst du konkret?«

»Eine Anzahlung als Zeichen, dass ich dir vertrauen kann. Danach eine Unterschrift der Schuldanerkenntnis. Später verhandeln wir dann. Mir ist klar, dass du ohne deine Familie nicht weiterkommst.«

»Was bekomme ich dafür?« Lucia schrie jetzt, obwohl sie sich vorgenommen hatte, ruhig zu bleiben.

»Ich habe ein handschriftliches Schreiben der damals involvierten Personen, die die Umwidmung ermöglicht haben. Die geflossene Summe sowie Unterschriften aller Personen. Die händige ich dir aus, wenn du eure Schuld anerkennst.« Er fuchtelte mit einem Blatt Papier wild in der Luft herum.

Lucia ging einen Schritt auf Manuels Bruder zu, doch der wich zurück und warnte sie, ja nicht näherzukommen.

»Zweihundertfünfzigtausend Euro in bar. Ende nächster Woche. Ich bringe die Schreiben mit, damit du unterzeichnen kannst. Und damit du weißt, dass ich es ernst meine, werde ich der Gemeinde einen anonymen Hinweis geben, der für Unruhe sorgen wird.«

»Ich weiß nicht, ob ich so viel Geld auftreiben kann. Einhundertfünfzigtausend – keinen Cent mehr.«

»Du kleine Marketenderin. Gut, einhundertfünfzigtausend. Den Treffpunkt erfährst du rechtzeitig von mir.«

Die Sonnenstrahlen schienen jetzt flacher über die steinige Fläche und wurden schwächer. Die Gestalt wandte sich um – auch weil sich ein Pärchen dem Aussichtspunkt näherte. Mit schnellen Schritten lief der Mann Richtung Leuchtturm. Bald verschwand er hinter dem Buschwerk.

Lucia musste sich setzen. Sie spürte ihre Erschöpfung, die ihr fast die Kraft zum Denken raubte. Sie holte ihr Handy hervor und rief Yuna an, die sogleich reagierte.

»Sorry, Lucia …«, wollte sie zu einer Entschuldigung ausholen.

»Keine Zeit für Erklärungen. Wo bist du? Der Erpresser ist vor zwei Minuten in Richtung Leuchtturm gelaufen. Bist du auf dem Parkplatz?«

»Noch nicht. Ich bin kurz hinter Santa Pola. Fahre gerade den Berg hoch. Bald müsste ich in die kleine Straße zum Faro einbiegen.«

»Dann könnte er dir direkt entgegenkommen. Sei vorsichtig!«

Kurz darauf schon lenkte Yuna ihren Wagen in die holprige Straße. Einige Fahrzeuge kamen ihr entgegen. Die Lenker schienen es eilig zu haben. Saß in einem der Erpresser? Sie war sich unschlüssig, was sie jetzt unternehmen sollte. Die Sonnenstrahlen hatten grauen Schatten Platz gemacht. Die Schlaglöcher versteckten sich tückisch, sodass Yuna nach einigen Hundert Metern ihre Geschwindigkeit reduzieren musste. Fünfzehn Kilometer zeigte die Reserve nun an – allmählich geriet sie in Panik.

Yuna holperte langsam in Richtung auf den Leuchtturmparkplatz, der aber noch fünf Kilometer entfernt lag. Eine karge Landschaft begleitete sie. Mit einem Mal näherte sich ihr ein Fahrzeug in hoher Geschwindigkeit. Die Löcher in der Straße schüttelten es heftig durch. Das Auto zog eine Staubfahne hinter sich her, die es unmöglich machte, die Farbe zu erkennen. Yuna fuhr rechts ran – eng, sehr eng. Ihre Blicke konzentrierten sich auf den Fahrer, der rücksichtslos heranpreschte.

Manuel. Unzweifelhaft musste das Manuel sein, dachte sie, als das Auto vorbeirauschte. War er allein? Warum fuhr er so schnell, wurde er verfolgt? Hatte er sie gesehen? Wenn ja, was würde er denken? Sie entschied sich, zu wenden und die Verfolgung aufzunehmen, doch auf der engen Straße erwies sich das Wendemanöver als kompliziert. Sie verlor wertvolle Sekunden. Unten an der Kreuzung zur Landstraße sah sie noch, dass Manuel nach rechts abbog. Sie gab Gas.

Die obligatorischen Kreisverkehre schnitt sie. Sie überholte auch an unübersichtlichen Stellen, um nicht den Anschluss zu verlieren. Sie wollte wissen, wohin Manuel fuhr. Sieben Kilometer zeigte die Anzeige. Eine Tankstelle ließ sie rechts liegen. Dann gab sie auf, wendete und füllte Benzin nach. Sie griff zum Handy.

»Lucia, ich habe Manuel in seinem Auto gesehen. Er hatte es sehr eilig – weiß der Teufel, warum. Ich habe ihn verfolgt, musste aber abbrechen, weil mir das Benzin ausging.«

»Ich kann es nicht glauben! Was willst du jetzt unternehmen? Sollen wir uns treffen? Ich kann gleich bei dir sein.« Lucias Stimme klangt klar, als hätte das Treffen ihr Gewissheit verschafft.

»Ich habe einen Plan, der vielleicht verrückt klingt. Ich werde zu Manuel fahren und ihn konfrontieren. Wenn ich ihn zu Hause antreffe, ist er der Erpresser, oder er steckt mit seinem Bruder unter einer Decke.«

»Das kann dann aber gefährlich werden, wenn er es ist und sich von dir ertappt fühlt.« Yuna hörte, wie Lucia die Autotür zuschlug und losfuhr. »Ich werde jetzt zügig zurückfahren, um die Familie im Real Golf Club zu treffen. Wenn sie nach unserem Treffen fragen, werde ich sagen, dass wir uns über deine weiteren Berufspläne unterhalten hätten.«

»Klingt einleuchtend. Grüß alle von mir. Ich schalte jetzt mein Handy aus. Es ist ja auch bald Schlafenszeit.« Yuna lachte etwas künstlich.

Lucia rief aus dem Auto Frank an, so wie sie es vereinbart hatten.

»Guten Abend, Frank. Kannst du frei sprechen?«

»Geht so. Ich berede gerade mit Inge unsere Reise. Mittwoch werden wir bei euch sein. Wir übernachten bei Sandro. Christian kommt vielleicht ein oder zwei Tage später mit Sybille nach – das ist noch unklar. Vielleicht kommen wir auch alle zusammen. Lisa hat leider abgesagt. Sie will aber beim Jubiläum dabei sein.« Frank stand auf, verließ das Wohnzimmer. Der im Hintergrund laufende Fernseher wurde leiser. »Jetzt kann ich freier sprechen. Was gab es Neues heute Abend?«

»Erst ein Katz-und-Maus-Spiel mit dem Treffpunkt. Dann schließlich klappte es an der Aussichtsplattform bei Santa Pola. Wir standen uns gegenüber. Doch im Gegenlicht habe ich seine Züge nur grob ausmachen können. Er wollte im ersten Zug zweihundertfünfzigtausend Euro als Startgeld quasi. Danach will er mir die Beweise für die angebliche Bestechung zeigen. Wir sollen danach ein Schuldanerkenntnis unterzeichnen, um später eine Abmachung auszuhandeln.«

»Das ist ja Wahnsinn! Selbst wenn es eine finanzielle Absprache gegeben haben sollte, wäre nun alles verjährt. Das sitzen wir aus. Zur Not entfällt die Jubiläumsfeier, um Druck rauszunehmen. Was meinst du, Lucia?«

»Ich habe ihn um hunderttausend runterhandeln können. Wenn wir bei der Übergabe Zeugen mitnehmen, können wir beweisen, dass wir erpresst worden sind. Darauf steht Gefängnis. Wenn der Erpresser dies vermeiden will, muss er auf weitere Forderungen verzichten.«

Lucias überzeugende Worte machten auf Frank deutlich Eindruck. »Kompliment. Du wirst ja noch eine knallharte Geschäftsfrau.«

»Das bin ich schon, Frank, wenn es notwendig ist. Das Familienprojekt nimmt uns keiner weg. Sollte jemand Gran Monte gefährden wollen, muss er mit allem rechnen!« Sie machte eine Pause. »Du bringst dann also das Geld mit, Frank?«

»Mittwoch fliegen wir. Verlass dich auf mich.«

Als Lucia eine halbe Stunde später auf die Terrasse des Real Golf Clubs trat, sah sie die restliche Familie gut gelaunt zusammensitzen. Inez schlief selig auf zwei zusammengestellten Stühlen.

»Dorian ist auch gerade dazugestoßen«, bemerkte Bella. »Wer hätte gedacht, dass wir noch alle beisammensitzen können.«

Lucia vermied die Frage, die eigentlich unvermeidbar war, und auch die anderen fuhren mit der Diskussion unverfänglicher Themen fort. Keiner fragte nach ihrem Treffen mit Yuna.

Die Lichter von San Pedro de la Manga und Pinatar blinkten um die Wette. Ein Leuchtband verband die Siedlungen um das Mar Menor zu einer Kette. Ein Flugzeug im Anflug auf den kleinen Flugplatz von Murcia brachte sonnenhungrige Gäste aus Skandinavien und England an die Costa Blanca. Die Palmen vor der Terrasse des Clubs fungierten als schwarzgrüne Wächter, in die sich die Vögel zur Nachtruhe zurückzogen.

Dorian dachte an den Nachmittag, den er mit Desiree verbracht hatte, nachdem sich Lucia kurzerhand ohne weitere Erklärungen ausgeklinkt hatte. Er hatte Bella gebeten, auf Inez aufzupassen, was diese mit sorgenvollem Blick übernahm. Dann die Fahrt zum Büro, das wahllose Zusammensuchen einiger Unterlagen, die er in eine Tasche stopfte, der Zettel mit einer Liste von Aufgaben für Montag früh, den er auf Pilars Schreibtisch legte.

Er hatte bei Desiree ohne Ankündigung geklingelt. Sie hatte aufgemacht und ihn wortlos hereingebeten. Hatte sie auf ihn gewartet? Er wusste es nicht, wollte es auch nicht wissen. Dann umarmte er sie, gab ihr einen zaghaften Kuss auf die weichen Lippen. Sie erwiderte den Kuss, als wäre es das Normalste auf der Welt. Dann fuhr sie ihm mit ihren langen Fingern durchs Haar und strich ihm über den Rücken, wie sie es früher immer getan hatte. Beide sprachen kein Wort, weil es dafür keine Worte zu geben brauchte. Er berührte ihren Busen, sie griff um seine Pobacken. Enger und enger umschlungen standen sie da. Dorian spürte Sehnsucht nach Geborgenheit, nach Nähe, die ihm Desiree jetzt geben konnte.

Hätte sein Handy nicht geklingelt und hätte er nicht erfahren, dass Lucia auf dem Weg zum Golfclub war, dann hätte er Desiree ihr Poloshirt ausgezogen. Doch so weit kam es nicht, denn er erwachte aus dem Traum, der ihn zu Desiree geführt hatte. Mit einem »Sorry, Desi!« rückte er seine Kleider zurecht, um das Apartment fluchtartig zu verlassen.

»Du kommst wieder zurück«, lächelte Desiree, wobei sie offen ließ, ob das eine Frage oder eine Prophezeiung gewesen sein sollte.

Schwindlig im Kopf raste er überhastet nach Campoamor.

Die Straßen nach Alcoy waren inzwischen schon wieder getrocknet. Hatte es jemals geregnet? Yuna passierte die anderen Fahrzeuge auf der rechten Autobahnspur, als beteiligte sie sich an einem Rennen. Sie wollte möglichst zeitgleich mit Manuel ankommen, wenn auch er direkt wieder nach Hause gefahren sein sollte. In der Dunkelheit wirkten die Berge wie schlafende grauschwarze Riesen, durch deren Reich sich die Straße schlängelte. Nur wenige beleuchtete Höfe und Häuser ließen sich an den Hängen ausmachen. Wer hier arbeitete, bevorzugte es, in den Gemeinden im Tal zu wohnen.

Yuna kannte den Weg mittlerweile fast im Schlaf. Nach der Autobahnabfahrt ging es zunächst in Serpentinen bergab, danach rechts, bis der Abzweig in das kleine Sträßchen kam. Langsam rollte ihr Auto auf das Haus von Manuel zu. Kein Licht war zu erkennen, kein Fahrzeug parkte. War sie zu schnell gefahren, fragte sie sich und stellte ihren Wagen an die hintere Seite der Mauer. Unschlüssig, wie sie sich nun verhalten sollte, stieg sie aus, um das Anwesen zu umrunden. Stille. Die Lichter der Altstadt von Alcoy leuchteten das Tal sanft aus. Eine Kirchenglocke schlug elf Uhr.

Yuna entschied, dass sie bis Mitternacht warten würde. Sollte Manuel bis dann nicht erscheinen, wusste sie, dass er einen anderen Plan gehabt hatte. Dann konnte sie beruhigt wieder nach Alicante fahren. Sie stieg wieder in ihr Auto, stellte die Rückenlehne schräg und versuchte, ein wenig auszuruhen.

Manuel schaute in den Rückspiegel und erkannte, dass er verfolgt wurde. Deshalb beschleunigte er, um das Auto abzuschütteln. Er bog auf kleinere Straßen ab, die nicht jeder kannte. Wer in Gottes Namen kann das nur sein, dachte er. Woher kam dieses Fahrzeug so plötzlich? Jemand musste weiter unten auf ihn gewartet haben, oben am Leuchtturm hatte er niemanden bemerkt. Sollte es Yuna sein, dann könnte sie ihn vielleicht erkannt haben. Wie sollte er ihr und Lucia dann schlüssig erklären, was er am Leuchtturm gemacht hatte und welche Rolle Carlos dabei spielte? Die Kreisverkehre schnitt er, um schneller voran zu kommen. Er blieb auf der linken Spur und ließ den Blitzer seine Arbeit erledigen.

Mit einem Mal erkannte er, dass er allein war. Der hartnäckige Verfolger hatte aufgegeben oder fuhr nicht schnell genug. Manuel aber blieb weiter wachsam. Er verfolgte sein Ziel. Nichts sollte dazwischenkommen. Rechts tauchte jetzt das dunkle Meer hinter den Dünen auf. Der zunehmende Mond legte eine helle Decke über die Wellen. Die Landstraße schlängelte sich wie ein graues Band an den Gemeinden vorbei. Die Nacht würde lang werden, das wusste er.

Nach langer Fahrt erreichte er Alcoy. Langsam fuhr er die Serpentinen hinab, dann blieb er stehen, um die Lage zu sondieren. Vor seinem Haus stand ein Auto, das dort nicht hingehörte. Aber es war zu dunkel, um die Marke oder die Farbe zu erkennen. Um sich zu vergewissern, was ihn erwartete, parkte er weiter weg und lief zu Fuß den restlichen Weg hinab. Seine Ahnung täuschte ihn nicht: Das Auto von Yuna stand unbeleuchtet an der hinteren Hauswand. Durch das geöffnete Fenster sah er sie schlafen.

Er ging zu seinem Auto zurück, hoffend, dass sie bald aufwachen würde und sich wieder auf den Weg nach Alicante machen würde. Schließlich musste sie ja beim EUIPO am Montag früh ausgeschlafen antreten. Sie also hatte ihn verfolgt! Das hätte er sich denken können.

Als sich nach einer halben Stunde nichts rührte, startete er seinen Wagen und näherte sich schnell seinem Haus. Er blendete auf, bremste unüberhörbar auf dem Kiesweg. Er schlug die Tür kräftig zu, leuchtete mit seinem Handy ins Fenster von Yunas Auto und rief schließlich: »Das ist aber eine Überraschung! Welch hübsche Dame besucht mich denn zu dieser nachtschlafenden Zeit?«

Yuna schreckte auf, denn sie hatte tief geschlafen. Sie fand zunächst keine passenden Worte, sondern murmelte etwas Unverständliches auf Koreanisch.

»Ich wollte dich eigentlich nicht wecken, Yuna. Aber diese Schlafposition eignet sich wirklich nicht für ein so hübsches Mädchen.«

»Entschuldigung. Ich war dir gefolgt – vom Leuchtturm. Dann habe ich dich verloren. Ich wollte mit dir sprechen.«

»So spät?«, lachte Manuel. In seiner Stimme lagen Humor und Freundlichkeit. »Dann komm rein. Ich mache uns erst einmal einen Kaffee.«

Yuna stieg aus ihrem Auto. Alles tat ihr weh. Sie streckte sich wie eine Katze. Manuel schloss die Haustür auf. Er führte sie in die Küche, wo er sich an die Arbeit machte. Ein paar Früchte, Kekse und frischen Kaffee. Er nahm ein Tablett, ging ohne große Worte voraus auf das Dach des Hauses und machte es sich auf einem großen Loungemöbel bequem. »Setz dich erst einmal. Vor allem wach erst einmal wieder richtig auf.«

»Ich bin dir gefolgt, weil ...«, setzte Yuna an, wurde aber von Manuel lächelnd unterbrochen.

»Weil du mich einfach sehen wolltest. Sei nicht so streng, wenn du mit mir sprichst. Relax!«

Manuel griff nach den Sitzkissen der Couch, legte sie auf den Boden. »Lass uns auf den Rücken legen, die Sterne anschauen. Dann reden wir über alles, was du magst.«

Yuna trank einen Schluck Kaffee, fügte sich aber dann. Sie spürte die Erschöpfung des Tages.

Sie legten sich nebeneinander auf die Kissen, schauten gen Himmel. Still hingen sie ihren Gedanken nach – Gedanken des Misstrauens, der Unsicherheit, des Verlangens.

Manuel empfand eine Nähe zu Yuna, die ihm neu war. Schmetterlinge im Bauch, dachte er sich. Diese Frau bedeutet mehr. Maria rückte für einen gefährlichen gedanklichen Moment beiseite. Er wollte Yuna berühren, anfassen. Was würde sie sagen, wenn er das jetzt täte?

Yuna schien zu dösen, hielt den Blick starr auf die Sterne gerichtet. Regungslos, nur Zentimeter getrennt von dem Mann, von dem sie sich jetzt nicht mehr sicher war, ob er der Erpresser war. Warum kam er über eine Stunde später nach Hause. Wo war er hingefahren? Zu Maria? Zu seinem Bruder?

»Warst du vorher noch bei Maria?«, fragte sie leise.

»Nein. Ich habe meinen Bruder verfolgt, ihn aber verloren.« Stille kehrte ein. Dann bewegte Manuel seine Hand, um die von Yuna zu fassen. Beide regten sich nicht. Die Wärme der Nacht legte sich wie ein weiches Fell auf beide.

Auch als Manuel sich zur Seite drehte und mit seiner Hand sanft über Yunas Bauch streichelte, blieb diese still liegen. Er strich ihr jetzt über Stirn und Kopf. »Wunderschöne Ohrringe hast du!«

Er küsste sie auf den Hals, die Ohren, die Schläfen – spielte mit den Ohrringen. Nun waren seine Lippen so nahe. Manuel näherte sich behutsam dieser roten Pforte. Yuna blieb auf dem Rücken liegen und erwiderte seinen Kuss zaghaft. Dann schlang sie sanft ihre Arme um ihn. Zart bewegten sich die Lippen, die Zungen. Manuels warme Hand schlüpfte unter ihr Top. Sie hielten sich wortlos fest.

Yunas Finger glitten jetzt tiefer, über Manuels Hose, zwischen seine Schenkel. Die muskulösen Oberschenkel erregten sie. Mit den Fingernägeln reizte sie ihn, griff dann fester zu und ließ wieder von ihm ab. Schweigend, schwitzend, wild. Manuel öffnete Yunas Reißverschluss – sie ließ es geschehen. Seine Finger glitten suchend über ihre Haut.

Warum Yuna, die – anders als Maria – doch mit dem Leben auf dem Land nichts verband? Seine Fingerkuppe spürte jetzt feuchten Stoff. Was reizte ihn so an dieser Asiatin, dass sein kühler Verstand aussetzte? Feine Haare, unwiderstehlicher Duft. Er wollte mehr – jetzt!

»Ich würde jetzt gerne mit dir schlafen, Yuna!« Er streichelte sie weiter.

Doch Yuna schob Manuels Hand beiseite. »Ich weiß nicht, ob ich dir trauen kann!« Sie setzte sich auf, um in sein Gesicht zu sehen.

Schweigen. Was wollte Yuna jetzt? Manuels Gedanken fuhren Karussell.

»Du erzählst nichts von deinem Bruder. Ich habe nicht das Gefühl, dass du mir die ganze Wahrheit sagst. Gibt es ihn wirklich? Ich zweifle daran.«

»Vorhin, als du mich verfolgt hast, war ich hinter ihm her. Ich bin so schnell gefahren wie möglich. Hinter Alicante habe ich ihn auf der Landstraße verloren.«

»Woher wusstest du überhaupt, dass es ein Treffen am Leuchtturm gab?«

»Carlos rief mich heute früh überraschend an. Er wollte mich um acht Uhr bei Santa Pola treffen. Ich bin hingefahren, um mit ihm zu sprechen. Er hat mir alles erzählt und mich aufgefordert, mich rauszuhalten. Er müsste das durchziehen, um der Familie Gerechtigkeit widerfahren zu lassen. Wie von Sinnen war er!«

»Und das soll ich dir glauben? Warum hast du das nicht gleich erzählt?« Yuna packte Manuel an die Schultern, rüttelte ihn.

»Du hast mich verzaubert. Als ich dich sah, dachte ich nur noch daran, dir nahe zu kommen.« Manuel gab Yuna einen Kuss, den sie bereitwillig erwiderte. Sie legte sich wieder hin. Doch dieses Mal bettete sie ihren Kopf in seinen Schoß. Sie fühlte seine Männlichkeit.

»Ich wollte Carlos von seinem Plan abbringen, aber vergeblich. Er ist dann zu seinem Auto gerannt und raste weg. Ich konnte das Nummernschild nicht erkennen. Es war ein Leihauto. Yuna, du musst mir glauben!«

Beide lagen still beieinander. Nur der Himmel über ihnen. Kein Laut. Küsse, Finger, Streicheln. Wortlos schön. Fast nackt lagen sie nebeneinander. Manuel schwebte auf Wolken. Die Sternzeichen am Firmament zeichneten sich immer deutlicher ab, nachdem der Mond seinen Höhepunkt überschritten hatte. Was ahnten die Menschen ringsum davon, wie schön diese Sommernacht war? Sie schliefen – verpassten das Wesentliche, dachte Manuel. Und trotzdem kam Unsicherheit auf, denn er wusste nicht, ob er Yuna trauen durfte. Vielleicht wollte sie ihn nur aushorchen? War sie wirklich bereit, Ben für ihn aufzugeben? Die Zartheit dieser schönen Frau täuschte womöglich über ihre Pläne hinweg.

»Ich glaube, dass ich mich ein wenig in dich verliebt habe«, flüsterte Yuna. Sie gab Manuel einen Kuss auf den Bauchnabel.

»Mir geht es genauso«, hauchte er ohne Zögern. »Schläfst du mit mir? Ich halte es nicht mehr aus!«

»Nicht jetzt. Später vielleicht.«

»Später … was heißt später?«

»Wenn ich mir sicher bin, dass du nicht der Erpresser bist.«

Sie ließen voneinander ab, um sich wieder auf den Rücken zu legen. Nur die Hände berührten sich.

»Wenn du mit mir schläfst, weiß ich, dass ich dir trauen kann«, sprach er mit klarer ernster Stimme. »Dann kann ich dir auch noch mehr erzählen.«

»Jetzt nicht«, wiederholte Yuna leise. Sie stand auf, ging zu dem kleinen Tisch, auf dem sie ihr Handy abgelegt hatte. »Es ist vier Uhr vorbei. Ich sollte gehen.«

Ohne auf eine Antwort zu warten, zog sie sich rasch an. Manuel hatte sich irritiert aufgesetzt. Yuna nahm seinen Kopf in beide Hände, küsste ihn kurz auf die Lippen. »Adiós«. Und schon verschwand sie eilig. Die Tür fiel ins

Schloss, das startende Auto unterbrach die friedliche Stille. Manuel sah vom Dach aus, wie sich die roten Heckleuchten entfernten.

Lange lag er noch still auch dem Rücken und hing seinen Gedanken nach. Schließlich schlief er ein, bis ihn die ersten Sonnenstrahlen weckten.

## Kapitel 16 – Lorca

Die Temperaturen ließen in der folgenden Woche deutlich nach. Auch frischte der Wind von Westen merklich auf, als wollte er den Menschen etwas Erholung gönnen. Eine dünne Wolkendecke milderte die grellen Sonnenstrahlen. Der Wetterbericht versprach weitere Schauer, auf die die Natur jetzt sehnlichst wartete.

Der Montag startete für alle mit Arbeit. Yuna tauchte etwas später im Büro auf; bleierne Müdigkeit mischte sich mit dem Gefühl körperlichen Glücks, sodass ihr ansonsten so klarer Verstand ein wenig benebelt wirkte. Ben telefonierte nach dem Frühstück mit seinem Professor in Seoul, der ihm nahelegte, für eine Präsentation seiner Arbeit kurzfristig anzureisen. Er wusste diese Bitte als Aufforderung zu lesen, der er Folge zu leisten hatte. Dorian fuhr gemeinsam mit Lucia nach Gran Monte, wo jede Menge Arbeit auf beide wartete. Die Frühaufsteherin Pilar hatte sich schon mit einigen Mails gemeldet, die Dorian jetzt im Auto las. Lucia machte sich Gedanken, wie die Familie den Besuch von Frank am besten würdigen könnte.

»Was meinst du: Wer soll Frank am Mittwoch abholen?«, unterbrach sie Dorian beim Lesen.

»Kann ich schon machen, wenn das gerade eine Aufforderung war«, gab er kühl zurück.

»Nein, Schatz. Das war nicht so gemeint. Ich tue das gerne. Du hast genügend mit dem Jubiläum zu schaffen.«

»Mhm, wenn du willst«, antwortete Dorian kurz angebunden, ohne von seinen Mails aufzublicken.

Die Zitronenbäume hätten es verdient, mit ihren üppigen Früchten und den tiefgrünen Blättern wahrgenommen zu werden. Vergeblich. Lucia rauschte an ihnen vorbei, dachte daran, dass die kommende Woche anstrengend und ereignisreich werden würde. Yunas Nachricht, dass Manuel allem Anschein nach nicht für die Erpressung verantwortlich war, konnte sie nicht beruhigen. Zwar musste sie ihre Schwester Maria jetzt nicht mehr dringend davor warnen, sich mit Manuel einzulassen, aber die Tatsache, dass sie keinerlei Informationen über diesen Carlos besaß, bereitete ihr Sorgen. Frank würde sicherlich das geforderte Geld mitbringen; die Summe einem Unbekannten ohne Adresse zu übergeben, ohne dass sie eine Garantie für eine Gegenleistung bekämen, glich aber irgendwie einem Harakiri. Doch auch die Lösung, nicht auf den Deal einzugehen, war keine substanzielle Alternative. Würde Yuna herausfinden können, wo Carlos wohnte? Sie musste es versuchen.

»Bella hier«, drang es aus dem Lautsprecher des Wagens. »Ihr habt euch nicht etwa schon Gedanken gemacht, wo wir am Mittwochabend unsere Gäste bewirten?«

»Wir wollten dir nicht die Gelegenheit stehlen, Bella«, antwortete Dorian locker. »Spaß beiseite. Wenn wir in Cabo Roig bei euch feiern dürfen, freuen wir uns alle. Sag einfach Bescheid, wo wir helfen sollen. Luci wird zum Flughafen fahren, um Frank, Inge und Christian mit Sybille abzuholen. Sie fällt also aus.«

»Dann rufe ich Maria an. Die muss kommen. Endlich wird unser Haus auch mal wieder richtig voll. Toll, dass Sybille und Christian auch gleich mitkommen.« Bella sagte dies in einem Ton, als wäre es eine Belastung. Insgeheim wussten Lucia und Dorian aber, dass sie in der Gastgeberrolle aufging und bereits alles minutiös geplant hatte.

Im Büro angekommen, fand Dorian auf dem großen Tisch im Besprechungsraum Unterlagen ausgebreitet, die den Ablauf der Jubiläumsfeier zeigten. Pilar musste wohl schon seit dem Morgengrauen alles zusammengesucht und ausgedruckt haben. Sie empfing Dorian mit frischem Kaffee und Gebäck. Auch einen großen Blumenstrauß hatte sie auf dem Couchtisch platziert.

»Womit habe ich denn das verdient?« Dorian reagierte eher ein wenig irritiert als erfreut.

»Eigentlich gilt die ganze Aufmachung Gran Monte, Dorian.« Pilar lachte herzlich, weil ihr Chef so verunsichert dreinschaute. »Die nächsten Tage werden zahlreiche Gäste zu Besuch kommen, um mit dir zu sprechen. Sie werden wissen wollen, wie die Feier abläuft, ob sie eine bestimmte Rolle zugedacht bekommen, und sie werden die Gran Monte-Organisation um Spenden bitten. Du solltest bestmöglich vorbereitet sein.«

»Danke. Du denkst wie immer an alles. Ich hole gleich Lucia dazu, dann gehen wir die Unterlagen gemeinsam durch.«

»Wenn du meinst.« Pilar zog sich in ihr Vorzimmer zurück, offenbar war ihr der Vorschlag nicht genehm. Warum müssen Frauen immer so empfindlich sein?, dachte er. Pilar wusste doch, dass er und Lucia sich die Geschäftsführung teilten. Nun gut, sie wollte ihn vermutlich als den eigentlichen Chef sehen. Natürlich entging ihm nicht, dass sich beide Frauen wenn möglich aus dem Wege gingen. Die wichtige Jubiläumsfeier ließ aber keinen Raum für solche Empfindlichkeiten.

Dorian lief ins andere Zimmer zu Lucia. Die hatte die Terrassentür geöffnet, stand im Türrahmen und schaute verträumt nach draußen. Langsam näherte er sich von hinten, umfasste sie zärtlich. Sie erschrak, denn sie hatte ihn nicht kommen hören, drehte sich um und wollte ihn umarmen.

»Jetzt erschreckst du dich schon, wenn ich dich anfassen will«, bemerkte er barsch.

»Entschuldige. Ich habe mich nur erschrocken, weil ich dich nicht bemerkt habe.«

»Du bemerkst mich derzeit häufiger nicht. Was ist eigentlich mit dir los?« Dorian hielt jetzt ihre Schulter fest.

Lucia entzog sich seinem festen Griff. »Lass mir etwas Zeit, Dorian. Die Arbeit an dem Expansionsplan, das Jubiläum, Inez und jetzt noch die Familie aus München – das alles belastet mich etwas zu sehr. Dann reist noch Desiree an, macht dir Avancen, und dir scheint das sehr zu gefallen.«

Dorian brach das Gespräch ab und ging in sein Arbeitszimmer zurück.

Der Blick von Lucia schweifte über die grüne Oase von Gran Monte. Die kleinen Häuschen im oberen Bereich, die im Gegensatz zur modernen spanischen Sitte alle unterschiedlich gestaltet waren, wirkten wie ein altes gewachsenes Dorf. Büsche, Bäume und Blumen dienten als Gartenzierde. Weiter unten standen die größeren Villen mit ihren blauen üppigen Pools. Sträßchen und Wege alle geschlängelt, als wollten sie die Häuser festzurren. Dieses Paradies hatten die Großväter aus einer kargen Agrarfläche erschaffen. Wer durfte sich das Recht nehmen, diesen Traum zu beflecken? Niemand! Lucias Puls beschleunigte sich, Wut stieg in ihr auf. Dann wieder tauchte das Bild ihres lächelnden kleinen Babys auf, das sie im Stich gelassen hatte. Warum nur hatte sie damals nur nicht die Hilfe ihrer Familie gesucht, sondern sich abgekapselt? Nur weil der Vater sich nicht zu dem Kind bekennen wollte, empfand sie es nicht ganz als ihr Kind – wie töricht! Aber jetzt war es leider zu spät. Sie musste mit dieser Wunde leben.

Ben triumphierte innerlich. Nachdem sein Professor sich zuerst telefonisch gemeldet hatte, folgte am Montagvormittag eine schriftliche Einladung, verbunden mit einer Erklärung zur Kostenübernahme für den Flug. Der Entwurf seiner Doktorarbeit, den er letzte Woche geschickt hatte, schien seinem akademischen Lehrer gefallen zu haben. Allein die Tatsache, dass der Professor sie unverzüglich durchgearbeitet hatte, erfüllte Ben mit Genugtuung.

Ben wählte Yunas Büronummer, weil er wusste, dass sie während der Arbeitszeit ihr Handy meist ausgeschaltet ließ. Jedes Klingeln ohne Reaktion spannte ihn auf die Folter. Er überlegte sich sogar, einfach zum EUIPO zu fahren, sollte sie nicht an den Apparat gehen.

»Yuna Lee speaking, hola.«

»Ben speaking, hola!«, lachte er ins Telefon. »Sorry, dass ich dich störe, aber hör zu: Ich habe gerade eine Einladung von Professor Kim bekommen. Er will, dass ich kurzfristig nach Seoul komme, um meine Arbeit am Lehrstuhl vorzustellen. Das ist der Durchbruch, Schatz – eine so schnelle Reaktion ist das beste Zeichen.«

»Gratulation! Das ist ja klasse! Wann sollst du denn fliegen?«

»Mittwoch früh. Über Madrid.«

»Das müssen wir feiern, Ben. Ich versuche, mir morgen freizunehmen. Wir machen einen Ausflug, was hältst du davon?«

Begeisterte Sätze flogen hin und her. Beide googelten nach Orten, die sie noch nicht kannten und nun erobern konnten – quasi als Pokal für Bens Erfolg. Die Küste bot zahlreiche Städtchen und Dörfer. Doch dann fiel das Wort Lorca – die Barockstadt –, und damit war die Entscheidung gefallen.

Maria hatte am Sonntag vergeblich versucht, Manuel zu erreichen, denn ihre wichtigsten Lieferanten hatten sich unerwartet für Montag angekündigt. Sie wollten gemeinsam erkunden – so ihre Anfrage –, ob Marias Unternehmen wirklich genug Substanz für eine erfolgreiche Zukunft besäße. Sie verlangten eine offene Diskussion und hatten dazu ein kleines Lokal im Zentrum von Xixona für ein abendliches Treffen vorgeschlagen, das für seine vielen Fotos prominenter Personen bekannt war. Sie konnte diese »Einladung« nicht ablehnen, denn sie spürte die Zweifel der Bauern gegenüber ihr als Frau. Manuel musste helfen, sie unterstützen. Sie benötigte männlichen Beistand, den sie eigentlich nie zu brauchen hoffte. Was für eine patriarchalische Welt! Doch ihre zahlreichen Anrufversuche endeten im Leeren.

Erst am Montag meldete sich ein deutlich müder Manuel bei ihr, der gar nicht erst versuchte, sich zu entschuldigen. »Na, Maria, was ist denn so dringend, dass du mich so oft zu erreichen versuchst? Hattest du Sehnsucht nach mir?«

Maria berichtete aufgeregt von den Landwirten, die sie bedrängten, sie zu einem Treffen nötigten, obwohl sie ihnen doch nur helfen wollte. Sie deutete an, dass sie ihn gestern Abend gerne auch bei sich gehabt hätte. Sie sprach übermäßig viel. Sollte sie sich etwa in Manuel verliebt haben? Manuel war davon überzeugt.

»Noch eine andere Sache will ich mit dir bereden. Am Mittwoch kommen die Eltern und die Großeltern Michel aus München zu Besuch nach Cabo Roig. Sie wollen das Jubiläum nicht verpassen, weil es im Grunde genommen eine Würdigung ihres Lebenswerks darstellt. Bella besteht darauf, dass ich komme. Es wäre super, wenn du mich begleiten würdest!«

»Im Prinzip gerne«, antwortete Manuel etwas kurz angebunden. Er machte eine Pause. »Aber wird das nicht alles zu eng im Haus? Oder fahren wir dann wieder zurück?«

»Unsinn. In Cabo Roig ist immer genug Platz. Wenn du keine Angst vor mir hast, kannst du auch mit mir in einem Zimmer übernachten.«

»Hoppla, das geht aber jetzt schnell. Lass mich das überdenken. Ich will nicht, dass deine Familie falsche Schlüsse zieht.«

»Ich habe Bella schon zugesagt. Also keine Widerrede – es sei denn, du schützt eine Krankheit vor.«

Manuel spürte, wie sein Herz schneller schlug. Er war nicht bereit, sich in Marias Familie vorführen zu lassen. Außerdem widerstrebte es ihm, Yuna vor den Kopf zu stoßen und damit zu verlieren, bevor er sie richtig erobert hatte. Und er hasste es, wenn eine Frau ihm Vorschläge unterbreitete, die er in Wirklichkeit nicht ablehnen konnte. Deshalb suchte er nach Auswegen: Krankheit, wichtiger kurzfristiger Termin, Unfall. Ihm würde etwas einfallen, wie immer.

»Wir besprechen das später. Und die Sache mit dem Bauerntreff, schlag dir das aus dem Kopf. Oder hast du mich da auch schon fest eingeplant?« Er legte auf, ohne auf eine Antwort zu warten. Dann musste er schmunzeln. So geht es einfach nicht, meine liebe Maria, dachte er laut.

»Macho!«, fluchte Maria, bevor sie ihr Handy weglegte, um sich einen frischen Cortado zu bereiten. Anschließend wählte sie Bellas Nummer, doch dort meldete sich der Anrufbeantworter. Sie hinterließ eine Nachricht: »Hallo Bella. Klar helfe ich gerne und bin so um zehn Uhr bei euch. Ach, ich bringe Manuel mit, wenn es keine Umstände bereitet. Wir schlafen in meinem Mädchenzimmer.«

Las Colinas zeigte sich am Dienstag früh von seiner besten Seite. Die milde Morgensonne streichelte mit ihren Strahlen den Golfplatz, der hellgrün aufleuchtete. Die Kaninchen mümmelten an den frischen Grashalmen. Greenkeeper mähten die Fairways für die Golfer, die demnächst zu ihrer Runde starten würden. Über den Kiefernwäldern am Rande des Platzes kreisten Greifvögel auf der Suche nach Kleingetier.

Auf der Terrasse des Nachbarhauses wurde gerade Frühstücksgeschirr klappernd auf den Tisch gestellt. Stimmen verhießen gut gelaunte Menschen, die sich auf den Tag freuten. Musik drang leise herüber.

Yuna hatte im kleinen Minimarkt des Clubs frische Croissants geholt. Jetzt briet sie Spiegeleier mit Speck als Alternative zum alltäglichen Müsli. Kaffeeduft durchzog das Haus.

Laut rufend weckte sie die anderen, die sich nach und nach mit etwas struppigen Haaren auf der Veranda zeigten. Der Tag konnte kommen, und sie wollte mit Ben einen interessanten Ausflug ins Hinterland nach Lorca unternehmen.

»Ben, ich stelle mein Handy aus, damit uns keiner aus dem Büro stören kann. Heute bin ich nur für dich da.« Sie gab ihm einen intensiven Kuss, so wie er es von früher kannte. Sie wollte gar nicht mehr aufhören. »Und jetzt wollen wir los. Lorca wartet auf uns beide.«

Sie nahmen die Autobahn in Richtung Cartagena und bogen dann auf die Landstraße nach Westen ab. Hier änderte sich das Bild. Große landwirtschaftliche Flächen, die sich – inzwischen abgeerntet und deshalb staubtrocken – bis zum Horizont erstreckten, Lagerhallen an der Straße, einfach trostlos. Als sie nach einer Stunde bei Murcia nach Süden abbogen, erstreckten sich die Agrarflächen bis zu den Berghängen. Beide waren froh, als sie schließlich die Ausfahrt nach Lorca erreichten.

Während Ben den Weg durch die Vororte nahm, erschrak Yuna. Sie hatte das Gefühl, keine Spanier im Stadtbild ausmachen zu können. Marokkaner und Schwarzafrikaner bevölkerten die Straßen.

»Die Gegend lebt von der Landwirtschaft, und Europäer sind nicht mehr bereit, die harte Arbeit auf den Feldern zu erledigen. Afrikaner haben sich mit ihren Familien inzwischen hier fest angesiedelt.«

»In Korea sind wir ein solches Völkergemisch einfach nicht gewohnt.«

»Du wolltest ja in Spanien sesshaft werden«, bemerkte Ben nicht ohne einen sarkastischen Unterton. »Küste und

Hinterland waren schon immer zwei Welten. Überlege dir gut, ob du in diesem Land glücklich werden kannst.«

»Hier steige ich jedenfalls nicht aus. Lass uns direkt in die Altstadt fahren.« Yuna legte sich eine Jacke über die Schulter, obwohl draußen sicher dreißig Grad herrschten, und schaute stur nach vorne.

Ben parkte in der Nähe des Plaza de España mit der imposanten Kathedrale am Rand. Die alten Gebäude enttäuschten nicht, sie atmeten die Zeit der letzten Jahrhunderte, auch wenn die Schäden des letzten großen Erdbebens von 2011 noch vielfach sichtbar waren. Yuna konnte ihre Enttäuschung immer noch nicht ganz verbergen, weil sie sich die Stadt eher wie ein Museum vorgestellt hatte. Erst die für diese Stadt fast überdimensionierte Kirche mit ihrer reichen Ausschmückung brachte die Harmonie ein wenig zurück, die sich Ben und Yuna für diesen Ausflug erwünscht hatten.

Sie entschieden sich, noch zu der alten mächtigen Burg zu fahren, die über Lorca thronte. Von hier konnten sie in alle Richtungen blicken – wie die christlichen Herrscher vor Jahrhunderten. Lange blieben sie in der ausgedehnten Anlage, hielten sich still an den Händen, als müsste das für den Moment reichen.

Als sie wieder zurückfuhren, blieb ein schales Gefühl der Enttäuschung. Keiner mochte dem anderen einen Vorwurf machen, doch der so gut geplante Sommertag hinterließ einen bitteren Nachgeschmack.

Yunas Handy zeigte, dass Lucia mehrfach versucht hatte sie anzurufen. »Ben, ich muss kurz zurückrufen. Lucia hat es schon mehrfach probiert. Danach schalte ich das Handy wieder auf stumm – versprochen. Vermutlich sollen wir was für Mittwochabend aus Lorca mitbringen.«

Zum Glück erreichte sie Lucia sofort. »Hallo Luci, eigentlich habe ich Ben versprochen, den ganzen Tag nicht zu telefonieren. Also ganz kurz! Es geht sicherlich um Mittwoch?«

»Nein. Carlos rief an. Das nächste Treffen soll Freitag stattfinden. Ich soll Geld mitbringen. Können wir aber auch besprechen, wenn du wieder in Las Colinas bist.«

»Was soll ich denn noch mitbringen?«

»Kauf Lorca-Schinken ein, den können wir gebrauchen. Bis später.«

Ben musste noch einmal einen Umweg fahren, um den verlangten Lorca-Schinken zu besorgen. Ein Ausflug zum Vergessen.

Lucia fuhr schon am Dienstag in aller Früh mit Inez zu ihrer Mutter, um ihr bei den Vorbereitungen zur Hand zu gehen. Sie ließ Dorian alleine ins Büro fahren, der nach dem letzten Streit ganz froh zu sein schien, ihr aus dem Weg gehen zu können. Er war schon um sechs Uhr aufgestanden, hatte sich seine Laufschuhe geschnappt und war eine lange Runde am Golfplatz entlanggelaufen. Für die friedliche Schönheit der Häuser und Gärten, die so früh am Tag noch still dalagen, hatte er keinen Blick. Er lief schneller als sonst, um die bedrückenden Gedanken aus seinem Kopf zu verdrängen. Er spürte die Kälte, die von Lucia ausging, wenn er sich ihr näherte, ihren Unwillen, seine Fragen zu beantworten. Ihre Stimme verhärtete sich, wenn sie mit ihm sprach. Dann wiederum hörte er Desirees herzliches, unbeschwertes Lachen, wie er es von früher kannte. Ihre Unbefangenheit, Lockerheit, Leichtigkeit, die ihn in ihren Bann zog, seitdem er sie bei ihrer Ankunft in Gran Monte wieder getroffen hatte. Gegensätze, die ihn innerlich zu zerreißen drohten. Er beschleunigte seine Schritte bis zur Erschöpfung. Als er nach zwei Stunden zurückkam, war Lucia bereits fort. Von Ben und Yuna fand sich nur noch das schmutzige Geschirr in der Küche. Sie hatten es wohl ebenso eilig gehabt, ihren Ausflug nach Lorca zu beginnen.

Dorian duschte, schwamm noch einige Bahnen im Pool und bereitete sich danach nur noch einen Espresso, bevor er sich auf den Weg nach Gran Monte machte. Er sog den Duft der Zitronenbäume ein, hörte das Schnarren der Zikaden. Der Himmel war blassblau mit Wolken, die wie Adlerflaum aussahen.

Vor der Verwaltung bog er links ab, folgte der kleinen Straße, die sich den Hang hinabschlängelte. Er parkte seinen Wagen versteckt in einer Haltebucht, die von orangefarbenen Blumen gesäumt war. Desirees Apartment lag gleich hinter der nächsten Kurve. Sein Herz klopfte, als er klingelte.

Es dauerte eine kleine Weile, dann öffnete Desiree die Tür, als hätte sie Dorian erwartet. Sie lief barfuß, hatte sich ein Kleid aus leichtem Stoff übergezogen – Frühlingsblumen leuchteten. Wortlos bat sie ihn herein, schloss die Tür. Sie küsste ihn auf die Lippen, legte ihre Arme sanft um seinen Oberkörper. »Irgendwie ist es so wie früher«, hauchte sie. »Ich wünsche mir so sehr, dass es wieder so sein könnte!«

»Eigentlich wollte ich ins Büro gehen, weil so viel zu erledigen ist. Aber dann konnte ich nicht anders, als zu dir zu kommen. Wenn du mich umarmst, fühle ich mich geborgen.«

Beide standen lange eng umschlungen, streichelten sich über den Kopf, über Schulter und Rücken.

»Setz dich, Dorian. Ich mache uns einen Kaffee. Bin gleich zurück.«

Nach einer Weile brachte sie nicht nur Kaffee, sondern auch frischen Orangensaft, Gebäck und Obst auf einem Tablett. »Ich habe noch nicht gefrühstückt. Wenn du mitessen möchtest, greif zu.« Desiree schob die Balkontür zur Seite, um die Morgenluft hineinzulassen. Sie schaltete leise Musik ein, dann setzte sie sich zu Dorian und legte ihre Hand auf seinen Schenkel, als wäre dies das normalste auf der Welt.

»Dorian, ich will, dass du mich begehrst, dass du aus freien Stücken wieder zu mir zurückkehrst. Ich will aber kein Notnagel für dich sein, weil dir deine kleine Familie über den Kopf wächst. Und eine Hormonaffäre lehne ich ebenfalls ab.«

Dorian verstummte. Zu klar waren die Worte, als dass ihm sogleich eine treffende Antwort eingefallen wäre. Beide aßen sie schweigend, tranken den heißen Kaffee, blickten sich in die Augen.

»Gib mir Zeit, Desiree. Ich bin momentan so durcheinander, dass ich keinen klaren Gedanken fassen kann. Ich spüre nur, dass ich dich brauche.« Er umarmte sie heftig. »Danke!« Dann stand er wie in Trance auf, hauchte ihr einen Kuss auf die Lippen und ging zur Tür.

»Ich bin da, wenn du mich willst. Das weißt du, Dorian!«

Pilar reagierte verwundert, als sie ihren Chef erst um kurz nach neun Uhr ins Büro kommen sah. Ihre pflichtbewusste Ader führte sie jeden Tag spätestens um acht ins Verwaltungsgebäude. Sie sortierte die Mails, selektierte dringende und wichtige Vorgänge und erstellte eine Tagesliste für Dorian. Kollegen bezeichneten sie insgeheim als Drachen, der ihren Chef und Gran Monte bis aufs Messer verteidigte. So nett sie privat sein mochte, geschäftlich wirkte sie konzentriert, kühl, kurz angebunden.

»Du bringst den gesamten Tagesablauf durcheinander. Zwei Termine musste ich schon verschieben, weil du nicht da warst.«

»Sorry, Pilar. Mir ist etwas dazwischengekommen«, antwortete er entschuldigend.

»In letzter Zeit kommt dir ganz schön viel dazwischen. Die Uhr tickt runter, der Event verschiebt sich nicht!« Pilar wirkte besorgt. Normalerweise empfing sie Dorian mit ein paar Floskeln, Geschichten vom Vortag und einem Cortado. Nicht so heute. »Vorhin rief jemand aus der Gemeindeverwaltung an. Jemand vom Rathaus wollte dich dringend sprechen. Um was es geht, wollte oder konnte mir die Sekretärin nicht sagen. Es war kurz nach acht – seltsam früh für das Rathaus. Ich habe kein gutes Gefühl dabei. Ich verbinde dich gleich, wenn dir das recht ist.«

»Keine Ahnung, um was es geht. Wahrscheinlich will der Bürgermeister seine Rede besprechen. Sicher nichts Dramatisches. Du kannst mich verbinden, Pilar. Entschuldige bitte, wenn ich zur Zeit etwas durcheinander bin. Nach der Veranstaltung entspannt sich die Situation sicherlich.« Dorian schloss die Tür und setzte sich an den Besprechungstisch, der in der hinteren Ecke des Raumes stand. Diese Lage schützte vor neugierigen Ohren. Auch wenn er Pilar vertraute, wollte er kein Risiko eingehen. Ein seltsames Gefühl stieg in ihm auf.

Es klingelte. »Die Dame will nur mit dir sprechen«, sprach Pilar verärgert. »Ich gebe sie dir.«

»Lopéz, schön, dass sie zurückrufen, Herr Michel. Der Leiter der Verwaltung, Herr Ruíz, möchte sie dringend sprechen.« Dorian kannte die Dame mit dem Allerweltsnamen nicht. Herr Ruíz jedoch galt als Institution, als wäre er seit Ewigkeiten in der Gemeinde für die Finanzen zuständig. Er hatte schon zahlreiche Bürgermeister begleitet und gewissermaßen überlebt. Als graue Eminenz genoss er das Vertrauen der verschiedenen politischen Parteien, denn er galt als Mann ohne Ambitionen auf höhere Ämter, was er auch kundtat.

»Buenos Dias, Señor Michel – Ruíz hier.«

»Was verschafft mir die Ehre eines so dringenden Rückrufs?«, versuchte Dorian, die Situation aufzulockern.

»Herr Michel, ich rufe wegen einer delikaten Sache an. In zehn Tagen findet ja die große Veranstaltung statt. Gestern erhielt ich dazu einen Anruf von einem Mann, der sich nicht zu erkennen gab. Er behauptete, bei der Gründung von Gran Monte sei etwas nicht mit rechten Dingen zugegangen.«

»Verrückte Anschuldigungen. Das kann ich mir beim besten Willen nicht vorstellen. Was konkret meinte der Mann?« Dorian versuchte, einen kühlen Kopf zu bewahren, versuchte durch einen nüchternen Ton, jeden möglichen Verdacht im Keim zu ersticken.

»Herr Michel, vielleicht kommen Sie morgen einmal bei mir vorbei. Persönlich. Das lässt sich am Telefon nicht richtig besprechen.«

»Gerne, Herr Ruíz. Nur morgen geht es wirklich schlecht. Mein Vater und Großvater kommen nämlich aus München an.«

Es entstand eine längere Pause.

»Sind sie noch dran, Herr Ruíz?«

»Ja, ja. Ich überlege gerade. Am besten wäre es, wenn ihr Großvater mitkommen könnte. Donnerstag gleich um neun Uhr, schlage ich vor. Im Rathaus.«

»Öffnen sie nicht erst um zehn?«

»Um neun sind wir noch unter uns. Dann haben wir mehr Ruhe. Sagen sie Frank Michel schöne Grüße von mir, und geben Sie mir bitte Bescheid, ob es klappt. Ich schicke Ihnen meine Handynummer.«

Nach dem Gespräch vergrub Dorian den Kopf in den Händen, um seine Gedanken zu ordnen. Worum sollte es sich bei den Anschuldigungen handeln? Er konnte sich keinen Reim darauf machen. Warum hatte der alte Verwaltungschef ihn angerufen und nicht Lucia oder Sandro. Er musste vorsichtig sein, nichts überhasten. Sollte er Pilar davon erzählen? Nein. Lucia? Noch nicht. Sandro? Vielleicht später. Christian, seinem verlässlichen Vater und Berater? Nicht jetzt. Er beschloss, nur Frank von dem Gespräch zu berichten – danach würde sich alles weisen.

Er ging zu Pilar, die sich konzentriert mit irgendwelchen Werbeunterlagen für das Jubiläum beschäftigte. Er nahm ihr den Wind aus den Segeln, noch bevor sie fragen konnte. »Immer diese Politiker. Alle wollen sie ihr Ego in der Öffentlichkeit pflegen. Jeder will sich in der Sonne von Gran Monte bräunen. Ich habe einem Termin im Rathaus um neun Uhr am Donnerstag vereinbart.« Er lächelte Pilar an. »Jetzt könnte ich einen Cortado vertragen. Anschließend gehe ich eine kleine Runde durch die Anlage. Ich will mir ein paar Gedanken zur Rede machen.«

Er verließ den Platz vor der Verwaltung, um in den kleinen Park dahinter zu spazieren. Hier war er ungestört. Die Bäume und Büsche erinnerten ihn an die ersten Jahre von Gran Monte, als die Großeltern entschieden hatten, diesen Teil im Zentrum der Anlage unverändert zu lassen. Ein Tribut an die bäuerliche Vergangenheit. Jetzt spendete der dichte Bewuchs Schatten auch bei flirrender Hitze.

Dorian griff nach seinem Telefon und erreichte Inge beim Packen ihrer Sachen zu Hause in München. »Welch eine Überraschung, Dorian! Gerade dachte ich an euch, denn ich habe gestern ein Dirndl für die kleine Inez gekauft, damit sie keine reine Spanierin wird.« Dorian spürte die großelterliche Fürsorge, die aus solchen Worten sprach. Er erinnerte sich an seine Kindertage, die er bei seiner Oma verbracht hatte, an ihre vorbehaltlose Liebe zu allen Enkeln. Bei ihr gab es immer eine Extraportion Eis oder Leckereien, und abends las sie vor dem Einschlafen noch lange Geschichten vor. Er bedauerte, dass er diese Liebe nicht zurückzugeben vermochte, weil der Arbeitsstress ihn davon abhielt. Umso mehr freute er sich jetzt auf ihren Besuch.

»Du musst doch nicht immer Geschenke mitbringen, Oma. Es reicht, wenn ihr uns besucht.«

»Inez wird sich hoffentlich trotzdem freuen. Für sie – nicht für dich – ist ja das Geschenk.« Inge lachte. »Aber du willst sicherlich Frank sprechen, wie ich dich kenne. Ich hole ihn an den Apparat.«

Als Frank den Hörer nahm und von Dorian erfuhr, dass sich Herr Ruíz bei ihm gemeldet hatte, schien ihn das nicht sonderlich zu überraschen. »Ich kenne Ruíz. Der ruft nur an, wenn es notwendig ist. Zuverlässiger Mann. Dass der noch im Amt ist, wundert mich fast. Muss so um die Siebzig sein.«

»Hast du eine Ahnung, um was es gehen könnte? Du klingst fast so, als hättest du seinen Anruf erwartet«, hakte Dorian nach, der sein Erstaunen nicht verbergen konnte.

»Ja und nein. Ein solches Jubiläum wirbelt immer den Staub der Vergangenheit auf. Die Zeit nach Franco glich ja einer Achterbahn, die alle und alles durchgerüttelt hat. Sag Herrn Ruíz, dass ich kommen werde.« Franks Stimme klang nicht besorgt, eher nach einem routinierten Geschäftsmann, den nichts erschüttern kann. »Am besten, du hängst die Sache nicht an die große Glocke. Ich behalte das auch für mich und lasse Sandro und Christian außen vor.«

»Du meinst auch, dass ich Lucia nichts davon erzählen soll?«

»Du hast mich richtig verstanden. Wir Männer regeln das alleine. Bis morgen. Wir freuen uns schon sehr. Bella bereitet bestimmt ein tolles Essen vor«, schloss Frank das Telefonat.

»Bis morgen«, antwortete Dorian. Aber das hörte Frank schon nicht mehr.

Auf einen Anruf von Manuel wartete Maria den ganzen Dienstag vergeblich. Gerne hätte sie ihm von dem erfolgreichen Treffen mit den Bauern am Montagabend berichtet. Sie hatte die gestandenen Männer schon dadurch beeindruckt, dass sie sich allein deren Zweifeln stellte. Doch Manuel rief nicht an. Erst am Nachmittag erhielt sie eine kurze Nachricht von ihm: »Muss kurzfristig nach Benidorm. Melde mich danach.«

Marias Tag füllte sich mit Arbeit. Sie kontrollierte den Fortgang der Zaunreparatur, korrigierte hier und da noch den Verlauf. Sie besprach die Lieferung der Früchte für das Wochenende mit den Abnehmern. Sie schrieb Rechnungen und vergaß bei all dem Trubel sogar das Mittagessen. Abgearbeitet kehrte sie am frühen Abend zum Hof zurück. Als schließlich die Dämmerung das helle Grün der umstehenden Kiefern dunkel färbte, als sie die Nachbarn mit deren Traktoren zu den Häusern zurückfahren hörte, als Musik aus dem fernen Landlokal herüberdrang, merkte sie, wie sehr sie jetzt Manuel an ihrer Seite vermisste.

Sie schenkte sich ein Glas Rotwein ein, setzte sich vors Haus. Sie hoffte, dass Manuel, wie schon das eine oder andere Mal, spontan vorbeikäme, und ließ die Haustür unverschlossen. Lange lag sie wach. Wie gerne hätte sie jetzt Manuels Muskeln gespürt, seinen natürlichen Duft eingesogen, die weiche, tiefe Stimme vernommen. Doch außer Grillengezirp blieb ihre Welt still.

## Kapitel 17 – Frank trifft ein

Franks Whatsapp-Nachricht fiel Lucia erst auf, als sie sich – erfrischt vom Schwimmen im Pool – angezogen hatte.

»Sprach gestern abends mit Dorian. Die Gemeinde hat sich bei ihm gemeldet, weil dort Gerüchte aufgekommen sind. Haben vereinbart, dass diese Sache unter uns bleibt. Werde am Donnerstag mit ins Rathaus gehen. Bis später.«

»Ich hole euch später alle zusammen vom Flughafen ab«, schrieb sie zurück. Bald darauf signalisierten die blauen Häkchen, dass Frank die Nachricht gelesen hatte. Diesen Mann konnte sie nur bewundern, wie er in seinem Alter agierte. Schnell, klar, transparent. Die Besuche der Großelterngeneration waren in den letzten Jahren bedauerlicherweise seltener geworden. Das Reisen fiel wohl doch zunehmend schwer, vor allem, nachdem sein Counterpart Jorge Cassal verstorben war. Nun aber bewies er – vielleicht ein letztes Mal –, dass er sich noch in der Lage sah, die Fäden im Hintergrund zu ziehen. Lucia jedenfalls spürte die Entscheidungskraft, die von dem alten Mann ausging. Sie vertraute ihm.

Yuna und Ben liefen hektisch hin und her. Ben fiel immer wieder etwas ein, was er noch zu packen vergessen hatte. Als sich der kleine Handkoffer als zu eng erwies, musste er erneut aussortieren und packen. Yuna machte ihm Frühstück. Sie trug ein schickes weißes Kostüm, hatte Nagellack aufgetragen und schmückte ihre Frisur mit einer blauen Schleife. Für den Büroalltag wirkte ihr Outfit etwas zu fein.

»Pass, Geld, Kreditkarte, Boarding Pass? Den Rest kannst du nachkaufen«, lautete ihr fürsorglicher Kommentar.

»Ich weiß, Yuna. Für Einkäufe fehlt mir sicher Zeit, und wenn mir deine Eltern Geschenke für dich mitgeben wollen, fehlt mir der Platz im Koffer. Ich werde sie ohnehin kaum treffen können, die Woche wird nur so verfliegen. Professor Kim hat die Tage noch mit Firmenterminen vollgestopft. Er will mich wohl einigen Managern vorstellen.«

»Dann wird es spannend mit uns beiden.« Ben vermochte aus diesem Satz nicht herauszulesen, was seine Freundin meinte, denn sie lächelte nicht, blickte aber auch nicht besorgt.

»Ich lasse alles erst einmal auf mich zukommen.«

»Ich dachte, du suchst eine internationale Anstellung in einem Konzern? Gilt das nicht mehr?«

»Natürlich gilt das weiterhin. Aber ich kann ja nicht voraussehen, was man mir anbieten wird. Mag sein, dass nur ein erstes Kennenlernen stattfinden wird.«

»Trotzdem: Die Manager werden dich fragen, was du konkret anstrebst. Überlege dir, was du dann sagen willst. Denk dran: Wenn du nicht weißt, wer du bist, wirst du zu dem, was du tust!«

Was wollte Yuna mit diesen Anmerkungen ausdrücken? Wollte sie ihn aus Spanien vertreiben? »Lass uns das nicht jetzt vertiefen, Yuna. Dazu bleibt keine Zeit. Wir müssen bald fahren.«

»Und du musst kein schlechtes Gewissen haben, wenn du meine Eltern nicht besuchen kannst. Geschenke können sie auch per Post schicken.«

Ben entschied sich, selbst das Steuer zu übernehmen, denn die Zeit drängte. Er verabschiedete sich von Lucia, verstaute das Gepäck im Kofferraum, griff sich als Proviant noch einen Apfel. Er rangierte aus dem Carport vor dem Haus, fuhr die kleine steile Straße hinauf, die zum großen Eisentor führte, das sich langsam zur Seite schob und den Weg freigab. Es ging vorbei am Golfplatz, auf dem sich die Spieler tummelten, hinab zum Ausgang des Clubs. Links und rechts begleiteten Zitronen- und Orangenbäume die Straße. Sie erreichten das kleine Städtchen San Miguel de Salinas mit seinem emsigen Treiben in der Innenstadt. Hinter der Stadt fuhren Traktoren zu den landwirtschaftlichen Betrieben. Der Arbeitstag auf den Plantagen war in vollem Gange. Auf der Autobahn ging es zügig voran. Ben fuhr ständig am Limit.

Als sie an der Palmenstadt Elche vorbeikamen, sahen sie schon die Maschinen, die sich im Landeanflug auf Alicante befanden. Bald konnten sie auch das Meer hinter dem Flugplatz erkennen und wussten, dass sie ihr Ziel bald erreichen würden. Ben parkte vor der Abflughalle auf den Plätzen, die nur wenig Zeit für einen Abschied ließen.

»Ich wünsche dir viel Erfolg, Ben. Du machst das schon!« Yuna drückte ihren Freund an sich, streichelte ihm über sein kurzes Haar. »Du musst dich beeilen, guten Flug«, bemerkte sie lächelnd.

Ben fühlte eine Anspannung, eine Unsicherheit, die ihn nicht losließ. Der gestrige Tag war so reich an Eindrücken, so voller intensiver Gemeinsamkeit gewesen. Warum löste sich die Anspannung nicht? Er konnte es sich nicht erklären.

»Bis nächste Woche, mein Schatz.«

Dann verschwand Ben in der Menschentraube, die sich vor der Abflughalle gebildet hatte.

Lucia nahm Inez mit nach Cabo Roig, wo Bella schon sehnsüchtig auf ihre Hilfe wartete. Das Abendessen sollte in seiner Qualität über jeden Zweifel erhaben sein, hatte Bella bestimmt. Also mussten frischer Fisch aus Wildfang, schmackhaftes Fleisch vom besten Metzger aus Torrevieja und Gemüse vom Markt in San Pedro del Pinatar besorgt werden. Bella hatte bereits eine lange Liste erstellt, die es abzuarbeiten galt. Für die Getränke, vor allem den Wein, war Sandro zuständig und der wusste, dass Frank nicht leicht zufriedenzustellen war. Bella bat die treue Seele Candela, den Tisch vorzubereiten und gleichzeitig auf Inez aufzupassen.

Als Erstes fuhren die Frauen zum Hafen, wo der Fischer mit dem frischen Fang auf sie wartete. Ein ungewöhnlich starker Wind in der Nacht hatte das Meer aufgepeitscht. Die Boote kamen deutlich verspätet zur Anlegestelle, denn sie hatten die Netze weit draußen einholen müssen, und der starke Wellengang ließ sie nur langsam vorankommen. Salziger Geruch lag in der Luft, als Bella sich ihren Weg durch die Traube von Restaurantbesitzern und anderen Stammkunden bahnte.

»Rosario«, rief sie laut, »hast du alles bekommen, was wir vereinbart haben?«

Der so angesprochene hob den Kopf. Er legte sein gegerbtes braunes Gesicht in Falten, gestikulierte mit seinen Händen. »Frau Cassal! Ich wäre ein schlechter Fischer, wenn ich Sie nicht zufriedenstellen könnte.« Die anderen Käufer blickten besorgt, wohl wissend, dass sie mit ihren Wünschen zurückstehen mussten. Bella hatte nun Rosario erreicht und wählte routiniert die in ihren Augen besten

Stücke aus. Nur Minuten später verstaute sie mit einem strahlenden Lächeln im Gesicht ihre Beute in der mitgebrachten Kühlbox.

»Du hast mir gar nicht erzählt, dass du dem Fischer schon gestern deine Bestellung durchgegeben hast.«

»Habe ich auch nicht. Aber ein wenig Blenden gehört zum Geschäft. Rosario kennt uns schon seit einer Generation – länger als so manchen Wirt. Wer versteht, Fische zu fangen, versteht auch die Menschen.«

»Komm, wir trinken einen Saft. Den haben wir uns verdient, meinst du nicht? Danach geht es um die Wurst beim Metzger.«

Im Hafenrestaurant herrschte noch wenig Betrieb. Die Crew eines Segelschiffs diskutierte die Route für die nächsten Tage, während am Nebentisch ein Handwerker noch einen kleinen Kaffee vor sich stehen hatte, zu dem er einige zitronige Magdalenas vertilgte.

»Nur bei dir sind die noch selbst gemacht«, murmelte er mit vollem Mund und nickte dem Wirt beifällig zu.

»Nicht selbst gemacht«, enttäuschte ihn der Wirt, »aber gut, mit reichlich Butter und frischer Zitronenschale!«

Bella suchte ein schattiges Plätzchen, bestellte Orangensaft. Eine Schleierwolkendecke hielt die Sonnenstrahlen zurück und ließ den Sand beigefarben leuchten.

»In letzter Zeit habt ihr viel um die Ohren gehabt. Verzeih, wenn ich frage: Durchlebt ihr gerade eine Beziehungskrise?« Bellas Frage kam so unvorhergesehen, dass Lucia sich keine ablenkende Antwort ausdenken konnte. Sie hätte sich denken können, dass ihre Mutter nicht wegen eines Glases Orangensaft ein Lokal aufgesucht hatte. Sie fing an zu weinen, vergrub ihr Gesicht in den Händen, blieb wie versteinert sitzen.

Ihre Mutter legte ihr begütigend eine Hand auf den Arm. »Ich wollte dich nicht verletzen, Lucia. Aber ich sehe es als meine Pflicht, dir Hilfe anzubieten, solltest du sie benötigen.«

»Wir haben uns die letzten Wochen auseinandergelebt, seitdem Desiree auftauchte, um ihren alten Platz einzunehmen. Diese Frau ist unverschämt. Sie flirtet unverblümt mit Dorian.«

»Und er? Ich dachte, die Angelegenheit ist geklärt!«

»Er lässt sich darauf ein. Er wirft mir vor, ich sei kalt und reagiere ablehnend.« Lucia wischte sich die Tränen aus den Augen. Sie rang um ihre Fassung. »Aber er ist es doch, der sich von mir abwendet. Und wenn er die Gelegenheit bekäme, würde er mit Desiree wieder etwas anfangen, ganz sicher. Ich spüre das.«

»Ist da noch mehr?«, hakte Bella nach. Ihr Instinkt sagte ihr, dass Lucia nicht die ganze Wahrheit erzählte. »Es sollte dir doch wohl gelingen, alle weiblichen Register zu ziehen.«

»Ich will ehrlich sein. Mich belastet außerdem der Zirkus um das Jubiläum, bei dem wir es jedem recht machen sollen: den Politikern, den Mitarbeitern, dem Tourismusverband und unseren Familien. Nach Zweisamkeit steht mir offen gestanden zurzeit nicht der Sinn. Kennst du das Gefühl nicht?«

»Natürlich kenne ich das. Trotzdem musst du dich zusammenreißen, wenn du Dorian nicht verlieren willst. Versprich mir das!« Bella legte ihren Arm tröstend um Lucias Schulter.

Für eine Sekunde dachte Lucia daran, ihrer Mutter die ganze Wahrheit zu gestehen. Wieder erschien das Gesichtchen des Babys vor ihren Augen. Dann aber schluckte sie die Tränen hinunter und schwieg.

Der Vormittag verflog im Nu. Die Einkäufe fraßen Zeit, die beide Frauen nicht hatten, zumal sie erst spät vom Hafen aufgebrochen waren. In Torrevieja staute sich der Verkehr, und in Pinatar fanden sie lange keinen Parkplatz. Das Mittagessen musste ausfallen – Hunger verspürten die beiden ohnehin nicht. Als sie am frühen Nachmittag mit vollen Körben und Kühltaschen in der Villa ankamen, ließen sie sich erschöpft in die Wohnzimmersessel fallen.

»Wäre Candela nicht im Haus gewesen, würde ich jetzt noch vor der Tür sitzen.« Maria kam die Treppe hinunterstolziert, als wäre sie die Hausherrin. Offensichtlich kam sie gerade aus dem Bad, wo sie sich geschminkt hatte. Sie drehte sich um die eigene Achse, damit Mutter und Schwester ihre Schönheit bewundern konnten. »Für eine Landfrau sehe ich doch ganz passabel aus, meint ihr nicht auch?«

»Schwesterchen, du siehst fantastisch aus.« Lucia genoss es, die Schwester zu necken. »Wo ist dein Galan? Oben?«

»Der wollte doch nicht mitkommen. Wahrscheinlich graut es ihm vor so viel Familie. Und zur Klarstellung für euch: Manuel ist ein guter Freund – nicht mehr.« Maria lief rot an. Ihre Worte klangen gepresst.

»Oho«, setzte Lucia nach. »Warum so emotional? Er scheint dir wohl doch mehr zu bedeuten.«

»Hört jetzt auf«, mischte sich Bella ein. »Wie zwei Teenager, die sich zanken. Wir haben Wichtigeres zu tun. Die

Fische müssen noch gründlich entschuppt werden, die Gambas gesäubert, das Gemüse geputzt. Wenn ihr wollt, könnt ihr euch bei der Arbeit weiter beharken.«

»Ich bin da raus. Der Flieger kommt pünktlich kurz nach vier Uhr, ich muss los.« Lucia schnappte sich den Autoschlüssel vom großen Wagen und verließ eilig das Haus.

»Nimm das nicht so tierisch ernst mit Manuel«, tröstete Bella ihre Tochter und nahm sie in den Arm. »Beim Abendessen wirst du alles vergessen haben.«

Während in Cabo Roig heftig gearbeitet wurde, um ein würdiges Abendessen zu garantieren, und sich Lucia mit der Familie – eng ins Auto gepfercht – auf dem Rückweg befand, räumte Yuna ihren Schreibtisch im EUIPO auf. Sie verabschiedete sich von den Kollegen, die heute gemeinsam auszugehen planten. Der Abend würde eine traumhafte Kulisse bieten. Eine Luftströmung aus dem Süden verfrachtete Saharastaub nach Spanien, der die Luft leicht rosa färbte und einen intensiven Sonnenuntergang ankündigte. Wer sich freimachen konnte, verabredete sich am Strand oder auf einer Dachterrasse, die mit ein paar Drinks als Begleitung Romantik pur versprach. Die Lichtstimmung veränderte auch die Farbe des Meeres. Die Wellenkämme schimmerten rötlich, sie glichen tanzenden Flammen.

Yuna lief den kurzen Weg zu ihrer Wohnung. Sie wollte sich fein machen, schließlich kamen Bens Großeltern, die sie bisher nur wenige Male getroffen hatte. Sie entschied sich für das leichte blassrosa Kleid. Dazu wählte sie eine silberne Halskette, schminkte sich hell. Bald glänzte dazu der weiße Nagellack. Yuna begutachtete sich im Spiegel. Etwas fehlte. Sie nahm die Flamingo-Ohrringe und lächelte zufrieden. Dann machte sie ein Selfie, um es Ben zu schicken. Der saß jetzt im Flughafen von Madrid und wartete auf seinen Flug nach Seoul. Für ihn begann eine spannende Woche, die sein Leben verändern konnte. Er würde bald einschneidende Fragen zu seiner Zukunft beantworten müssen, bei denen sie ihm nicht helfen konnte. Sie hatte diese Phase schon hinter sich gelassen, indem sie mutig ihren Weg beschritt, auch wenn Zweifel blieben. Ihr gefiel ihre Arbeit, zu der sie das Schicksal geführt hatte. Ihr gefiel auch Spanien, das zunehmend zu einer zweiten Heimat wurde – mehr als das ihr vertraute München der Michel-Familie. Das Leben an der Costa Blanca fühlte sich federleicht an, die Menschen wirkten unbeschwert, und die Sonne besaß die Kraft, selbst dunkle Gedanken zu vertreiben.

Mit einer kleinen Tasche auf dem Beifahrersitz machte sich Yuna auf den Weg entlang der Küste. Die Saharasonne tauchte die Salzseen in ein mildes, verschwommenes Licht, in dem die Flamingos nur schemenhaft zu erkennen waren. Die grazilen Vögel schienen ungreifbar fern und strahlten eine tiefe Ruhe aus. Yuna drosselte die Geschwindigkeit und bog dann rechts auf einen Parkplatz ein, der direkt am See lag. Eigentlich hätte sie schon längst bei der Familie sein müssen, aber sie begriff, dass das heutige Abendessen bedeutsam werden könnte, auch wenn die Gespräche oberflächlich erscheinen mochten. Die Ahnung von einer kommenden Umwälzung stieg in ihr auf, ohne dass sie verstand, woher sie kam. Am Ufer der Saline tauchte sie ihren Finger in das Wasser, um dann das Salz abzulecken. Minutenlang blieb sie am Ufer sitzen. Die untergehende Sonne verfärbte die Wolken, die vom Wind nach Norden getrieben wurden, als hätten sie es eilig – als wären sie unterwegs zu einem Ziel.

Eine lange Kolonne von Fahrzeugen rollte auf der grauen Landstraße entlang, wie eine Perlenschnur. Erst als das blaue Auto an ihr vorbeigefahren war, wusste sie, wen sie gesehen hatte: Manuel. Wohin wollte er? Traf er seinen Bruder? Sie rannte zum Auto und reihte sich in die Autoschlange ein.

Nach einer Weile, in der sie jede Möglichkeit zum Überholen genutzt hatte, sah sie vor sich den blauen Wagen. Nun ließ sie genügend Abstand, um unerkannt zu bleiben. Links zogen die Dünen von Guardamar vorbei, rechts der Torretta mit seinen fast vierhundert Metern – er sah aus wie ein warnender Zeigefinger. Manuel bog am Kreisverkehr nach Cabo Roig ab. Maria hatte ihn also eingeladen. Yunas Herz pochte heftig. Das Schlucken fiel ihr schwer. Warum musste sie sich das antun?

Eine Weile überlegte sie, wieder umzukehren und Unwohlsein vorzuschützen, denn sie konnte heute nichts gewinnen, nur verlieren. Sie stoppte den Wagen, um ihre Ruhe wiederzufinden. Dann entschied sie sich.

Manuel hatte keine Lust, sich von Maria herumkommandieren zu lassen. Sie meinte wohl, mit ihrer Fähigkeit, ihn zu Bezirzen, könne sie sich alles leisten. Deshalb musste er ein unmissverständliches Signal setzen, um das Heft des Handelns wieder in die Hand zu bekommen. Die kurze Textnachricht, die er Maria gestern geschickt hatte, sollte genügen. Ob er nach Cabo Roig fahren würde, wollte er später festlegen.

Noch am Dienstag hatte er sich auf den Weg nach Benidorm gemacht, um seinen Bruder aufzusuchen. Er musste mit Carlos reden, wichtige Dinge aus der Vergangenheit besprechen, die sich nicht aufschieben ließen, aber auch Angelegenheiten klären, um die ihn sein Bruder kürzlich gebeten hatte. Nachdem ihr Großvater das Land seinerzeit an die Gran Monte-Eigentümer verkauft hatte, waren sie mit ihrer Familie nach Alcoy gezogen. Sie hatten beide eine unbeschwerte Jugend erlebt und die Schulzeit mehr oder minder erfolgreich hinter sich gebracht. Sie unternahmen viel gemeinsam, bis der Bruder eines Tages beschloss, das Elternhaus zu verlassen, um auf eigenen Füßen zu stehen. Damit ließ er aber auch die Eltern im Stich, die auf seine Mithilfe im Betrieb gezählt hatten. Die direkten Kontakte verminderten sich ohne ersichtlichen Grund. Die Telefonate reduzierten sich, die Besuche wurden selten. Carlos zog es ins lebhafte Benidorm, weil er es in der ländlichen Idylle des elterlichen Hofs nicht mehr aushielt. Wann der Kontakt ganz abgebrochen war, wusste Manuel nicht mehr genau. Er hatte genügend andere Interessen – der ältere Bruder konnte warten. Erst als sein Vater im Sterben lag, erfuhr er den Grund, warum die Familie damals umgezogen war. Da war es zu spät, mit seinem Bruder zu sprechen, denn der war unerreichbar, wechselte die Handynummern und mied die Familie. Selbst zur Mutter pflegte er keinen Kontakt, was diese mehr schmerzte, als sie zugab.

Dienstagnacht war es ihm dann gelungen, Carlos zu treffen. Sie verabredeten sich am Hafen in einer billigen Kneipe, die ihre besten Zeiten in den Siebzigern erlebt hatte und inzwischen davon zehrte, dass trinkfeste Engländer auf dem Weg vom Strand noch ein Bier schlucken wollten. Die Chips schmeckten nach altem Fett; der Fisch roch streng. So blieb Manuel beim Bier, obwohl er den ganzen Tag nichts gegessen hatte. Carlos fahriges Verhalten war das Ergebnis seiner jahrelangen Drogenkarriere. Mit seinem hageren Gesicht sah er deutlich gealtert aus. Seine Haare wirkten ungepflegt und matt.

Lange saßen sie beisammen – bis nach Mitternacht. Die Wunden der Vergangenheit brachen offen auf. Das nie geführte Gespräch mit dem Vater, der den Verlust seines Ackerlandes nicht verschmerzen konnte, hatte tiefe Narben hinterlassen. Kein Thema war zunächst das Hier und Jetzt – nur die Vergangenheit zählte. Sie besprachen, was zu besprechen war, und näherten sich wieder an. Carlos litt darunter, dass es seiner Mutter nicht gut ging, dass er sie nicht unterstützt hatte und auch jetzt nicht unterstützen konnte, weil er über kein regelmäßiges Einkommen verfügte.

»Ich habe meine Lebensjahre doppelt gelebt – aber ich habe sie nicht genutzt, um etwas aufzubauen. Ganz im Gegensatz zu dir. Die Drogen zehren mich aus. Ich komme gegen sie nicht an.«

»Du bist kaum älter als ich und redest wie ein alter Mann. Wenn du dich zusammenreißt, aus Benidorm wegziehst, dann kriegst du vielleicht noch die Kurve!«, versuchte es Manuel. »Du kannst bei mir wohnen und mir auf dem Hof zur Hand gehen, wenn du willst.«

»Dazu ist es zu spät. Ich bin krank. Kränker als du denkst.«

Manuel beobachtete, wie Carlos Hände zitterten. »Mach mir keine Angst.«

»Schenk dir dein Mitleid. Du hast dich die letzten Jahre auch nicht für mich interessiert.«

Erst wollte Manuel seinem Bruder erwidern, dass ja dieser den Kontakt abgebrochen hätte. Doch er konnte diesen Reflex noch unterdrücken.

»Ich bitte jetzt um deine Unterstützung«, fuhr Carlos fort. »Denn ich möchte wenigstens unserer Mutter ersparen, dass sie in Armut zugrunde geht.«

Die Brüder schauten sich lange Zeit schweigend an.

Es war Mitternacht, als sie mit barschen Worten gebeten wurden, von ihren klebrigen Stühlen aufzustehen und das Lokal zu verlassen. Jetzt merkte Manuel, dass er mehr Bier getrunken hatte, als er vertrug. Er schwankte erheblich, sodass ihn Carlos stützen musste. Der besorgte ihm auch ein billiges Zimmer direkt in der Nähe und verschwand.

Als er morgens aufwachte, erinnerte sich Manuel nicht mehr, wie er ins Bett gelangt war. Auch manche Inhalte dessen, was er mit seinem Bruder besprochen hatte, blieben im Nebel zurück. Nur schemenhaft erinnerte er sich an die herzliche Umarmung, bevor sein Bruder ihn verlassen hatte.

Manuel duschte kalt und zog dann die nach altem Bratfett riechenden Kleider wieder an. Danach wählte er die Landstraße über Guadelest, wo er sich im Café bei der in der Höhe thronenden Burg erst einmal einen starken Kaffee genehmigte, um nicht einzuschlafen. Zu Hause angekommen, warf er die Unterhose und sein Hemd in den Mülleimer, weil er den Geruch nicht ertragen konnte. Er schrubbte sich ab wie ein Schornsteinfeger nach getaner Arbeit, wusch seine Haare dreimal. Dann legte er sich noch einmal hin.

Die Arbeit, die auf ihn wartete, verschob er auf den nächsten Tag. Er entschied, die Einladung der Cassals zu nutzen, um der Familie näherzukommen, um sie besser zu verstehen, die Beweggründe ihres Handelns zu ergründen. Maria und Lucia waren erkennbar eigenständige Frauen, aber sie entstammten gleichzeitig einer einflussreichen Familie, die dem Geschäftserfolg von Gran Monte Treue geschworen hatte.

Manuel fuhr über die Autobahn zur Küste, wo er auf die N332 einbog. Es herrschte dichter Berufsverkehr, Alicante leerte sich. Das Schauspiel am Himmel über dem Meer erklärte, warum jeder versuchte, früher als sonst an den Strand oder zur Familie zu fahren. Das Kaleidoskop der blassen Farben ließ niemanden kalt. Manuel entschied, dass es besser sei, sich nicht anzukündigen, weil dies einer Entschuldigung geglichen hätte. Schließlich war er ja eingeladen worden. Er reihte sich in die lange Kette der Autos ein, die nach Süden rollten.

Als er Cabo Roig erreichte, begann die Dämmerung, Blau und Rot zu mischen. Er suchte eine Weile nach einem Parkplatz, denn die Plätze vor dem Haus waren besetzt. Die Tasche für die Nacht ließ er im Auto zurück. Er wollte die Freiheit besitzen, später zu entscheiden, ob er blieb. Er klingelte mehrfach vergeblich. Aus dem Garten hörte er Geräusche angeregter Gespräche, klingende Gläser und Musik. Nachdem er es noch einmal versucht hatte, schwang er sich über die Gartenmauer, lief am Haus entlang und stand bald darauf auf dem gut gepflegten Rasen. Die Palmen an beiden Seiten prahlten mit ihrer Höhe. Ihre kräftigen Wedel spielten mit dem Abendwind. Vorne an der Mauer zur Klippe stand die Familie vereint. Die Sätze überschlugen sich. Jeder wollte erzählen, jeder wollte fragen, jeder freute sich.

»Hola«, rief Manuel laut und vernehmlich. »Darf ich mich vorstellen und zugleich für die Einladung bedanken. Ich bin Manuel aus Alcoy, befreundeter Geschäftskollege von Maria.« Die so Angesprochene drehte sich erschrocken um, als wüsste sie nicht, wie sie mit dieser Überraschung umgehen sollte.

Bella ergriff die Initiative. »Herzlich willkommen. Schön, dass du es trotz aller Arbeit doch noch geschafft hast. Du brauchst auch keine Angst haben, zu verhungern. Wir haben ausreichend vorgesorgt.« Damit begann sie, ihm die anderen Familienmitglieder vorzustellen, die Manuel noch nicht kannten. Sie lobte seine Hilfe für Maria und behandelte ihn fast so, als wäre er schon ein Teil der Familie.

Als er die Runde hinter sich gebracht hatte, kam Maria auf ihn zu. Kühl und verletzt gab sie ihm einen zaghaften Kuss auf die Wange. »Schön, dass du da bist. Warum hast du nicht vorher Bescheid gegeben? Ich habe Bella erzählt, du würdest nicht kommen.«

»Ich war nicht sicher, ob ich es rechtzeitig schaffe. Sorry. Jetzt bin ich ja hier.« Er erwiderte ihren Kuss, legte schützend seinen Arm um sie. Die Gespräche nahmen wieder Fahrt auf. Der einsetzende Sonnenuntergang beflügelte die Laune.

Als sich Manuel zum Haus umdrehte, sah er plötzlich Yuna, die allein auf die Terrasse trat und dort verharrte. Hatte sie ihn schon länger beobachtet? Warum stand sie nicht bei der Familie? Er konnte ihren Gesichtsausdruck in der einsetzenden Dunkelheit nicht lesen, meinte aber, kein Lächeln zu erkennen. Sie schien eher versteinert. Er löste sich von Maria, indem er vorgab, sich noch ein Glas Cava nachschenken zu wollen, und wartete ab, bis Yuna ein paar Schritte auf ihn zu machte.

»Guten Abend Manuel. Eine Überraschung!« Scheu gab sie ihm die Hand, ließ sich dann auf eine kurze Umarmung ein. Manuels Blick wanderte von Kopf bis Fuß. Was er sah, ließ ihm den Atem stocken. So zart und verletzlich schön hatte er Yuna noch nie gesehen.

»Schön, dass dir die Ohrringe gefallen«, mischte sich jetzt Maria ein. »Die passen super zu deinem Kleid. Ich hab dich gar nicht kommen sehen.«

»Ich bin spät weggekommen aus dem EUIPO. Übrigens sieht auch dein Kleid wunderhübsch aus. Kompliment!« Yuna berührte den feinen seidenen Stoff, der Maria umhüllte.

Manuel fühlte sich für einen Moment als Beobachter eines Schönheitswettbewerbs zwischen zwei Frauen, die er beide begehrte. Ihre Blicke, ihre Mienen und Gesten galten eigentlich ihm, dachte er. Ihm war klar, Yuna wusste, dass Maria mit ihm geschlafen hatte – auch wenn sie nie darüber gesprochen hatten. Ahnte Maria, dass er mehr für Yuna empfand als pure Zuneigung? Sein Gesicht lief rot an, und er war froh, dass es in der aufkommenden Dunkelheit unbemerkt blieb. Er beschloss, ernste Gespräche zu vermeiden, den direkten Kontakt mehr auf die anderen Familienmitglieder zu lenken und seine Lockerheit und Coolness in den Vordergrund zu schieben.

Lucia nutzte die Gelegenheit, als alle sich dem Anblick des Sonnenuntergangs widmeten. Sie zog Frank beiseite an die äußerste Ecke des Ausblicks. »Das Licht verliert sich im Meer, schau!«

»Ja. Du denkst also auch immer an unseren Familienspruch, Lucia«, antwortete Frank ernst. »Familie ist wichtig. Ohne Familienzusammenhalt bricht alles auseinander, so fest es auch gefügt sein mag. Ich werde nicht zulassen, das Gran Monte in Gefahr gerät. Nicht zuletzt bin ich das Jorge schuldig. Übrigens habe ich mit Christian letzte Woche gesprochen und ihm erklärt, dass ich noch eine Rechnung aus alten Zeiten offen habe, die ich klären muss. Natürlich fragte er nach dem Hintergrund. Doch ich habe ihn gebeten, er möge Verständnis dafür aufbringen, dass ich das alleine klären möchte. Zähneknirschend stimmte er schließlich zu. Ich habe ihn gebeten, nicht mit Sandro darüber zu reden, weiß aber nicht, ob er sich daran halten wird.«

»Dorian weiß auch von nichts. Nur ist er sauer auf mich, weil ich ihm aus dem Weg gehe. Darf ich ehrlich sein?«

»Nur zu!«, ermunterte Frank.

»Er hat deswegen wieder engen Kontakt mit seiner alten Freundin, die hier plötzlich auftauchte.«

»Umso dringender müssen wir die Angelegenheit aus der Welt schaffen.«

»Was ist dein Plan?«

»Das Geld habe ich in bar dabei. Morgen treffe ich Ruíz. Mal sehen, was er vorbringt. Freitag werde ich die Scheine übergeben. Es wäre gut, wenn du dabei sein könntest. Wenn nicht, dann übernehme ich das allein.«

»Du solltest das keinesfalls allein machen«, erwiderte Lucia besorgt. »Dir könnte etwas zustoßen.«

»Hunde beißen keine Hände, die sie füttern. Vertrau mir. Nur hätten wir dann keinen Zeugen für die Geldübergabe. Aber eins nach dem anderen.« Frank sah, wie Christian sich näherte. »Du hast wohl Bedenken, dass ich mit deiner attraktiven Schwiegertochter flirte?«

»Du Geheimniskrämer. Ihr führt doch was im Schilde«, lachte Christian. Doch Lucia spürte das Misstrauen, das sich hinter Wort und Mienenspiel versteckte. Bevor sie antworten konnte, rief Bella zum großen Essen. Die Erleichterung war mit Händen zu greifen.

»Reichlich« konnte nicht gebührend beschreiben, was nun auf den Tisch kam. Natürlich starteten eine selbst bereitete Gazpacho und unzählige Tapas den Abend. Jede Zutat, jedes Gewürz, jede Knoblauchzehe schien wohl bedacht. Die Teller waren vorgewärmt, die Cava-Gläser gekühlt. Inge und Frank sollte es an nichts fehlen. Den Lenguado hatte Candela in Salzbutter ausgebraten. Er duftete nach frischen Kräutern und jungem Knoblauch. Dazu Ofenkartoffeln mit Rosmarin aus dem Garten. Bella blieb ihrem Motto treu, dass gutes Essen alternativlos war, um eine zufriedene, friedliche Familie zu erhalten. Sandro blieb die Aufgabe, für ausreichend gute Getränke zu sorgen. Maria hatte Früchte mitgebracht, die nun als Säfte auf dem Tisch standen. Weil der Riesling, den Frank mitgebracht hatte, noch nicht kalt genug war, schenkte Sandro einen neu entdeckten Landwein aus der Marina Alta aus.

Inge und Frank wurden aufgefordert, über die Gründung von Gran Monte zu berichten. Und das taten die beiden. Spanien hatte nach Francos Tod eine quälend lange Phase des politischen Umbruchs durchlebt. Wirtschaftlich hatte das Land schon seit den Sechzigerjahren vom wachsenden Tourismus profitiert. Die Verwaltungsprozesse hielten damit aber nicht Schritt. Frank erzählte, dass die Baugenehmigungen kompliziert blieben; auch lange nach der Ära Francos hätte die Tatsache, dass das Unternehmen Gran Monte ein spanisch-deutsches Projekt war, Probleme bereitet. Nur der Beharrlichkeit und den langjährigen, gewachsenen Beziehungen der Familie Cassal sei es zu verdanken gewesen, dass Gran Monte dynamisch wachsen konnte. Frank erhob sein Glas, um dem verstorbenen Jorge zu danken. »Lasst uns auf Jorge trinken. Wir verstanden uns blind, vertrauten uns ohne Ausnahme. Salud!« Alle stimmten ein.

Es wurde spät, bis die Mägen bereit waren, sich an die Rindersteaks zu wagen, die Dorian und Christian vom Grill zum Tisch trugen. Sandro hatte einen schweren Rioja entkorkt und pries den Murrieta Castillo Ygay als Geschenk Gottes. Der Alkohol verhalf jedem noch so belanglosen Satz zu einer beachtlichen Bedeutungsschwere.

Nach dem Essen löste sich die Familie in Gruppen auf. Inge blieb mit Bella und Sybille am großen Tisch sitzen. Lucia stand mit Yuna am Ausguck beisammen. Frank gesellte sich zu Christian und Sandro, die mit Zigarre und Brandy bestückt auf den Liegen Platz genommen hatten. Maria fragte Manuel, ob er sie an den Strand begleiten wolle. Er willigte ein, nicht ohne vorher noch einen Blick auf Yuna zu werfen. Yuna aber wandte den Kopf ab, als sie Manuel in Marias Begleitung sah.

Durch ein Tor in der Mauer verfügte die Villa über einen direkten Zugang zum Strand. Der Weg zum Meer war um die späte Zeit aber nur noch spärlich beleuchtet, sodass Maria sich an Manuel festhielt, um sicher nach unten zu gelangen. Die Sonnenschirme aus Bast standen wie tote Sonnenblumen im Sand. Einige zurückgelassene oder vergessene Badeutensilien lagen verstreut herum.

Vorne am Wasser setzten sich beide. »Immerzu am Meer leben könnte ich nicht mehr. Nie herrscht wirkliche Stille wie bei uns in den Bergen.« Maria legte sich auf den Rücken, um die Sterne zu bestaunen. Doch diese verbargen sich hinter einer leichten Wolkendecke. Sie sah nur den Widerschein der Siedlungen am Mar Menor und die der großen Stadt Torrevieja, in der die Nacht noch jung war.

»Als Kind habe ich das Meer geliebt«, erwiderte Manuel. »Jede freie Stunde verbrachten mein Bruder und ich am Strand. Wir wussten noch nicht viel mit den Mädchen anzufangen, weil wir zu jung waren. Aber ich erinnere mich noch genau. Jedes Mal, wenn wir eine Schönheit ausgemacht hatten und sie anstarrten, bekamen wir ein unbeschreiblich intensives Gefühl der Sehnsucht. Erst später begriffen wir, dass wir die Mädchen begehrten.«

»Wie steht es jetzt mit dir, wenn du mich anschaust?«

Manuel blieb zunächst stumm, lächelte nur. Dann beugte er sich über Maria, um ihr einen Kuss zu geben. »Lass uns zum Schwimmen gehen!«, forderte er sie auf. Eilig zog er sich aus und lief in die Wellen hinaus, ohne sich umzusehen. Maria tat es ihm gleich. Sie sprang kopfüber in eine heranrollende Welle. Sie schwammen beide, vergaßen die Zeit, das Wasser fühlte sich warm an wie ein natürliches Kleidungsstück. Sie vernahmen das Rauschen der Wellen, die auf den Sand schlugen, hörten die Stimmen einer Gruppe Jugendlicher, die an der Klippe um ein kleines Feuer hockten. Manuel fühlte sich zurückversetzt in die Zeit seiner Kindheit. Welch unbeschwerte Zeit, in der nur der Moment zählte.

Maria schwamm zum Strand und stellte sich mit gespreizten Beinen nackt auf den feuchten Sand. Dann strich sie mit ihren Händen das Wasser von ihrem Körper und aus ihren Haaren. Wie eine Halbgöttin, dachte Manuel. Im Hintergrund sah er die Dünengräser wiegen. Die Stimmen der Jugendlichen verstummten. Jungen lagen in den Armen von Mädchen. Manuel blieb stehen, betrachtete die Szenerie, die ihm galt. Wie er Maria verstand, wollte sie ihn jetzt, sie wollte seinen Körper ganz und gar. Unschlüssig schaute er in die Dunkelheit hinauf zur Villa, die dort thronte. Da sah er schemenhaft eine zierliche Person, die vom Garten der Villa auf den Strand blickte. Niemanden sonst konnte er erkennen. Yuna!

»Lass uns wieder hinaufgehen, Maria. Die anderen warten sicher auf uns.«

»Die schlafen längst. Komm her zu mir. Die Nacht gehört uns!«

»Sei vernünftig. Jeder kann uns sehen.«

»Umarme mich, Manuel. Jetzt!«

»Du bist verrückt. Jeder kennt dich hier. Denk an deine Familie.«

»Lass meine Familie aus dem Spiel!«

Manuel zog sich seine Hose über den nassen Körper. Die restlichen Kleider griff er mit einer Hand. »Besser, du ziehst dich auch an!«

Maria sprach kein Wort, nachdem sie das Kleid übergestreift hatte. Trotzig stieg sie die dunklen Treppen hinauf zur Villa. Die Eisentür öffnete sich quietschend, und schon standen die beiden alleine im Garten. Ein lauer Windhauch bewegte die Äste der Büsche. Die Palmwedel erzeugten ihr typisches papierenes Geräusch.

»Ich habe meine Tasche noch im Auto«, flüsterte Manuel.
»Dann beeil dich. Ich gehe schon auf mein Zimmer. Du kennst es ja.«

Manuel schlich sich aus dem Haus. Die Tür ließ er geöffnet. Barfuß, nur mit seiner Hose bekleidet, huschte er hinaus, lief die Straße entlang. Für einen Moment hielt er inne. Er durfte jetzt keinen Fehler machen. Gab es noch ein anderes Zimmer, in dem er schlafen konnte? Vermutlich nein – und wenn ja, dann wusste er nicht, welches. Er schloss die Haustür leise, vermied es, das Licht anzuschalten, stieg lautlos die Treppe hinauf.

Auf dem Treppenabsatz bemerkte er, dass eine Tür einen Spalt weit offen stand. Das musste Marias Zimmer sein. Er trat ein. Der Mond beleuchtete den Raum. Stille. Er schloss die Tür, ohne das Licht anzuschalten.

Er spürte, wie sich zwei Hände um seinen bloßen Oberkörper schlangen. Manuel wagte nicht, sich umzudrehen. Die Hände schoben sich nach unten, strichen über seine nasse Hose. Seine Adern schwollen an. Die Hände wurden fordernder, griffen zu. Manuel rührte sich nicht. Verlangen! Die Hände lösten die Gürtelschnalle, öffneten den letzten Knopf. Pochen! Hitze stieg in ihm auf.

»Maria!«, flüsterte er und drehte sich um. Nein. Das war nicht Maria! Er erschrak: Yuna stand nackt vor ihm. Sie musste ihn gesehen haben, als er mit Maria am Strand gewesen war, dann zur Villa zurückkam, seine Tasche holte. Jetzt stand er ihr gegenüber und wusste nicht, wie er reagieren sollte.

»Geh zu deiner Maria!«, sprach sie. Die Worte klangen nicht bösartig, nicht verletzt – sie klangen mild, gar ver-

ständnisvoll. »Sie gehört dir, wenn du willst. Das weißt du.«
Damit schob sie ihn sanft von sich weg zur Tür hinaus, die sich hinter ihm schloss. Die Tasche stand noch vor der Tür.

Manuel zog den Gürtel wieder fest, ordnete seine vom Salzwasser zerzausten Haare. Er wandte sich nach links zur Tür daneben. Im Zimmer war es dunkel, und Manuel wagte es nicht, das Licht im Schlafzimmer einzuschalten. Er tastete sich vor zum Bad, verriegelte die Tür, machte Licht. Im Spiegel blickte ihn ein verunsicherter Mann mit versteinerter Miene an, wie er ihn noch nie gesehen hatte. Er erkannte sich nicht wieder. Erst unter der Dusche erwachten seine Lebensgeister langsam wieder. Kaltes Wasser floss über seinen Körper, ohne dass es ihm etwas ausmachte.

Er rubbelte sein Haar trocken, fuhr mit dem Kamm hindurch, streifte den Schlafanzug über, als brächte er ihm Schutz. Er öffnete die Badezimmertür einen Spalt weit, sah das Bett, sah die schlafende Maria. Leise schlich er ins Zimmer. Erschöpft legte er sich auf die freie Bettseite.

Doch Maria hatte nicht geschlafen. Sie hatte gewartet. Und jetzt forderte sie Manuel auf, sich an sie zu schmiegen. Er zögerte, sie aber verlangte mehr. Und ihre Nähe, ihr Duft ließen Manuel keine körperliche Ausrede.

»Schlaf mit mir, jetzt. Ich will es, jetzt!«

Sie setzte sich auf ihn.

»Sei still, du weckst die anderen auf. Wenn du nicht still bist, gehe ich«, flüsterte Manuel, der an Yuna dachte, die im Nebenzimmer wahrscheinlich jedes Geräusch verfolgte. Maria aber scherte sich nicht darum, sie weigerte sich, leise zu sein.

»So nicht, Maria!« Manuel drückte Maria zur Seite und entzog sich ihr. Er schaltete das Licht an, blickte umher. Als er die Couch auf dem Balkon entdeckte, wusste er, was zu tun ist. »Ich bin nicht dein Spielzeug Maria!«, flüsterte er.

Auf dem Balkon fand er eine leichte Decke. Er legte sich auf den Rücken – über ihm der dunkle Himmel. Die Palmen hatten aufgehört, ihre scharrenden Geräusche zu verbreiten. Irgendwann schlief er ein.

Als Manuel aufwachte, dämmerte es unmerklich. Unten auf der Terrasse hörte er zwei Stimmen, eine Frau und einen Mann. Doch er verstand nicht, was sie sprachen. Er vernahm das Klacken von Kaffeetassen auf dem Glastisch. Dann brach das Gespräch ab.

## Kapitel 18 – Ruíz

Frank entschied sich, sehr früh aufzustehen. Dunkelheit lag noch über der Villa. Schon am Abend hatte er sich seine Kleider zurechtgelegt, damit Inge nicht aufwachte, wenn er sich bereit machte. Selbst das Rasieren unterließ er. Bald darauf stand er in der Küche, füllte den kleinen Mokkakocher mit Kaffeepulver und setzte ihn auf die Herdplatte. Als er Milch und eine Packung Kekse gefunden hatte, lächelte er zufrieden. Er goss sich eine Tasse ein und ging damit hinaus in den Garten. Am Ausblick setzte er sich auf die Mauer. Neben ihm sah er die Reste des Abends, die noch darauf warteten, abgetragen zu werden. Im Eiskühler schwamm eine einsame Flasche Weißwein, die ihr Etikett verloren hatte. Drei Zigarrenstummel lagen in einem großen Aschenbecher wie große braune Käfer.

Unter ihm ein leises Meer, das nur sanfte Geräusche hervorbrachte. Er schätzte diese Minuten der Stille, in denen das Nachdenken einfacher fiel als später, wenn die Promenade erwachte mit ihren Menschen, dem Lärmen und Treiben. Eine Weile saß Frank da und wartete auf die ersten Zeichen der Dämmerung. Er wusste, dass es ein schmaler weißlicher Saum sein würde, der sich auf dem Meer abzeichnete.

Frank glaubte fest daran, dass er sich auf Lucia verlassen konnte. Still, ohne Anzeichen stand sie plötzlich neben ihm.

»Du willst bald fahren, Frank?«, lächelte sie ihn an.

»Ja, noch bevor die anderen zum Frühstück auftauchen und dumme Fragen stellen.«

»Und Dorian? Der schläft noch.«

»Dem habe ich gesagt, dass ich das alleine klären kann und werde. Wenn er trotzdem nach mir fragen sollte, sag ihm, ich hätte ohnehin nicht schlafen können und sei deshalb zeitig losgefahren.«

Frank klopfte Lucia auf die Schulter, griff sich seine kleine Aktentasche und verließ eilig das Haus. Er kannte den Weg blind, obwohl er die Gemeindeverwaltung schon seit Jahren nicht mehr aufgesucht hatte. Wo früher Kreuzungen gewesen waren, lenkten nun Kreisverkehre das Geschehen; einige Umgehungsstraßen erleichterten den Dorfbewohnern mittlerweile das Leben. Abgeerntete Gemüsefelder säumten den Weg. Diese ländliche Gegend hatte nichts Idyllisches, sie roch nach Arbeit, nach Entbehrung. Sie prägte die Menschen.

Frank hatte noch viel Zeit. Deshalb erlaubte er sich einen Umweg zum Embalse de Pedrera. An diesem Stausee hatte er früher oft mit Jorge gesessen, wenn sie gemeinsam langfristige Pläne schmiedeten. Der Gegensatz zwischen der kargen Landschaft und dem sich in seiner Farbe immer wieder ändernden Wasser sorgten für Inspiration. Gran Monte ähnele in gewisser Weise diesem See, meinte Jorge gerne, wie eine Quelle des Lebens in der trockenen Umgebung. Frank hatte das immer etwas pragmatischer gesehen. Er beobachtete die wachsenden Tourismusströme aus dem Norden, die es an die Costa Blanca zog. Und er war überzeugt, dass man den Träumen dieser arbeitsblassen Menschen ein neues Zuhause verkaufen könne, wenn man es nur geschickt anstellte.

Die ersten Häuser waren damals zügig erstellt. Auch der Verkauf erwies sich als unproblematisch. Die Menschen verbrachten immer mehr Zeit im Urlaub. Zunächst interessierten sich Anwälte, Ärzte, Manager, später die Erbengeneration, die das Geld der Eltern investierte. Bald wurde der Platz zum Bauen knapp. Eine Lösung musste her. Als Jorge dann von einem benachbarten Bauern hörte, der in Geldnöte geraten war, schien dies eine Fügung Gottes. Sie griffen zu. Der Rest ist Geschichte, dachte Frank laut.

Die ersten Sonnenstrahlen kündigten sich hinter der Kuppe an, die den Stausee begrenzte. Kurz danach schienen sie aufs Wasser – grünblau wurde zu stahlblau. Dann kam die Wärme mit unmittelbarer Wucht. Ein weiterer heißer Sonnentag hatte begonnen. Frank ging zum Auto zurück, denn er wollte zeitig in der Gemeindeverwaltung ankommen.

Menschen eilten in die Büros, Kinder stiegen aus dem Bus aus, um bald ihren Schultag zu beginnen, Handwerker beluden ihre Kastenwagen mit Material und Werkzeug, Cafés schenkten Cortado aus. Vor dem Verwaltungsgebäude gab es Besucherparkplätze, doch Frank parkte unauffällig in einer Nebenstraße. Mit seiner Jedermann-Bekleidung fiel er niemandem auf. Er betrat das Gebäude, das trotz der späteren Öffnungszeiten nicht verschlossen war, denn auch die Mitarbeiter mussten die Vordertür passieren. Eine Messingtafel im Foyer wies ihm den Weg: Verwaltung 3. Stock. Frank nahm die Treppe. Dann lief er den Gang entlang, bis er das Zimmer des Leiters fand. Früher, so erinnerte er sich, hatte Antonio Ruíz im Erdgeschoss gesessen, jetzt war er auf der Karriereleiter des Gebäudes oben in einem Eckzimmer mit Blick auf die Gemeinde angekommen. Frank klopfte und trat ein, ohne auf eine Antwort zu warten.

»Herr Michel! Welch eine Überraschung. Fast hätte ich sie nicht erkannt mit ihren grauen Haaren«, lachte Herr Ruíz. »Kommt ihr Enkel nicht? Eigentlich habe ich ihn erwartet.«

»Auch sie sind unzweifelhaft gealtert«, gab Frank lächelnd zurück. Er drückte seinem Gegenüber fest die Hand. »Ich denke, dass wir etwas zu besprechen haben, was wir zwei am besten unter uns klären können. Dorian gegenüber machten Sie eine Andeutung, die mit dem Jubiläum von Gran Monte zusammenhängt.«

»Richtig. Jemand rief an und behauptete, bei der Genehmigung für die Erweiterung von Gran Monte seien Gelder geflossen. Er weiß also etwas.«

»Das ist doch alles ewig her, das wissen wir beide. Jorge ist tot, die Angelegenheit ist längst verjährt. Wer könnte ein Interesse daran haben, alte Geschichten aufzuwärmen?«

»Jemand, der etwas gegen die Feier hat, vielleicht. Oder gegen Einige in unserer Gemeinde. Der damalige Bürgermeister übrigens verstarb im letzten Jahr.«

»Hat der Anrufer gesagt, was er von Ihnen will? Was haben sie vereinbart?«

»Er erwähnte nur, dass er Originalunterlagen besäße, auf denen die Beteiligten persönlich unterschrieben hätten. Mehr erwähnte er nicht. Auch hat er nicht ausgeführt, was er von mir will. Ich kann nur vermuten, dass er mir ein Zeichen senden wollte, welches ich weitergeben soll. Er wollte sich gleich Montag nächster Woche wieder melden. Deshalb rief ich Ihren Enkel an.«

»Ich kümmere mich um die Geschichte. Noch weiß ich nicht, wie. Aber vermutlich verlangt er Geld, damit er Ruhe gibt. Wenn dem so sein sollte, wird er sich sicher in den nächsten Tagen melden. Sollte er Sie anrufen, geben Sie mir bitte gleich Bescheid. Wir bleiben in Kontakt.«

»Unbedingt. Kann ich ihre Handynummer bekommen?«

»Klar! Übrigens, eines noch: Anlässlich des Jubiläums wird Gran Monte dem Bürgermeister einen Scheck für den Kindergarten überreichen. Mein Enkel wird sich um die Details kümmern.« Frank drückte Herrn Ruíz zum Abschied die Hand.

»Wir verstehen uns immer noch, Herr Michel. Ich verlasse mich auf sie.«

Bereits kurz vor zehn Uhr öffnete Frank die Haustür zur Villa.

»Da bist du ja«, sagte Inge aufgeregt. »Wo in Gottes Namen warst du?«

»Ich hatte noch etwas zu erledigen. Habt ihr schon einen Plan für den heutigen Tag geschmiedet?«

»Ja, das haben wir. Aber wir wussten nicht, wo du bist.«

Lucia kam aus dem Wohnzimmer. »Du hast sicher deinen alten Freund vom Chiringuito getroffen. Aber auch hier hättest du einen guten Kaffee bekommen.«

»Auch alte Männer dürfen sich kleine Freiheiten nehmen, meine Lieben. Also: Wohin geht es?«

»Nach Altea. Ein Ausflug in die alten Zeiten!«

Bella hatte die Tour bestens vorbereitet. Getränke und Obst als Proviant, Badesachen für alle. Es konnte losgehen. Dorian wurde dienstverpflichtet, obwohl er sich eigentlich mit der Jubiläumsvorbereitung hätte beschäftigen müssen. Aber Familie ging vor – Arbeit konnte auch nachts erledigt werden.

Maria befand sich schon auf der Rückfahrt. Sie hatte vergeblich gehofft, mit Manuel frühstücken zu können. Der aber hatte noch in der Nacht die Villa verlassen: Nur einen kleinen Zettel hinterließ er: »Vielen herzlichen Dank für den netten Abend, liebe Familien Cassal und Michel.« Ein kleiner gezeichneter Blumenstrauß war daneben zu sehen.

Auch Yuna hatte sich noch in der Nacht leise auf den Weg gemacht. Die Geräusche aus dem Nebenzimmer hatten sie nicht schlafen lassen.

Als würde Gott über die Familien wachen, wartete der Tag mit herrlichem Wetter auf. Die drückende Schwüle war vorüber, der Wind hatte seine Richtung geändert. Eine für den Sommer unübliche nördliche Brise vertrieb außerdem den rötlichen Saharastaub.

Wie oft hatte die Familie schon einen Ausflug nach Altea gemacht, dort Freunde in Altea Hills getroffen, denen die internationale, vor allem russische Nachbarschaft gefiel? Oder man traf sich im Hafen und bestaunte die Boote. Heute galt es, die schönen Erinnerungen aus der Vergangenheit heraufzubeschwören. Bella und Sandro hatten das verabredet, aber auch Sybille und Christian freuten sich schon auf das Postkartenidyll. Hinter Alicante verließen sie die Autobahn und fuhren die kleine Landstraße am Meer entlang. In Villajoyosa stoppten sie zu einem Spaziergang auf der Promenade, von der aus sie die berühmten bunten Häuserfassaden bewundern konnten. Sie scherzten über die Touristen, die von weit her in diesen Ort kamen, um Fotos zu machen, und doch waren auch sie heute Teil dieses Phänomens.

»Gran Monte und wir leben ja von diesen Touristen und

ihrer Sehnsucht nach Harmonie, Sonne, Strand und Meer.« Bella schüttelte ihren Kopf. »Werdet bloß nicht arrogant. Ich kann mich noch genau erinnern, als ich das erste Mal mit Christian und dir, Sybille, Spanien besuchte. Wir haben diese Küste als Paradies empfunden.«

»Da gebe ich dir Recht«, erwiderte Sybille. »Sonst hätten wir ja auch als Familien nicht zusammengefunden. Wir waren damals von der Romantik dieser Küste fasziniert, weshalb du ja auch hier geblieben bist. Alle Wurzeln in Deutschland hast du gekappt, um eine echte Spanierin zu werden.«

Sandro nahm seine Frau in den Arm. »Eine wilde Zeit war das, weißt du noch? Am liebsten würde ich die Uhr noch einmal zurückdrehen.«

Inge fragte ein Touristenpärchen, ob sie Fotos von der Familie machen könnten. Die Männer allein, die Frauen als Gruppe, dann die ganze Familie. Diese Momente verdienten es, festgehalten zu werden, meinte sie.

Danach fuhren sie gemeinsam weiter nach Altea, Sandro drängte. Es ging den mühseligen Treppenweg zur Kirche hinauf, den jeder Besucher gerne auf sich nahm. Vorbei an den weiß gestrichenen Häusern, den bunten Blumentöpfen, den farbigen Türstöcken. Auf halber Höhe kamen sie an einem äußerlich unscheinbaren Lokal vorbei, das seinen Charme erst offenbarte, nachdem man es betrat. Wer durch den kleinen Gang das Haus durchquerte, dem öffnete sich der freie Blick auf das Meer. Sandro hatte am Tag zuvor einen Tisch mit dem besten Ausblick reserviert, um für Inge und Frank eine Überraschung zu bieten. Tinto de Verano und Tapas kamen ohne Bestellung. Bella schickte Familienfotos an Ben, Maria, Lisa und Yuna und erhielt bald darauf fröhliche Emojis zurück.

Die Gespräche kreisten wieder um die Gründungszeiten von Gran Monte, um die Schwierigkeiten, die Jorge und Frank zu überwinden hatten. Frank musste erzählen, und er erzählte gern. Er klagte über den viel zu frühen Tod Jorges, dem seines Erachtens das Hauptverdienst für den Erfolg Gran Montes zufiel.

Lucias Telefon meldete sich lautstark. Statt den Anruf wegzudrücken, stand sie auf. »Augenblick«, sagte sie kurz und ging in den ruhigeren Vorraum des Restaurants.

»Jetzt kann ich sprechen.« Sie schaute sich um, ob jemand sie belauschen konnte.

»Morgen um neun Uhr in El Pinet. Selbe Stelle. Bring Geld mit.«

»Das geht auf keinen Fall. Meine ganze Familie ist hier. Ich kann nicht weg.«

»Wir sehen uns um neun!« Damit brach der Kontakt ab.

Lucia gesellte sich wieder zu den anderen, die von dem Anruf wenig Notiz genommen hatten. Nur Dorian blickte sie irritiert an, ohne jedoch zu fragen. Sie entschied sich, nichts zu sagen - als wäre das Telefonat unwichtig gewesen. Bald darauf nahm sie den Gesprächsfaden auf, den ihr Frank zugespielt hatte.

Der Besuch der Kirche auf dem oben gelegenen Platz mit ihrer glänzenden blauen Kuppel krönte den Ausflug. Jeder wollte Fotos machen, obwohl jeder diese Kirche schon so oft abgelichtet hatte.

Lucia nutzte einen günstigen Augenblick, um Frank vom Gespräch mit Manuels Bruder zu berichten. Ihr war die Besorgnis anzusehen. Doch Frank reagierte routiniert, als würde ihn das Problem nicht wirklich beunruhigen.

»Überlass die Sache mir, Lucia. Ich kenne den Mann zwar nicht, aber ich habe auch keine Angst, ihm entgegenzutreten.«

»Er will mich sehen, nicht dich. Du kennst ihn außerdem gar nicht.«

»Dann werde ich ihn kennenlernen und er mich.«

»Du weißt nicht, wo ich mich mit ihm in El Pinet getroffen habe.«

»Das brauche ich auch nicht, denn ich werde ihn morgen anrufen, um ihn an den Platz zu bestellen, den ich für angemessen halte. Er wird kommen, denn er will ja etwas, was er nur von uns bekommen kann. Er wird keine Bombe platzen lassen, weil er dann leer ausgehen würde. Glaube mir, Lucia, mein Bauchgefühl täuscht mich nie.«

»Wir wollten ihn doch zu zweit treffen«, wandte Lucia ein, »damit wir einen Zeugen für die Geldübergabe haben. Wie sollen wir denn das anstellen?«

»Wir sollten unsere Unterhaltung jetzt abbrechen. Die anderen wundern sich schon, was wir zu besprechen haben. Morgen werden wir sehen, wie wir das organisieren.« Frank drehte sich zur Familie und sprach laut: »Ich habe Lucia erklärt, wie es vor vierzig Jahren hier aussah. Die zahlreichen kleinen Handwerksläden gibt es leider nicht mehr.«

Die Familie trat nun den Rückweg an; der schöne Ausflug in die Vergangenheit nahm sein Ende. Frank und Inge lobten vor allem die gelungene Überraschung mit dem Lokal in Altea. Sandro und Christian blieb viel Zeit, sich ausgiebig über ihre momentanen Aktivitäten auszutauschen. Sybille und Bella vereinbarten, sich jetzt häufiger und auch einmal spontan zu besuchen.

Dichter Verkehr begleitete sie durch Alicante und auf der Küstenstraße. Doch niemand trieb zur Eile, denn sie hatten sich ja nichts anderes vorgenommen. Als Dorian spontan vorschlug, sich einen Drink im kleinen Hafenrestaurant von Cabo Roig zu gönnen, stimmten die anderen zu. Dort sahen sie, wie die Boote von ihren Ausflügen langsam wieder zu ihren Anlegestellen fuhren, wie die Eigentümer mit ihren Begleitungen sich noch einen kleinen Trunk erlaubten oder wie der Hafenmeister fremde Bootsführer mit mahnender Stimme an seine Autorität erinnerte. Langsam färbte sich der Horizont schillernd blauorange. Eine leichte Brise setzte ein. Es war die Zeit, zu der jeder seinen Gedanken nachhing, die nicht in Worte zu fassen waren.

Dorian hatte vollkommen vergessen, Frank über dessen Gespräch mit Herrn Ruíz zu befragen. Er entschied, dies am Freitag nachzuholen. Ihn beschäftigte zur Zeit ohnehin mehr, was Lucia vor ihm verbarg. Und vor seinem inneren Auge erschien ihm Desiree mit ihrer typischen unverkrampften Art, ihrem herzlichen Lächeln. Er holte tief Luft, atmete dann aus, als könnte er damit den Ballast loswerden, der ihn drückte.

Als Maria am Abend von ihrer Arbeit auf der Plantage auf ihren Hof zurückkehrte, bemerkte sie, dass die Tür zum Haus offen stand. Da sie nie abschloss, dachte sie zunächst, sie hätte sie morgens nicht richtig zugezogen. Trotzdem ließ sie Vorsicht walten. »Hola, ist da jemand?«, rief sie ins Haus, erhielt aber keine Antwort. Sie trat ein, nichts rührte sich. In der Küche entdeckte sie einen Strauß Blumen in einer ihrer Vasen. Daneben eine Karte.

*Ich möchte mich für mein Verhalten gestern Nacht entschuldigen. Vielleicht können wir am Sonntag etwas gemeinsam unternehmen? Ich melde mich bei dir! Dein Manuel.*

Maria musste schlucken. Am liebsten hätte sie Manuel sogleich angerufen, um zuzusagen. Doch dann beschloss sie, bis morgen zu warten. Sie aß nur eine Kleinigkeit und ging früh schlafen, denn die Nacht zuvor hatte sie kaum ein Auge zubekommen. Im Traum erschien ihr ein großer Adler, der sie mit seinen dunklen mächtigen Schwingen schützend bedeckte.

## Kapitel 19 – Sprinkler

Der Freitag hielt einen riesigen Berg unerledigter Arbeit für alle bereit. Yuna bekam den Auftrag, eine Konferenz asiatischer Kontaktpartner zu organisieren, die für das Ende des Jahres terminiert wurde. Auf Dorian warteten zwei Agenturen, die dringend den Ablauf des Jubiläumsevents besprechen wollten, weshalb er ohne Frühstück ins Büro aufbrach. Lucia hatte die letzten Tage Besprechungen mit Architekten verschoben, die Baupläne für ein Apartmenthaus betrafen – jetzt mahnten sie ihre Anwesenheit an. Sandro musste sich mit dem Vorstand des Tourismusverbandes treffen, um die Veranstaltungen für nächstes Jahr durchzugehen. Inge und Frank wollten ein befreundetes Ehepaar in Torrevieja besuchen, dem sie schon seit zwei Jahren ein Treffen versprochen hatten. Sybille bestand darauf, zum alten Strandhaus zu fahren, in dem sie sich zum ersten Mal mit Christian geliebt hatte – mit einem Fotoapparat bewaffnet machten sich beide schon früh auf den Weg. Bella machte Pläne für einen weiteren Familienabend. Der Tag bekam Beine - er raste.

Am Nachmittag rief dann Frank bei Sandro an, um ihm mitzuteilen, dass er alle, die Lust hätten, um neun Uhr zur Paella ins Clubhaus nach Las Colinas einladen wolle. Christian hätte er nicht erreicht, weil es vermutlich am Strand kein Netz gäbe.

»Kannst du das übernehmen, Sandro, dass alle von der Einladung wissen?«

»Warum schreibst du nicht in die Familiengruppe? Ich habe extra eine App eingerichtet. Das weißt du doch.«

»Wenn du meinst, dass das so am besten funktioniert, dann kannst du das ja so erledigen, Sandro!«, antwortete Frank lakonisch. »Mit dem Restaurant habe ich schon telefoniert. Die müssen nur noch wissen, wie viele wir sein werden. Ich kann mich doch auf dich verlassen?« Damit brach das Gespräch ab. Sandro schüttelte den Kopf und musste lachen. Die ältere Generation konnte es einfach nicht lassen, Befehle zu erteilen. Werde ich mich ähnlich benehmen, wenn ich alt geworden bin?, fragte er sich.

Langsam trudelten am späten Nachmittag die Antworten ein. Jeder schien froh zu sein, dass Frank die Initiative übernommen hatte. Nur Maria lehnte das Angebot ab, weil ihr die Fahrt zu weit war. Ansonsten versprachen alle teilzunehmen.

Das hölzerne Strandhaus lag abgeschieden in der Sommersonne und wartete geduldig auf die seltenen Gäste. Sybille breitete eine Tischdecke auf dem großen Verandatisch aus. Sie stellte die rustikalen Gläser darauf, kurbelte die Markise herunter, um Schatten zu bekommen. Die angeschmolzenen Eiswürfel füllte sie in die Gläser und goss den Granatapfelsaft darüber. Ihr Blick streifte über das bewegte türkisfarbene Meer, das sich in der kleinen Bucht sehr sanft an dem Kiesstrand verlief. Die Kiesel rollten auf und ab. Sie klangen wie eine metallene Harke, die ein Geist über den Strand zog. Sybille schloss für einen Moment ihre Augen. Bilder aus vergangenen Tagen tauchten auf, Bilder von Freiheit, Verlangen, Eifersucht, Wut, Erlösung.

»Gerade muss ich an unseren ersten Ausflug ins Strandhaus denken.«

»Ich auch. Du hast damals gedacht, dass ich mich plötzlich mehr für Bella interessiert hätte als für dich.«

»Hast du ja auch.«

»Und du für Sandro.«

»Wir haben das doch abgehakt, Christian.«

»Aber hier steigt alles wieder auf.«

»Meinst du, wir sollten besser wieder gehen?«

»Nein«, sagte er sanft. »Ich habe eine andere Idee. Er näherte sich seiner Frau und zog ihr behutsam das Shirt aus. Sie knöpfte sein Hemd auf, das er fallen ließ. Bald darauf standen sich beide nackt gegenüber und umarmten sich.

»Sag jetzt nichts, Sybille. Du bist immer noch wunderschön.« Er streichelte ihr über den Kopf. Sie drückte sich an ihn, rieb sich an ihm und führte ihre Hände zu seiner Mitte, bis er erregt war. Er tat es ihr gleich, und sie liebkosten sich im Stehen. Minutenlang streichelten sie sich. Immer intensiver, immer ungestümer, wie schon lange nicht mehr.

»Sollen wir ins Haus gehen, Christian?«, stöhnte Sybille.

»Nein! Ich möchte dich hier lieben.«

Sie rückten noch näher zusammen und ließen sich treiben. Immer weiter, immer stärker, direkter, innig befreit bis zur Erlösung. Schließlich standen sie selig erschöpft beisammen. Der Schweiß rann ihnen am Körper hinab. Christian lächelte glücklich – Sybille drückte ihn.

Sekunden später rannten sie um die Wette ins Wasser, stürzten sich in die Fluten, tauchten wie Teenager durch die Wellen. Schwammen mit kräftigen Zügen hinaus und wieder zum Strand. Die Sonne brannte auf ihrer Haut. Die

Haare waren nass vom Salzwasser. Dann liefen sie zur Veranda zurück, um sich abzutrocknen. Wortlos lachend ließen sie sich auf die Sessel fallen.

Am späten Nachmittag bereitete sich die Familie für den Abend vor. Weil Frank eingeladen hatte, machten sich alle fein. Lucia brachte Inez noch zu Candela für die Nacht. Selbst Yuna brach frühzeitig vom EUIPO auf. Dorian verschob Termine auf die nächste Woche, obwohl diese eigentlich dringlich waren. Es herrschte eine Stimmung, als wäre Weihnachten in den Hochsommer verlegt worden.

Man verabredete sich im Familienhaus von Las Colinas. Dort warteten schon gekühlte Cava-Gläser auf die Gäste.

»Spreche ich mit Carlos?« Franks Stimme klang klar und deutlich. Der deutsche Akzent war unverkennbar.

»Mit wem spreche ich?«, gab der Angerufene zurück.

»Frank Michel. Ich bin im Bilde.«

»Was wollen Sie?«

»Das wissen Sie genau. Frau Cassal wird nicht zu dem geforderten Treffen kommen, sondern ich. Außerdem wird dieses nicht in El Pinet stattfinden, sondern in Las Colinas auf dem Golfplatz. Um einundzwanzig Uhr fünfzehn.«

»Es wird in El Pinet stattfinden, so wie ich es gesagt habe!«, antwortete der Angesprochene mit scharfer Stimme.

»Sie irren sich, Carlos. Sie wollen ja etwas von uns, nicht wir von Ihnen. Ich habe das Geld dabei und erwarte sie am neunten Loch des Platzes. Das liegt in der Nähe des Clubhauses. Sie werden es schon finden.«

»Wenn schon Lucia nicht kommen kann, dann fahren Sie nach El Pinet. Ich traue Ihnen nicht.«

»Das ist mir einerlei. Wenn ich Sie heute Abend nicht sehe, ist die Angelegenheit für mich erledigt.« Frank bemühte sich, abgeklärt zu sprechen und sich seine Anspannung nicht anmerken zu lassen. Er beendete den Anruf und trat auf den Balkon des Schlafzimmers. Unter sich hörte er, wie Bella und Inge mit Maria telefonierten, die sich dafür entschuldigte, dass sie heute nicht kommen würde. Er blickte aufs Meer, das in der gleißenden Sonne so unschuldig aussah. Weit draußen konnte er die Konturen der Fischfarmen erkennen, die Spanien mit frischer Ware versorgten. Näher zur Küste zogen Segel- und Motorboote vorbei. Frank war sich der Verantwortung bewusst, die auf ihm lastete. Aber er war bereit, sie zu tragen – so wie Jorge und er es in kritischen Situationen schon immer getan hatten. Er ging noch einmal die geplanten Schritte durch, überlegte Eventualitäten, sollte sich das Geschehen ungeplant entwickeln. Dann packte er die Geldbündel mit den 500-Euro-Scheinen, die er aus München mitgebracht hatte, in zwei Lederetuis. Im Spiegel schaute er, ob diese das Sommerjackett zu sehr aufplusterten. Aber das Resultat stellte ihn zufrieden. Dann schritt er die Treppe hinab.

»Wir sollten uns langsam auf den Weg machen«, rief er, noch bevor er unten angekommen war, und scheuchte so die anderen auf. »Und vergesst das Schminken nicht!«, setzte er mit einer Portion Ironie hinterher.

Während sich alle in Bewegung setzten, ging Frank noch einmal zum Ausblick. Dort angekommen, wählte er Lucias Nummer.

»Kannst du sprechen, Lucia?«, fragte er knapp.

»Ja!«

»Ich habe Carlos – oder wie er heißt – die Pistole auf die Brust gesetzt, als er darauf bestand, dass wir uns in El Pinet treffen sollen. Er protestierte; aber ich habe ihn für Viertel nach neun zum Grün von Loch neun beordert.«

»Wie hat er auf dich reagiert?«

»Erst schien er mir erstaunt, dann richtete er sich schnell darauf ein, dass es nicht du warst, die sich meldete. Das spricht dafür, dass es ihm nur ums Geld geht. Er wird kommen.«

»Und wenn nicht?«, schob Lucia hinterher.

»Dann werden wir nicht zahlen. So habe ich es ihm gesagt. Mal abwarten. Wenn er aus Benidorm kommt, wird er sicherlich schon unterwegs sein. Er muss sich beeilen, pünktlich zu kommen. Bis nachher.«

»Halt«, unterbrach Lucia. »Wie willst du es später anstellen? Du kannst doch nicht einfach aufstehen und diesen Carlos treffen, während wir essen.«

»Nein. Ich habe einen besseren Plan«.

Die Zeit schritt unaufhörlich voran. Da Pünktlichkeit im August ihren Stellenwert verlor, drohte der Zeitplan aus dem Tritt zu geraten. Deshalb änderte Frank die Vereinbarung, dass man sich zunächst im Haus in Las Colinas treffen wollte, und beorderte die Familie kurzerhand direkt ins Clubhaus.

Die Sonne warf schon lange Schatten über den Golfplatz. Die Ebenbilder der Kiefern am Rande wuchsen zu grauen Riesen heran, die immer mächtiger wurden. Die Tische auf der Terrasse füllten sich mit den Golfern, die ihre Runden beendet hatten und nunmehr ihre Erfolge und Missgeschicke diskutierten. Das kühle Bier dazu ließ die Lärmpegel ansteigen. Vor allem die Skandinavier genossen es, an zusammengestellten Tischen den Tag zu beschließen, und die Bedienung gab sich alle Mühe, den Nachschub an Getränken nicht abreißen zu lassen.

Frank und Inge betraten als Erste die Terrasse und stellten zu ihrer Zufriedenheit fest, dass das Personal die lange Tafel schon vorbereitet hatte. Kurz darauf trafen Sandro und Christian mit den Frauen ein.

»Du hast wieder einmal nichts dem Zufall überlassen, Frank«, meinte Christian anerkennend. »Ich habe hier noch nie Tischschmuck bemerkt.«

»Du musst nur danach fragen, dann sorgt der Club auch für ein entsprechendes Ambiente.« Frank lächelte verschmitzt. »Nehmt ruhig schon Platz. Man weiß ja nie, wann unsere Jugend geruht, hier einzutrudeln.«

Doch im gleichen Moment tauchten die jüngeren Familienmitglieder auch schon auf. Lucia konnte sich ein Grinsen nicht verkneifen. »Als hätten wir euch nicht gehört. Weil wir wissen, dass es eine spezielle Paella geben wird, sind wir ausnahmsweise heute pünktlich«, lachte sie. Sie hatte Yuna untergehakt, um gemeinsam auf die Veranda zu treten. Dorian folgte mit einem Korb, aus dem Rotweinflaschen herausragten.

Frank bestellte Wasser und Säfte als Tischgetränke, ohne im Einzelnen vorher gefragt zu haben. »Die erste Paella müsste bald serviert werden. Ich habe mittags mit der Küche telefoniert, um sicherzustellen, dass wir ausreichend Fleisch im Reis wiederfinden. Man weiß ja nie!«

Mittlerweile war die Sonne hinter den Hügeln untergegangen. Die Lichter des Clubhauses erhellten die Büsche und die aufwendig gestalteten Blumenrabatten. Der Caddymaster schloss die Tür zum Golfshop, bevor er freundlich grüßend den Weg nach Hause antrat. Wieder einmal ging ein langer Spieltag zu Ende, an dem Hunderte von Golfern ihre Bahnen mehr oder minder erfolgreich absolviert hatten. Jenseits des Platzes, der jetzt im Dunkeln lag, schimmerten die Lichter der Villen und Häuser, in deren Gärten die Bewohner saßen, um zu essen, zu trinken oder einfach den Tag ausklingen zu lassen. Es war mild, windstill, friedlich.

Die angekündigte erste Paella mit Meeresfrüchten wurde an den Tisch gebracht. Geschickt und gekonnt legte der Camerero eine Portion nach der anderen auf die Teller vor. Dorian bestellte sich ein Bier; Christian tat es ihm gleich. Die anderen wollten einen Tinto de Verano. Und so nahmen die Familiengespräche langsam Fahrt auf. Inge berichtete über Lisa und ihre zuletzt geäußerten Lebenspläne, Sybille bestritt deren Richtigkeit, und Dorian betonte, dass ihr Einsatz für sein Forst Venture schlicht keine geänderten Pläne erlauben würde. Sandro lenkte das Gespräch auf den nächsten winterlichen Besuch in München, zu dem man sich wieder in Tirol verabreden solle. Vielleicht möge man statt des gewohnten Kitzbühel auch wieder einmal ein höher liegendes Skigebiet testen, meinte er. Damit begann eine angesichts der immer noch hohen Temperaturen etwas seltsam erscheinende Diskussion um die Vor- und Nachteile verschiedener Skiorte, bei der jeder mit seinem Wissen glänzen wollte.

»Ihr entschuldigt mich eine Weile. Ich möchte in der Küche sicherstellen, dass die nächste Paella ganz besonders gut schmeckt.« Frank stand auf, um sogleich den Tisch zu verlassen. »Kommst du kurz mit, Lucia?«, ergänzte er knapp. Er legte seinen Arm um ihre Schultern und schob sie eilig vor sich her, während die anderen kaum Notiz davon nahmen – zu sehr vertieften sie sich in ihre Schneediskussionen.

»Lass uns in die Küche gehen. Ich bleibe nur kurz, bestelle reichlich Cava. Du diskutierst ausgiebig die Zutaten zur Kaninchenpaella. Mach Tamtam und bring Unruhe in die Mannschaft. Wenn ich später zum Tisch komme, fangt schon einmal an, Cava auszuschenken.«

So gingen beide an der Bedienungstheke vorbei, ohne die irritierten Blicke des Personals zu beachten, und betraten direkt die Küche.

»Habt ihr schon den Cava anständig kalt gestellt?«, platzte Frank ins Geschehen.

»Das müssen Sie draußen besprechen«, gab ein Hilfskoch zurück und stellte sich breitbeinig in den Weg.

»Mach ich gleich. Lucia, geh bitte noch einmal die Zutaten für die Paella mit der Küche durch.«

»Was soll denn das?«, raunzte jetzt der Hilfskoch Frank an und stellte sich noch breiter vor ihn hin. »Sie haben hier nichts zu suchen – raus!«

Der Küchenchef kam von hinten hervorgeeilt, um seinen Angestellten von Dummheiten abzuhalten. »Geht alles in Ordnung, das ist Herr Michel. Sein Küchenbesuch ist mit mir abgesprochen.«

Sichtbar angesäuert zog sich der Hilfskoch an den Herd zurück. Die anderen Mitarbeiter lösten sich aus ihrer Schockstarre, die der Überfall ausgelöst hatte.

»Dann mach ich mal den Cava klar.« Frank verließ die Küche, wo jetzt Lucia die Liste durchging, die ihr Frank zugesteckt hatte. Sie ließ sich dabei reichlich Zeit und versprach ein besonderes Trinkgeld für die ganze Mannschaft, sollte die große Kaninchenpaella exzellent ausfallen.

Frank hatte zuvor schon mit dem Restaurant telefoniert. Jetzt reichten wenige Worte, um die Bedienung in Bewegung zu setzen. Sie holte einen großen, mit Eis gefüllten Kübel und stellte Cava-Flaschen hinein, um sie später nach draußen zu tragen.

»Die große Magnumflasche bringen sie dann in einer Viertelstunde an den Tisch.« Mit diesen Worten verschwand Frank auf der anderen Seite des Restaurants. Er schaute auf die Uhr. Neun Uhr und fünfzehn Minuten. Er war spät dran. Er verließ das Gebäude und drückte sich am Rand des Lichtkegels entlang, der vom Clubgebäude ausging, in Richtung Golfplatz. Dann lief er den leichten Hang nach oben zum Grün des neunten Lochs. In der Dunkelheit konnte er kaum etwas erkennen. Langsam erst gewöhnten sich seine Augen an die Dunkelheit.

Auf der ebenen Rasenfläche angekommen, hielt er inne, um zu lauschen, konnte aber nichts hören. Nur die Geräusche der gutgelaunten Gäste auf der Clubterrasse drangen nach oben. Hatte er sich verkalkuliert? Lange durfte er nicht warten, um dies herauszufinden – er gab sich fünf Minuten.

Lucia trat auf die Veranda in Begleitung von zwei Bedienungen, die einen großen Eiskübel trugen. Arrangiert wie ein Blumenstrauß ragten drei Flaschen über den Rand empor. Die anderen Gäste schauten neugierig, wem diese Inszenierung wohl dienen mochte. Sie unterbrachen ihre Gespräche.

»Wir sollen uns schon einmal einen Schluck gönnen. Frank kommt auch gleich - wir sollen aber anfangen, hat er gesagt. Er musste noch für kleine Jungs.« Lucia deutete auf eine Flasche Cava Rosé. Die Begleitung verstand sofort, öffnete geschickt die Flasche und füllte die Gläser. »Salud, ihr Lieben!« Lucia erhob ihr Glas.

»Schön, dass wir wieder einmal einige Tage beisammen sind«, prostete Sandro zurück. »Nichts ist wichtiger als der Zusammenhalt der Familie. In guten und in schwierigen Tagen.«

»Du sagst es, Sandro«, antwortete Dorian mit leiser, nachdenklicher Stimme.

»Schade, dass Ben heute nicht dabei sein kann«, ergänzte Yuna.

Jeder trug mit Kommentaren zum Thema Familie dazu bei, dass ein Gefühl der Zusammengehörigkeit aufkam. Man unterstützte die Argumente des jeweils anderen nach Kräften.

Frank wollte sich gerade umdrehen, um zum Clubhaus zurückzugehen, da erkannte er einen Schatten, der aus den Büschen heraustrat und bald auf dem Grün stand. Der Kopf aber blieb im Dunkeln, sodass die Konturen des Gesichts schlecht zu erkennen waren.

»Frank?«

»Si! Carlos?«

»Si!«

»Ich habe das Geld mitgebracht. Zwei Bedingungen habe ich allerdings!«, sprach Frank mit klarer Stimme, als würde es sich bei der Unterhaltung um ein Fachgespräch handeln.

»Ich stelle hier die Bedingungen!«, kam es in beißendem Ton zurück. Doch das scherte Frank nicht, er sprach in aller Ruhe weiter.

»Bedingung eins: Ich möchte vorher den Beleg für die angeblichen unsauberen Abmachungen sehen. Bedingung zwei: Keine Störung der Jubiläumsfeier.«

Ohne zu zögern, zog der Mann ein großes Blatt Papier aus einer mitgebrachten Tasche. Er trat kurz vor, reichte es Frank und trat wieder in den Schatten zurück.

Frank prüfte das Dokument, das er trotz Dunkelheit sogleich wiedererkannte. Alle Personen, alle Unterschriften kamen ihm vertraut vor. Seine Ahnung hatte ihn also nicht getäuscht.

»Woher hast du das Papier?«

»Geht Sie nichts an! Ich habe es. Sie bekommen es, nachdem wir eine Gesamtvereinbarung erreicht haben.« Der Mann beobachtete Frank aufmerksam. »Sie werden wohl keine Quittung erwarten«, lachte er und nahm Frank das Dokument wieder aus der Hand.

Still überreichte Frank zwei mit Geld gefüllte Etuis. »Sie werden nicht nachzählen müssen.«

Schatten verflüchtigten sich in den Büschen. Stille trat ein.

Der Koch ließ es sich nicht nehmen, die größte Paellapfanne des Restaurants persönlich auf die Veranda zu tragen. Dabei half ihm Frank, der ihn mit einem triumphierenden Blick begleitete. »Eine solch köstliche Reispfanne habt ihr noch nie gesehen!«, prahlte er. »Habt ihr ein Glas Cava für mich?« Er schüttete sich selber einen Kelch randvoll ein, um allen damit zuzuprosten.

Nicht nur Kaninchenfleisch, sondern auch köstliches Rothuhn sowie viel Gemüse machten die Pfanne zu einem Augenschmaus, und angeregt vom Cava, stieg der Appetit. Frank setzte sich an das Tischende, das ihm als Ältestem zustand. Er beobachtete die Gespräche und griff nur selten ein. Mit einem dezent nach oben gestreckten Daumen gab er Lucia einen Hinweis, dass er mit dem Treffen zufrieden war.

Der Lautstärkepegel der Gespräche schwoll an, zumal der Club die Hintergrundmusik mittlerweile lauter stellte, um die Trinkfreude anzukurbeln. Strahler auf der Terrasse beleuchteten die Dattelpalmen, die neben dem Tisch standen, und erzeugten eine Atmosphäre wie an einem Feuer in einer Oase.

Es war kurz vor zehn Uhr, als auf einmal ein kurzer durchdringender Schrei zu hören war, der aus der unmittelbaren Umgebung zu kommen schien. Alle horchten kurz auf.

»Was war das denn?«, fragte Bella irritiert.

»Vermutlich ein Käuzchen«, meinte Sybille.

»Sicher nicht. Ich glaube, das war ein Mensch«, mischte sich Dorian ein.

»Ein Mensch?«, fragte Yuna besorgt.

»Ja, ein Mensch, der vom Sprinkler überrascht worden ist. Die sind nämlich gerade angegangen.« Er lachte laut und trank einen Schluck.

Der Abend setzte sich am Pool des Familienhauses in Las Colinas fort. Den kurzen Weg mit dem Auto wagten diejenigen noch, die fahren mussten, sie erklärten aber, später das Taxi nach Cabo Roig zu wählen. Dorian und Lucia stellten die Stühle in einem Kreis auf den Rasen.

Dorian schaute auf sein Handy. Desiree hatte ihm nachmittags eine Nachricht geschickt: »Habe um 7:30 Uhr Golf gebucht und für dich mit reserviert. Treffe dich um sieben am Clubhaus, wenn du Lust hast.«

»Ich versuche zu kommen. ☺« Er steckte das Handy wieder in die Tasche und schaute zu Lucia hinüber, die sich gerade mit Yuna an der hinteren Seite des Pools unterhielt.

»Heute ist eine Menge passiert, Yuna.«

»Das dachte ich mir schon. Wollte dich Carlos nicht in El Pinet treffen?«

»Ja, so verlangte er es. Aber Frank hat ihn angerufen und ihm die Pistole auf die Brust gesetzt. Entweder Treffen auf dem Golfplatz oder kein Treffen.« »Auf dem Golfplatz? Und wann soll das stattfinden?«, fragte Yuna erstaunt.

»Es hat schon stattgefunden. Vielleicht hast du bemerkt, dass Frank vorhin eine Weile weg war. Er hielt sich nur kurz in der Küche auf. Eigentlich lief er unmittelbar auf den Platz, um Carlos zu treffen. Dort übergab er ihm das verlangte Geld.«

»Hat er den Erpresser erkannt? War es Manuel oder Carlos?«

»So richtig hat er ihn nicht erkennen können, weil es stockdunkel war. Aber er meinte, es habe nicht Manuel sein können. Er hat auch einen Blick auf das Dokument werfen können, und er hat es wiedererkannt. Es war echt.«

»Jetzt müssen wir darauf vertrauen, dass dieser widerliche Typ stillhält, zumindest bis nach dem Jubiläum«, flüsterte Yuna, die beobachtete, wie sich Dorian näherte.

»Was habt ihr Schönen denn zu verbergen, dass ihr euch hier hinten bereden müsst? Kommt doch zu uns nach vorne.« Er nahm seine Frau in den Arm.

»Frauengeheimnisse, von denen du nichts verstehst, mein Lieber«, antwortete Yuna und grinste frech.

»Hast du eigentlich etwas dagegen, wenn ich morgen früh golfe, Luci?«

»Nur zu. Sei aber bitte um zehn Uhr zum Frühstück wieder zurück. Unsere Gäste werden nämlich doch hier übernachten, auch wenn's eng wird.«

»Geht klar. Ich habe die erste Abschlagszeit gebucht.«

Obwohl ihn dieser heiße Tag angestrengt hatte, fühlte sich Manuel keineswegs müde. Er war aufgekratzt und überlegte, ob er es wagen sollte, Maria noch so spät aufzusuchen. Vielleicht würde sie schon schlafen – schließlich war es bald Mitternacht. Oder sie wollte ihren Abend in Ruhe alleine genießen, nachdem er sie in Cabo Roig so ruppig behandelt hatte. »Einerlei«, dachte er und bog in die Straße ein, die zu Marias Hof führte. Sein Herz klopfte, weil er nicht wusste, wie sie ihn empfangen würde. Er wusste aber, dass er keine andere Wahl hatte.

Im Haus brannte noch Licht. Das Hoftor stand wie immer offen, sodass er direkt hineinfahren konnte. Er parkte am Rand der kleinen Scheune, von der eine funzelige Lampe ihr Licht in den Hof warf. Leise Musik drang aus dem halb geöffneten Fenster nach draußen. Hinter den Fensterscheiben zur Küche sah er Maria mit einem Messer hantieren. Sie schnitt etwas Schinken auf ein Brett. Auf einem Tablett stand ein Glas Saft und eine Karaffe Wasser. Manuel blieb stehen und schaute Maria zu. Sie hatte ihre Haare mit einem Band am Hinterkopf zusammengebunden. Ihr Gesicht strahlte Ruhe und Gelassenheit aus, auch wenn sie bestimmt einen harten Tag hinter sich gebracht hatte. Ihre graugrünen Augen blickten konzentriert auf den Schinken. Sie hatte nicht bemerkt, dass Manuel gekommen war.

Manuel klopfte, bevor er die Tür öffnete, die Maria wie gewöhnlich nie verschloss.

»Hola Maria, ich habe Trauben und eine Flasche Wein mitgebracht. Darf ich reinkommen.«

Maria schreckte auf. Sie lief zur Tür und gab ihm einen Kuss auf die Lippen. »Ich kann dir einfach nicht böse sein – nicht nur, weil du mir einen Blumenstrauß gebracht hast. Komm rein.«

Sie setzte ihre Arbeit fort, um danach Teller und Schälchen auf den Küchentisch zu stellen. Die Vase mit Manuels Strauß arrangierte sie dazu. Im Schein der Kupferlampe, die ihren Lichtkegel auf die Holzplatte warf, setzten sich beide auf die alten Stühle, auf denen schon Generationen von Bauern Platz genommen hatten. Die Wände der Küche waren unverputzt; die groben Steine hatte Maria nur geweißelt. Auf einem Bord über dem Tisch standen kleine holzgeschnitzte Figuren sowie ein Heiligenbild.

»Heute bleibst du aber hier!«, bemerkte sie mit leiser Stimme und legte ihre Hand auf seine Schulter.

»Ja. Wer kurz vor Mitternacht kommt, will nicht wieder wegfahren«, lächelte Manuel und blickte ihr dabei tief in die Augen.

Maria erzählte vom vergangenen Tag, berichtete von den Bauern, die sie besucht hatte und die ihr bindende Zusagen gemacht hatten. Sie klagte über die Behörden, die zahllose unverständliche Bestätigungen für ihren Betrieb verlangten. Sie sprach über Yuna, die ihr Unterlagen für eine Markenanmeldung zusammengestellt hatte. Sie mochte gar nicht aufhören zu erzählen. Manuel entschied, ein guter Zuhörer zu sein, sich nicht durch Kritik oder Ratschläge hervorzutun. Er bestätigte nur ab und an, dass er alles verstanden hätte, dass er Marias Einschätzung zustimme und sie unterstütze.

Irgendwann legte Maria ihren Kopf an seine Schulter. Dann versiegte ihr Wortschwall, und schließlich war sie eingeschlafen. Manuel wartete eine Weile ab. Dann schob er vorsichtig seine Hände und Unterarme unter ihren Körper, um sie behutsam ins Schlafzimmer zu tragen. Er zog ihr die Socken und die Hose aus, deckte sie zu. Dann verschwand er im Badezimmer, um sich den Staub vom Tag abzuwaschen. Nackt legte er sich dann zu Maria ins Bett.

Noch lange lag er wach, blickte an die Decke, auf der sich durch den Türspalt das schwache Licht vom Wohnzimmer abbildete. Er verspürte körperliche Lust und wusste sich doch zurückzuhalten. Maria sollte schlafen. Bald schlief auch er.

## Kapitel 20 – Morgensonne

Dorian hatte noch nachts seine Golfsachen bereitgelegt, damit er die Familie nicht weckte. Er packte alles Wichtige in sein Bag und zog die Haustür hinter sich zu. Bald darauf stand er auf dem Parkplatz des Clubhauses. Es war noch dunkel. Auf dem Platz hörte er die ersten Mähmaschinen, die die Fairways spielbereit machten, sobald die Sprinkler ausgeschaltet wurden. Die Mitarbeiter des Clubs öffneten die Tür zum Shop. Die Buggys standen für die Golfer schon bereit.

Dorian wartete auf Desiree. Doch die war schon vor längerer Zeit angekommen. Sie hatte in der Dunkelheit einen Korb Bälle auf der Driving Range geschlagen und kam jetzt gutgelaunt auf Dorian zu. »Na, bist du fit nach der Familienschlemmerei?« Sie gab ihm einen Kuss, ohne um Erlaubnis zu fragen.

»Ich weiß eigentlich auch nicht, warum ich mir das antue. So früh aufstehen, nur um einem kleinen Ball hinterherzulaufen.«

»Und das Ganze in Begleitung einer attraktiven Frau!«

»Lass uns losspielen, Desi. Die Leute hier kennen mich. Ich möchte nicht, dass sich Gerüchte verbreiten.«

»Warum eigentlich nicht?«, reizte Desiree ihn.

Dorian packte die Bags auf das Golfcart, um zum ersten Abschlag zu fahren. Die Dämmerung wich langsam einer sanften Helligkeit. Die aufgehende Sonne setzte den Kiefern einen leuchtenden Kranz auf. Niemand hielt die beiden auf, denn sie waren die ersten Spieler des Tages. Sie spielten zügig, schließlich waren sie nur zu zweit. Desiree neckte Dorian, der sich nicht wehren konnte. Sie brachte seine Haare mit ihren Händen durcheinander, setzte ihm sein Cap verkehrt herum auf, zwickte ihn in die Hüfte. Ihm gefiel das, auch wenn er es nicht zugeben wollte. Er fühlte sich befreit von der Last der Vorbereitungsarbeiten für das Jubiläum, befreit von all den anderen quälenden Gedanken.

Nach etwa einer Stunde hatten sie bereits das achte Loch zu Ende gespielt und fuhren jetzt an der Mauer vorbei, die die Villen vom Platz trennten. Sie kamen über die Kuppe zum Abschlag des neunten Lochs. Rechts vor ihnen blickte er auf die Michel-Villa. Dorians Schlag ging weit aufs Fairway, und auch Desiree patzte nicht. Zügig fuhren sie vom Abschlag zu ihren Bällen. Doch als Dorian sich für seinen zweiten Schlag vom Fairway bereitmachte, stutzte er.

»Da liegt doch ein Mann neben dem Grün! Siehst du das?«, stieß er erstaunt aus.

»Schläft der da etwa? Das ist ja unglaublich!«

»Der rührt sich nicht! Lass uns hinfahren.« Hektisch bat Dorian Desiree, wieder ins Cart einzusteigen. Dann beschleunigte er. Bald erreichten sie den Mann, der immer noch bewegungslos dalag.

Dorian rannte die letzten Meter. Er rief »Hola, hola!«. Dann packte er den auf dem Bauch liegenden Mann, um ihn auf den Rücken zu wälzen. Er merkte instinktiv, dass etwas nicht stimmte, denn die Kleidung des Mannes war durchnässt vom Wasser des Sprinklers. Als er ihn umgewendet hatte und das Gesicht sah, blickte er in regungslose Augen und ließ den Mann entsetzt los. Desiree stand wie erstarrt neben ihm. Dorian zerrte sie wortlos zum Cart, um gleich darauf schnell direkt zum Clubhaus zu fahren.

»Bitte, halte dich jetzt gleich zurück. Ich werde die Sache melden. Mach du dich auf den Weg in dein Apartment. Mein Gott, ist das eine Katastrophe!« Er parkte das Cart in einer Mauerecke, damit Desiree ihre Golfsachen unbemerkt ausladen konnte. Dann rannte er ins Clubhaus und rief: »Am neunten Loch liegt ein toter Mann. Rufen Sie die Polizei! Unterbrechen Sie den Spielbetrieb!«

Die Frauen am Empfang schauten zunächst verdutzt, dachten sie doch, es handele sich um einen schlechten Scherz. Als sie dann aber in Dorians Gesicht blickten, wurde ihnen der Ernst der Lage bewusst. Sie drückten den Alarmknopf, der für solche Fälle gedacht war, und die Maschinerie setzte sich in Gang. Der Caddymaster fuhr mit zwei Mitarbeitern zum Grün, bepackt mit Defibrillator und Verbandskasten. Sie wollten Dorians Bericht nicht so ganz Glauben schenken. Zwanzig Minuten später trafen Polizei und Krankenwagen ein. Die Sirenen schreckten alle Anwohner auf, die nun das Geschehen aus sicherer Distanz beobachteten. Sie sahen hektisch telefonierende Polizisten aus dem Örtchen San Miguel, konzentriert arbeitende Sanitäter, aufgeregte Clubmitarbeiter, die immer wieder vom Ort des Geschehens ferngehalten werden mussten.

Auch im Hause Michel zeigten die Sirenen ihre Wirkung. Lucia lief als Erste an die Mauer, die das Grundstück vom Golfplatz trennte. Sie konnte beobachten, wie Einsatzwagen mit Blaulicht beim Clubhaus zum Stehen kamen, wo schon Mitarbeiter des Clubs auf sie warteten. Bepackt mit Rucksäcken und Koffern eilten sie den Hügel hinauf über den

Platz. Genaueres konnte sie aber nicht erkennen, weil ihr einige Bäume die Sicht versperrten. Dann hörte sie aber auch schon ihr Telefon im Haus klingeln und rannte nach drinnen. »Hola Dorian, was ist los?« Sie war besorgt und gleichzeitig erleichtert, dass er anrief.

»Ich habe einen Toten am neunten Loch entdeckt, als wir dort ankamen. Es war schrecklich.«

»Einen Golfspieler? Ich habe mir schon Sorgen gemacht, dir wäre etwas zugestoßen.«

»Kein Golfspieler. Er sieht aus wie ein Spaziergänger, der auf dem Platz herumgelaufen ist. Allerdings war er total nass. Der Sprinkler hat ihn wohl so zugerichtet.«

»War er verletzt?«

»Sah nicht so aus. Ich habe gleich darauf die Leute vom Club alarmiert. Jetzt sind Sanis und Polizisten gekommen.«

»Was machst du jetzt? Musst du noch bleiben?«, fragte Lucia besorgt.

»Nein. Die Polizei hat mich nur kurz gefragt, wo und wie ich den Toten entdeckt habe, und meine Telefonnummer notiert. Ich komme gleich zu euch.«

Frank hatte das Telefonat vom Patio im ersten Stock verfolgt. Jetzt eilte er im Schlafanzug nach unten zu Lucia, denn er wusste, dass die anderen auch bald erscheinen würden.

»Das wird bestimmt unser Erpresser sein!«, flüsterte er.

»Aber du hast doch nicht etwa etwas damit zu tun?!«

»Quatsch. Der war munter und fidel, als ich ihn traf. Und das Geld hat er lebend an sich genommen.«

»Was sollen wir denn jetzt tun?«

»Nichts tun wir. Abwarten werden wir. Ich schlage vor, wir gehen an den Strand, dann entkommen wir dem Trubel. Ich ziehe mich jetzt an.« Als er zum Haus ging, kamen ihm die anderen auch schon entgegen, und Lucia musste erzählen, was Dorian berichtet hatte. Als auch dieser bald darauf ins Haus kam, wollten alle von ihm noch einmal die Einzelheiten geschildert bekommen.

Später am Strand von Mil Palmeras saß die Familie im Chiringuito beisammen und spekulierte über die Geschehnisse. Der Wirt hörte mit großen Ohren zu, so wie die Touristen, die an den kleinen quadratischen Tischen auf den weißen Plastikstühlen Platz genommen hatten. Das unschuldige Meer wälzte seine Wellen sanft an den Strand, eifrige Nordafrikaner hielten vollbepackt mit Kappen, Sonnenbrillen und Strandtüchern nach ihren ersten Kunden Ausschau. Ein sportlicher junger Mann lief am Wasser entlang, während ein Strandwächter seinen Beobachtungsturm erklomm.

Candela hatte Inez aus Cabo Roig an den Strand gebracht und musste jetzt auf sie aufpassen. Sie hätte nur zu gerne erfahren, was in Las Colinas passiert war, doch sie musste sich auf später gedulden.

Die ersten Getränke wurden an den Tisch gebracht, als Lucias Telefon klingelte.

»Maria!«

Alle hörten so angestrengt zu, dass Lucia ihren Platz nicht verlassen konnte.

»Nein, ich kann nicht frei sprechen, weil ich mit der Family in einem Chiringuito sitze. Was ist?«

Sie lauschte.

»Woher in Gottes Namen weißt du denn das schon wieder?«

Wieder entstand eine lange Pause, in der Maria ausführlich zu berichten schien. Jetzt unterbrach auch der Wirt seine Arbeit hinter der Theke, als könnte er Marias Sätze verstehen.

»Klar könnt ihr bei uns übernachten. Wir warten auf euch. Auch gut!« Lucia legte auf.

»Was ist los?«, fragten Sybille und Bella zeitgleich.

Lucia holte tief Atem. »Das war Maria. Manuel ist bei ihr. Er hat gerade erfahren, dass sein Bruder Carlos heute Nacht auf unserem Golfplatz gestorben sei. Er ist ganz durcheinander, weil er ihn noch heute identifizieren muss. Maria fährt ihn nach Orihuela ins Leichenschauhaus. Danach kommen beide zu uns.« Sie sprach schnell und fahrig. »Die Polizei hat eine Spritze neben dem Toten gefunden, die auf Suizid hinweist. Die Presse soll deshalb mit allen Mitteln rausgehalten werden.«

»Und was haben wir damit zu tun?«, fragte Sandro.

Nach einer kleinen Weile gab Frank die Antwort, indem er mit den Schultern zuckte und die Hände hob.

»Aber findest du das nicht tragisch, dass dieser Carlos jetzt tot ist? Schließlich ist er ja der Bruder von Marias Freund«, mischte sich Bella ein.

»Er ist nicht ihr Freund, sondern ein sehr guter Bekannter«, widersprach jetzt Christian.

»Sie haben gemeinsam in einem Zimmer übernachtet. Ist dir das entgangen?«, gab Bella verärgert zurück.

»Außerdem kennen wir seinen Bruder nicht«, schnaubte Christian.

»Hört auf mit dem kindischen Hickhack«, mischte sich Inge mit einem Machtwort ein. »Wenn ihr jetzt noch baden wollt, dann badet. Danach gehen wir nach Hause.«

Manuel stand gerade unter der Dusche, als sein Telefon klingelte. Er ließ es klingeln, doch der Anrufer gab nicht auf.

»Gehst du dran, Maria?«, rief er aus der Brause.

Maria unterbrach die Frühstücksvorbereitungen, ergriff das Handy. »Hola, Maria Cassal hier.« Sie musste zweimal überlegen, ob die Antwort ein Scherz war. »Soll Herr Díaz zurückrufen?« Sie war besorgt. »Bitte warten Sie.« Maria ging ins Bad. »Manuel, die Polizei will dich sprechen. Es ist dringend. Du sollst sofort kommen.«

Unwillig warf er sich das Handtuch um seine nassen Hüften und nahm sein Handy. »Manuel Díaz hier.« Dann hörte er die Stimme eines Polizisten aus San Miguel, der ihn nüchtern, mit ergänzenden Mitleidsfloskeln, über den Tod seines Bruders informierte. Er hörte die Stimme fern, unwirklich, wie durch einen dichten Nebel. Seine Antworten formulierte er, als wäre er eine Maschine, die funktionieren musste. »Ich hatte in den letzten Jahren wenig Kontakt mit meinem Bruder. Er lebt in Benidorm. Ich schicke Ihnen seine Adresse per SMS ... Ach so, die haben Sie bereits ... Welcher Beschäftigung er nachging, kann ich Ihnen beim besten Willen nicht sagen. Ich glaube aber, dass er finanziell nicht auf der Sonnenseite des Lebens stand, wenn Sie verstehen, was ich meine. Auch sonst hatte er wohl einige Probleme. Auch weiß ich nicht, ob er eine Freundin hat – verheiratet war er jedenfalls nicht.«

Maria verfolgte das Gespräch mit zunehmender Sorge. Auch wenn sie die Stimme des Polizisten nicht verstand, erahnte sie den Inhalt. Sie wollte Manuel jetzt die Unterstützung geben, die er benötigte.

»Ich kann sofort kommen, wenn Sie wollen ... Ja, ich habe die Adresse notiert.« Manuel legte auf. Es tat ihm gut, dass Maria ihn jetzt still umarmte und festhielt. »Sie wollen, dass ich meinen Bruder Carlos identifiziere. Kannst du mich hinfahren?«, sagte er mit schwacher Stimme.

Maria rief ihre Schwester an, um diese über den tragischen Tod von Carlos zu informieren. Sie fragte sie, ob sie mit Manuel in Las Colinas übernachten könnte, wenn es erforderlich wäre. Jetzt wollte sie an Manuels Seite sein.

Beide sprachen nur wenig auf dem Weg nach Orihuela. Jeder redete vor allem mit sich selbst. Erst kurz vor der Stadt, die etwas im Hinterland der Costa Blanca lag und deshalb vom Segen des Tourismus an der Küste weniger profitierte, entschloss sich Manuel, sein Verhältnis zu seinem Bruder zu offenbaren.

»Du musst wissen, dass wir Brüder uns aus den Augen verloren haben, nachdem unsere Eltern mit uns nach Alcoy zogen. Ich konnte mich damit arrangieren, im Hinterland zu wohnen und zu arbeiten, aber ihm ist das nie gelungen. Er suchte die Nähe zum pulsierenden Leben, wie er es begriff. Am liebsten wäre er ins Ausland gezogen, in die weite Welt, nach Buenos Aires oder nach Santiago. Immer wieder sprach er davon. Aber irgendwo auf dem Weg verließ ihn sein Mut, und er landete in Benidorm. Er brach den Kontakt ab, vielleicht auch, weil er sich schämte, es nicht geschafft zu haben. Und ich? Ich hatte genügend mit mir selbst zu tun. So sind Jahre ins Land gezogen.«

»Aber du wusstest doch, wo er wohnt. Das wäre doch ein Katzensprung gewesen!«

»Du hast recht, Maria. Das werfe ich mir jetzt auch vor. Hätte ich gewusst, dass es ihm schlecht geht … Übrigens habe ich in der letzten Zeit wirklich versucht, ihn zu treffen, weil ich vielleicht etwas geahnt habe.«

»Du musst nicht darüber sprechen, wenn du nicht willst. Gerade heute nicht. Bald wirst du all deine Kraft benötigen.«

Maria parkte direkt vor dem Gebäude der Gerichtsmedizin. Sie begleitete Manuel hinein, der schon erwartet wurde. Er musste Formulare ausfüllen und seine Dokumente vorweisen, ehe er in den Keller vorgelassen wurde. Maria musste draußen warten, da sie weder mit Carlos noch mit Manuel verwandt oder verschwägert war.

Der Prozess der Identifizierung dauerte nur wenige Minuten. Geschult befragten ihn zwei Fachleute, die wie Ärzte aussahen, nochmals nach dem Verwandtschaftsgrad. Sie wollten wohl jeden Fehler ausschließen. Dann stellten sie noch eine entscheidende Frage, die den weiteren Verlauf des Verfahrens beschleunigen sollte.

»Hatten Sie Anlass anzunehmen, dass ihr Bruder Selbstmordgedanken hegte?«

»Warum?«, antwortete Manuel. »Es ging ihm finanziell nicht gut. Das weiß ich, obwohl wir eigentlich kaum noch Kontakt hatten. Seine Wohnung liegt nicht gerade in der besten Gegend von Benidorm. Außerdem hatte er wohl Probleme mit Drogen.«

»Wir haben eine Spritze mit einer leeren Ampulle Fentanyl bei ihm gefunden, die auf Suizid schließen lässt«, erklärte der ältere der Ärzte. »In der Blutprobe lässt sich das Mittel auch einwandfrei nachweisen. Äußerliche Verletzungen konnten wir aufs Erste nicht feststellen. Wir würden also den Körper freigeben, wenn Sie ihn als Ihren Bruder identifizieren können.«

Manuel wunderte sich über die Eile, mit der die Ermittlungen über den tragischen Tod seines Bruders abgeschlossen werden sollten. Jetzt machte auch der Gesprächsfetzen Sinn, den er aufgeschnappt hatte, als er den Raum betreten hatte. »… gewaltsame Todesursache … in der Saison nicht gebrauchen …«

»Sie wollen also keine weiteren Untersuchungen einleiten?«, hakte Manuel nach.

»Wenn Sie darauf bestehen, würden wir die Justiz einschalten. Aber es ist nicht sicher, dass man dieses langwierige Verfahren einleiten würde. Ich denke, dass die Sache als eindeutig beurteilt werden kann. Bitte: Wenn Sie jetzt Ihren Bruder anschauen möchten …«

Wortlos, ohne sich zu verabschieden, verließ Manuel den Raum, um zu Maria zurückzukehren. Sie umarmte ihn lange und fest. »Du brauchst jetzt nichts zu sagen, Manuel.«

Still gingen sie zum Auto und fuhren gemeinsam zur Familie, die noch immer in Las Colinas beisammensaß. Obwohl es Manuel vor dem Treffen graute, wollte er nicht den Eindruck hinterlassen, er würde das Beileid der Familien nicht wertschätzen. Am liebsten wäre er nach Alcoy in sein Haus gefahren und hätte sich still auf den Balkon gesetzt, oder er wäre nach Guardamar ans Meer gefahren, wo sie als Familie so gerne den Sonnenuntergang erlebt hatten. Morgen Vormittag würde er seine Mutter aufsuchen müssen, um ihr die Todesnachricht zu überbringen, auch wenn er wusste, dass sie diese nicht mehr wirklich verarbeiten konnte. Dazu war ihre Umnachtung zu weit fortgeschritten. Wahrscheinlich würde sie nicht einmal ihn erkennen. Er müsste sich dann um die Beerdigungsvorbereitungen kümmern. Er müsste, er müsste … ‚und doch fehlte ihm momentan die Kraft zu fast allem. So überließ er im Moment Maria das Handeln. Sie sollte ihn durch den Tag lotsen. Inständig hoffte er, nicht im Zentrum der Gespräche stehen zu müssen.

Die Familie suchte Halt, indem sie beisammen blieb. Jeder brauchte jetzt Kraft und Orientierung. Das friedliche sonnenbeschienene Grün der Kiefern beruhigte die Seelen. Doch die trockene Sonne fühlte sich stechend an, auszehrend. Was war am letzten Abend, in der vergangenen Nacht geschehen? Wer trug die Verantwortung? Schweigen konnte keine Antwort geben, Reden aber auch nicht. Erst langsam begann sich der Knoten zu lösen.

Lucia suchte das Gespräch mit Frank, der dabei war, mit Inge die nächsten Ausflüge vor der Jubiläumsfeier zu besprechen.

»Darf ich kurz mit dir über deine Grußworte am nächsten Wochenende reden?«, sprach sie ihn an, um ihn an ein ruhiges Plätzchen unter der Palme am Pool zu entführen.

»Wenn es sein muss …« Frank zögerte, kam der Aufforderung dann jedoch nach.

»Also war es doch Carlos«, stellte Lucia mit fester Stimme fest. »Yuna war sich längere Zeit nicht sicher. Hast du ihm das Geld übergeben? Es wurde ja neben dem Toten nichts gefunden.«

»Ich übergab es ihm mit der Maßgabe, keine Störung bis zum Jubiläum mehr zu verursachen. Daran wird er sich jetzt wohl halten.«

»Dein Zynismus bringt uns das Geld nicht wieder zurück, wenn ich das anmerken darf.«

»Entweder hat es ihm jemand abgenommen, was ich nicht glauben kann, oder er hat es versteckt. Es wird aber nicht leicht sein, es zu finden.«

»Ich kann die nächsten Tage auf die Suche gehen. Aber davon darf niemand etwas erfahren.« Lucia sorgte sich nicht wirklich um das Geld. Sie spürte Erleichterung, dass der Erpresser keine Geschichten über ihre unglückliche Adoption mehr verbreiten konnte. Natürlich wusste sie, dass sie sich bald auch Dorian öffnen musste, um die Last auf ihrer Brust zu mindern. Doch zunächst einmal war die unmittelbare Bedrohung verschwunden. Früher oder später musste sie sich auch mit Pilar aussprechen, sie konfrontieren mit der Vermutung, dass sie es war, die die Adoption verraten hatte. Später – nicht jetzt.

Da Dorian sich näherte, änderten beide ihr Gespräch in Richtung Ausflugsziele. Es ging um Calpe, das man unbedingt wiedersehen müsse, um Cartagena, das jetzt einige Gebäude in der Altstadt interessant hergerichtet hätte, um Elche, das die Palmengärten neu beschildert hätte. Dorian trug widerwillig auch einige Vorschläge dazu bei.

Als Maria mit Manuel auftauchte, verstummten die Gespräche für einen Moment. Instinktiv übernahm Christian die Aufgabe, die Beileidsbekundungen der Familie zu überbringen. Die Atmosphäre blieb für eine Weile angespannt, weil alle schwiegen. Erst eine kurze Ansprache von Manuel beendete die Sprachlosigkeit.

»Danke! Vielen Dank für die Wünsche. Ich fühle mich durch die Einladung heute Abend aufgehoben wie in einer Familie. Carlos' Tod schien unvermeidlich. Manche schweren Depressionen kann man vermutlich nicht heilen. Ich kannte ihn kaum, obwohl wir Brüder waren. Wir haben uns entfremdet. Er ist in den letzten Jahren ein anderer Mensch geworden. Trotzdem, oder gerade deshalb, danke ich euch allen.« Manuel sprach hektisch, abgehackt, ohne eine Pause zu machen. Keine Spur von seiner Gelassenheit, die er üblicherweise an den Tag legte. »Ich brauche etwas Abstand und hoffe, ihr versteht das.«

Umarmungen, Tränen, feuchte Wangen. Die Männer klopften Manuel auf den Rücken, die Frauen drückten ihn sanft. Dorian bereitete zwei Karaffen Tinto de Verano für die Familie, und keiner – bis auf Maria, die noch zurückfahren wollte, lehnte ein Glas von dem süßen Getränk ab. Die Gespräche verließen bald darauf das tragische Terrain in Richtung Alltag. Wieder bildeten sich kleine wechselnde Gruppen.

Es war diese Ruhe der Anlage, die eine magische Wirkung entfaltete. Die geschickt in die Hügel gelegten Straßen waren wenig befahren, zumal die dichte Bepflanzung die Geräusche der Autos schluckte. Die meisten Bewohner der Anlage kehrten ihre innere Begeisterung zudem selten lautstark nach außen. Man war unter sich, hörte die Grillen, die

Käuzchen oder die Rothühner, die abends in der Nähe der Büsche nach Nahrung suchten.

Als die Dämmerung einsetzte, entschied sich Yuna, Manuel anzusprechen. Sie sah, dass er gerade alleine an der Mauer zum Golfplatz stand und seinen Gedanken nachhing.

»Darf ich dich stören?«, flüsterte sie.

»Du immer!«

»Es tut mir leid.«

»Was tut dir leid?«

»Dass ich dir nicht glauben wollte. Ich dachte, Carlos gäbe es nicht. Offen gestanden habe dich verdächtigt, dass du die Cassal-Familie erpresst.«

»Das habe ich gespürt, als du zu mir kamst. Ich nehme dir das aber nicht übel.« Er machte eine Pause und drückte Yuna kurz an sich. »Hol dir ein Glas Wein. Lass uns auf unsere Freundschaft trinken.«

»Es würde auffallen, wenn ich jetzt ein Glas hole. Wir trinken beide aus deinem!«

Manuel hatte schon die letzten zwei Stunden darauf gewartet, dass Yuna auf ihn zukäme. Er gestand sich ein, dass er enttäuscht war, auch wenn er wusste, wie vorsichtig Yuna sein musste. Sie hatte ja gesehen, dass Maria ihn begleitet hatte, und dachte sich ihren Teil. Aber er hatte sich noch nicht entschieden, wollte sich nicht entscheiden. Maria leuchtete mit ihrer Unbeschwertheit, ihrer Herzlichkeit. Sie verfolgte ihre Ziele klar und beharrlich. Und sie sah ohne Zweifel attraktiv aus. Sex mit ihr machte einfach Spaß, weil sie dabei ungestüm und wild war. Aber Yuna zog ihn eben auf eine geheimnisvolle Art an, weil sie unerreichbar wirkte, unerreichbar war. Immer wenn er meinte, sie verstanden zu haben, entglitt sie ihm. Dass sie mit Ben befreundet war, störte ihn keinesfalls, denn er war ähnliche Situationen schon von früher gewöhnt.

»Salud, Yuna. Lass uns das Kriegsbeil wieder begraben.«

»Schon vergessen.«

Manuel entschied sich, die Gelegenheit zu nutzen. »Es wäre schön, wenn wir uns die nächsten Tage noch einmal sehen könnten.«

»Ben kommt bald zurück, und du bist jetzt bei Maria besser aufgehoben. Der Flirt mit dir war schön. Ich werde ihn nicht vergessen.«

»Das war schon mehr als ein Flirt. Du hast mich neugierig gemacht.«

»Du wirst das überleben, Manuel«, lächelte Yuna. Sie gab ihm sein Glas zurück. Dann gesellte sie sich zu den anderen.

Doch Manuel bemerkte, dass Maria die ganze Zeit aufmerksam von Weitem zugeschaut hatte. Ihr war vermutlich auch nicht entgangen, dass er Yuna kurz umarmt hatte, dass sie länger als für einen Smalltalk zusammenstanden und dass er mit Yuna ein Glas teilte. Doch wie hätte er sich anders verhalten sollen? Er wollte sich nicht verstellen. Hatte nicht sogar Maria selbst ihr gemeinsames erotisches Verhältnis als spontan und sportlich bezeichnet? Jetzt direkt auf Maria zuzugehen hieße, sich schuldig zu bekennen. Ihr aus dem Wege zu gehen, sie zu verletzen. Deshalb erhob er sein Glas.

»Liebe Familie Cassal, liebe Familie Michel: Ich möchte mich bei Ihnen allen für die Herzlichkeit bedanken, die Sie mir in der letzten Zeit entgegengebracht haben. Und insbesondere Maria, die mich gerade heute so sehr unterstützt hat.«

Frank erwiderte als Erster den Dank, indem auch er sein Glas erhob. Dann stimmten alle ein, und so lockerte sich auch die Atmosphäre. Man setzte sich zusammen um den Tisch auf der Veranda.

Es war kurz vor zehn Uhr, als Manuel Marias Mahnung zum Aufbruch aufgriff. Er verabschiedete sich, und die beiden traten ihre Fahrt in Richtung Alcoy an. Die Verabschiedung von Yuna geriet bei beiden sehr kurz, um keine falschen Emotionen zu wecken.

## Kapitel 21 – Ein Brief

Die folgende Woche geriet hektisch, weil der Jubiläumsevent unaufhaltsam näher rückte. Dorian war erleichtert, dass die Vorbereitungen ihn davon abhielten, mit Desiree ausführlich sprechen zu müssen. Die Polizei schien kein besonderes Interesse zu entwickeln, weitere Nachforschungen einzuleiten. Deshalb hatten sie auch keinen Kontakt zu Desiree aufgenommen. Am Montagmorgen sah er sie im Café gegenüber der Verwaltung und war sicher, dass dies auch seiner Frau nicht entgangen war. Aber er grüßte sie nicht – so schwer es ihm auch fiel.

Christian und Sandro freuten sich, den großen Besprechungsraum für sich blockieren zu dürfen. Das Gefühl alter Zeiten, in denen sie die Geschicke ohne Einmischung anderer Familienmitglieder lenken konnten, kehrte zurück. Es fühlte sich gut an, wichtig genommen zu werden, bedient zu werden, wenn ihnen etwas fehlte. Für einen Moment sehnten sich beide zurück in die Zeit, in der sie die Zukunft von Gran Monte aktiv gestaltet hatten. Immer wieder traten sie auf den Balkon, blickten über die prächtige Anlage. Was sie sahen, stellte sie zufrieden. Die kleinen Bäume, die sie damals hatten pflanzen lassen, waren inzwischen gut entwickelte Schattenspender. Sie hatten aus den Häusern ein einzigartiges Ensemble geschaffen, das ihre meist ausländischen Bewohner nunmehr als ihre spanische Heimat begriffen.

Dorian hatte den beiden den Auftrag erteilt, die Redetexte auszufeilen und den direkten Kontakt zu den wichtigsten Gästen aufzunehmen, um ihnen die ihrer Wichtigkeit entsprechende Aufmerksamkeit zukommen zu lassen. Auch wenn der Event als Stehempfang geplant war, mussten einzelne Tische für die Ehrengäste reserviert werden. Wer mit wem an welchem Tisch stehen sollte, wollten beide vorbesprechen.

Frank plante, sich am Dienstagvormittag in die Verwaltung von Gran Monte zu begeben. Sein letzter Besuch lag zwei Jahre zurück. Die Neugier trieb ihn, er wollte gern sehen, welche Veränderungen ihn erwarten würden. Aber wichtiger war ihm, Dorian über sein Gespräch mit Herrn Ruíz zu informieren. Am späten Vormittag machte er sich von Cabo Roig auf den Weg. An den Dünen von Guardamar bog er von der Landstraße ab. Hier kannte er einen abgelegenen Platz, an dem er in aller Ruhe nachdenken und telefonieren konnte.

Herr Ruíz ging sogleich ans Telefon. »Ich hatte auf ihren Anruf gewartet. Warum haben Sie sich nicht schon gestern gemeldet?«

»Hat Sie der seltsame Anrufer wie angekündigt schon kontaktiert?«, überging Frank den angedeuteten Vorwurf.

»Nein.«

»Dann war es vielleicht nur falscher Alarm. Eine leere Drohung.«

»Das glaube ich eigentlich nicht. Wir kennen ja beide die Vergangenheit. Aber seltsam ist es schon, dass sich der Mann nicht meldet. Mir kam da eine Vermutung«, fuhr Herr Ruíz mit leiser Stimme fort. »Am Samstag wurde ja in Las Colinas ein Toter auf dem Golfplatz gefunden. Könnte es sein, dass der Mann etwas mit der Sache zu tun hat?«

»Ausgeschlossen«, lachte Frank. »Das war ein Selbstmörder, wie die Polizei festgestellt hat. Wir waren nämlich ganz in der Nähe, wo es passierte. Wir feierten mit unserer ganzen Familie erst im Clubhaus, danach in unserem Haus. Morgens wurde der Mann dann entdeckt. Eine Spritze lag in der Nähe.«

»Könnte es nicht doch sein, dass der Selbstmord mit der Geschichte in Verbindung steht?«, hakte der Verwaltungschef nach.

»Ich halte es nicht für besonders klug, mit solchen Vermutungen zur Polizei zu gehen.« Frank atmete tief durch. Er zwang sich, ruhig und entspannt zu klingen.

»Das will ja keiner, ich ganz bestimmt nicht! Außerdem habe ich gehört, dass man die Geschichte mit dem Toten schnell begraben möchte. Keiner kann effekthascherische Schlagzeilen in der Hochsaison gebrauchen.«

»Und selbst wenn ein Zusammenhang bestehen würde, dann hätte sich mit dem Suizid die Angelegenheit erledigt«, schloss Frank die Diskussion ab.

»Was haben Sie jetzt vor?«

»Wir ziehen die Jubiläumsfeier wie geplant durch. Sollte wider Erwarten eine Störung auftreten, halten wir uns gegenseitig auf dem Laufenden.«

»So machen wir es.«

Frank legte sich rücklings in den Dünensand, ohne darauf zu achten, dass sein Jackett später einem Streuselkuchen gleichen würde. Er schloss die Augen, um die letzten Tage noch einmal Revue passieren zu lassen. Nur Lucia wusste von seinem Treffen mit dem Erpresser. Sie hatte Yuna davon sicher erzählt – hoffentlich nicht jedes Detail. Zwischen

Dorian und Lucia herrschte zurzeit Funkstille, was der Sache dienlich war. Für die unmittelbare Zukunft würde das auch so bleiben. Er hielt es für klug, Lucia später die Zusicherung abzuringen, Dorian nichts von der Geldübergabe zu erzählen.

Frank hatte Lucia allerdings nichts Detailliertes über die Gespräche mit Herrn Ruíz erzählt. Er sah zwar keinen direkten Anlass, dies zu ändern, solange keine unvorhergesehenen Komplikationen auftauchten, doch hielt er es für zweckdienlich, Ruíz zu bitten, Stillschweigen zu bewahren. Da waren dann noch Maria und Manuel, die jetzt hoffentlich vor allem an ihre Arbeit dachten. Maria schien ahnungslos, sonst hätte sie entsprechende Fragen gestellt; Lucia ließ sie wohl außen vor. Und Manuel? Dem ging der Tod seines Bruders nach Franks Einschätzung nicht wirklich nahe. Klar hatte er Tränen in den Augen, als er ihn in Las Colinas traf – wer hätte das nicht, umringt von beileidsbezeugenden Menschen. Eine emotionale Nähe zu seinem Bruder hätte sich aber anders geäußert. Manuel würde erzählt haben von gemeinsamen Erlebnissen, der Kindheit, dem Familienleben. Er hätte Carlos' Charakter durch Geschichten beleuchtet, seine Stärken hervorgehoben und gelobt. Nichts von alledem hatte Frank beobachtet. Die Brüder waren auf dem Papier verwandt, aber in Wirklichkeit entfremdet. Ihr Kontakt könnte einen anderen Hintergrund besitzen.

Die Sonne brannte auf der Haut, sein Gesicht spannte. Schweiß rann ihm aus den Achseln. So raffte er sich auf, schüttelte den Sand notdürftig vom Jackett. Im Auto stellte er die Klimaanlage auf Maximum, als er sich in Richtung Gran Monte aufmachte.

Pilar verwies ihn auf den großen Besprechungsraum, wo er Dorian im Gespräch mit Sandro und Christian vorfand. Sie diskutierten über letzte Kleinigkeiten im Ablauf der Veranstaltung. »Hallo zusammen«, unterbrach er das Gespräch. »Könnt ihr Alten immer noch nicht loslassen?« Frank lachte, das Jackett locker über die Schulter geworfen. »Lasst doch Dorian einfach entscheiden. Er ist der Boss, ihr allenfalls seine geduldeten Berater.«

»Gerade du musst das sagen«, gab Christian seinem Vater contra. »Jorge und du, ihr habt uns damals nicht nur reingeredet, sondern alles vorherbestimmt.«

»Ansonsten wären Dorian und Lucia immer noch nicht am Ruder.«

»Regt euch ab – beide!«, griff Sandro ein. »Können wir etwas für dich tun? Wir haben noch eine Menge Arbeit vor uns und würden gerne weitermachen.«

»Ich wollte kurz mit Dorian reden, wenn ihr nichts dagegen habt. Es dauert auch nur fünf Minuten.«

Christian und Sandro blieb nichts anderes übrig, als das Feld zu räumen, damit Frank mit Dorian unter vier Augen sprechen konnte.

»Die beiden sind jetzt bestimmt sauer, so wie du sie behandelt hast«, kommentierte Dorian, während er durch die Glastür des Besprechungsraumes auf Christian und Sandro blickte.

»Sie sind Geschäftsmänner. Die müssen so etwas aushalten können. Ich will dich nur kurz über mein Gespräch mit Herrn Ruíz unterrichten. Vor lauter Trubel vergaß ich das.«

»Dann kann es auch nicht so dramatisch gewesen sein, oder?«

»Ruíz erzählte mir, ein Mann hätte sich letzte Woche bei ihm gemeldet und Unterlagen erwähnt, die auf Unsauberkeiten beim Grundstückskauf hinweisen. Er blieb nebulös. Auch hinterließ er keine Telefonnummer. Er wollte sich bei Ruíz gestern wieder melden, was er aber nicht tat.«

»Und was, glaubst du, hat das zu bedeuten?«, hakte Dorian nach.

»Ich vermute, da hat jemand geblufft. Und da Ruíz sich nicht auf eine Diskussion eingelassen hat, erledigt sich die Sache von selbst. Wäre wirklich etwas an der Behauptung dran, dann wäre heute ohnehin alles verjährt.«

»Klingt so, als wüsstest du mehr, Frank.«

»Ich habe mit Jorge immer nach Recht und Gewissen gehandelt und die Gepflogenheiten geachtet, solange wir für Gran Monte verantwortlich waren. Sollte jemand etwas vorzubringen haben und dich kontaktieren, dann sag ihm, er müsse sich an mich wenden.« Frank machte eine Pause. »Aber ich denke, dass sich die Sache erledigt hat.«

Frank öffnete die Tür. Mit einer Handbewegung signalisierte er, dass Sandro und Christian wieder hereinkommen konnten. »Sorry, dass ich euch unterbrochen habe. Ich bin auch schon wieder weg.« Damit lief er behände die Treppen hinab, nicht ohne Pilar noch einen Gruß zuzurufen, stieg ins Auto und brauste davon. Links flogen die Orangenbäume an ihm vorbei und schienen ihn aufzufordern, jede Reihe zu zählen. Am ersten Kreisverkehr hinter der Anlage bog er auf die breite Landstraße ein. Dann wählte er Lucias Nummer.

»Hallo, Lucia. Vielleicht wäre es ganz gut, wenn du bald mit Dorian reinen Tisch machst. Carlos kann dir jetzt nichts mehr anhaben. Außerdem komme ich gerade aus Gran Monte, wo ich Dorian vom Treffen mit Ruíz unterrichtet habe. Der Mann, der Ruíz letzte Woche angerufen hat, war mit Sicherheit ebenfalls Carlos. Ich denke, wir können entspannt dem Wochenende entgegensehen.«

»Danke, Frank. Du hast vermutlich recht.«

Mit einem »Wir sehen uns, Lucia« beendete Frank das Telefonat.

Ben kehrte am Donnerstagmittag aus Korea zurück und freute sich, dass sein Vater ihn abholte. Aber auch Yuna hatte ihn in der Empfangshalle des Flughafens von Alicante überrascht. Sie stand strahlend neben Christian und lief Ben entgegen, als dieser aus dem Gepäckbereich trat.

»Willkommen mein großer Wissenschaftler«, rief sie ihm zu und umarmte ihn so heftig, dass er den Koffer auf dem Boden abstellen musste.

»Das ist wirklich lieb von dir, Yuna. Du hättest das aber nicht machen müssen. Ich war ja nur eine Woche weg.«

Yuna lächelte nur. »Dein Chauffeur ist auch gleich mitgekommen.« Sie wies mit der Hand auf Christian, der geduldig in der Hallenmitte wartete.

»Ich dachte, das Geld für das Taxi können wir uns sparen. Außerdem kannst du mir ausführlich auf der Fahrt berichten«, rief dieser jetzt seinem Sohn laut zu.

Yuna versprach, heute früher als sonst vom EUIPO aufzubrechen. Die anliegende Arbeit könne sie nächste Woche nachholen. Ben solle sich von dem langen Flug erst einmal ausruhen, denn später müsse er allen Rede und Antwort stehen – ein frühes Zubettgehen schließe sich aus.

Auf der Fahrt berichtete Ben seinem Vater von der erfolgreichen Präsentation am Institut. Er konnte und wollte seine Erleichterung über die Akzeptanz der Arbeit durch seinen Doktorvater gar nicht erst verstecken. Christian durfte seinen Stolz ruhig spüren.

Ben ordnete seine Gedanken. Zu sehr hatte er sich monatelang unter Druck gesetzt, um ein tadelloses Werk abzuliefern. Das wichtigste Etappenziel war nun erreicht. Der Feinschliff war nur noch eine Frage von Fleiß. Jetzt nahm er sich vor, mehr Aufmerksamkeit und Zeit für Yuna aufzubringen. Auch wollte er die Eifersüchteleien in Bezug auf ihre Arbeit beim EUIPO einstellen oder es zumindest versuchen. Sie trieben Yuna nur von ihm weg. Die Lockerheit, die ihn früher ausgezeichnet hatte, musste er wiedergewinnen, wollte er Yuna nicht verlieren.

Während Ben seinen Jetlag durch Schlaf kurierte, hatte Lucia sich eine Auszeit für Inez genommen. Sie wollte ein paar Stunden nur für die Kleine da sein. Die Zeit wollte sie außerdem nutzen, um sich Gedanken für ein klärendes Gespräch mit Dorian zu machen, denn sie spürte, dass die zwischen ihnen herrschende Spannung nicht länger anhalten durfte. Sie rang sich durch, das Geheimnis um ihren geheimen Sohn zu lüften – so schwer es ihr auch fiel. Viel zu lange hatte sie diese Belastung verdrängt und gemeint, damit leben zu können. Sie hatte geglaubt, dass Inez' Lächeln sie schützen würde. Doch seit der Erpressung drängte diese Wunde täglich in ihr Bewusstsein und schmerzte weit mehr als Desirees Avancen. Nach dem erfolgreichen Jubiläumsevent wollte sie reinen Tisch machen.

Bella hatte zugestimmt, dass Candela am Nachmittag nach Las Colinas kommen sollte, um Lucia bei der Betreuung von Inez abzulösen.

Die Sonne schien noch mit unverminderter Kraft, als Yuna in Las Colinas eintraf. Während ihre Kollegen noch in Videokonferenzen ihr Bestes gaben, tauchte sie ihre Füße ins Poolwasser. Planschend legte sie sich auf den Rücken. Kurze Zeit später lief sie ins Haus, um bald darauf im Bikini zu erscheinen. Sie sprang ins Wasser, erfrischte sich, fühlte Glück. Die Leichtigkeit, die sie bei ihrem ersten Besuch in Spanien gespürt hatte, kehrte zurück. Carlos' Tod hatte viele der dunklen Wolken vertrieben, die über der Familie hingen. Lucia hatte sie im Auto von Franks Gespräch mit Herrn Ruíz informiert. Die letzten Schatten begannen sich aufzulösen.

Yuna trocknete sich ab, zog ihren Bikini unter dem Handtuch aus. Sie fuhr sich mit ihren Fingern durchs nasse Haar, um etwas Ordnung zu schaffen. Dann öffnete sie leise die Tür zum Schlafzimmer, in dem Ben lag, und schlüpfte vorsichtig unter die Decke, ohne ihn aufzuwecken.

Als Dorian als Letzter eintraf, hörte er Relax-Musik durchs Haus schweben. Sie mischte sich mit den lauten Stimmen auf der Veranda und verhieß gute Stimmung. Ben hatte die Aufgabe übernommen, frische Gambas auf den heißen Grill zu werfen, wenn Dorian eintreffen würde. Der Geruch von Knoblauch und Meeresgetier breitete sich aus und ließ aus Appetit Heißhunger werden. Candela holte die Cava-Gläser aus dem Gefrierschrank und half bei den Essensvorbereitungen. Dorians entscheidender Vorschlag erwies sich als genial:

Alle Handys mussten bis Mitternacht ausgeschaltet bleiben. Der gemeinsame Abend konnte beginnen.

Ben schwärmte zu Yunas Gefallen von Korea; Dorian witzelte über das Gebaren der älteren Generation bei der Vorbereitung des Events; Lucia erzählte von den hilflosen Architekten, die ihre verrückten Pläne nicht verstehen wollten; Yuna berichtete von den bürokratischen Hindernissen im EUIPO. Doch niemand klagte – jeder fand eine amüsante Pointe.

Später entschied Ben sich noch, im Pool zu baden, und die anderen folgten nur zu gerne. Wären die Nachbarn heute zu Hause gewesen, sie hätten sich über das laute Geschnatter beschwert.

Am Freitagmorgen fluchten alle, dass sie nicht zeitig schlafen gegangen waren, denn sie mussten früh aufstehen. Der Großkampftag warf seine Schatten voraus. Der Beginn der Veranstaltung war auf Samstag elf Uhr fixiert worden. Erste Absagen mischten sich aber schon heute mit Nachmeldungen. Der Caterer beklagte plötzliche Krankmeldungen des Personals, die Kabelverleger informierten Dorian über fehlende Steckverbindungen, der Conférencier meldete drohende Heiserkeit. Es versprach also, ein ganz normaler Event zu werden. Sandro und Christian behielten die Ruhe, weil sie Ähnliches schon aus der Vergangenheit kannten. Doch bei Lucia und Dorian stieg das Level an Nervosität sekündlich an. Pilar versammelte alle entscheidenden Mitarbeiter zu einem Briefing im großen Besprechungsraum, den sie zu einer Art Lagezentrum umfunktioniert hatte. Sie wartete gar nicht erst auf Anweisungen ihres Chefs, der zunehmend gelähmt schien und sich in viel zu viele Kleinigkeiten einmischen wollte, wobei er sich dann hoffnungslos verzettelte.

Der Tag raste. Helfer brachten letzte Stühle, die Dekoration für die Stehtische wurde angeliefert, die Soundanlage bestand ihren Test gleich beim ersten Mal. Schritt für Schritt komplettierte sich das Bild, und die nervöse Anspannung wich allmählich einer positiven Erwartung auf den bevorstehenden Event. Jetzt fanden die Mitarbeiter auch zum ersten Mal Zeit, sich etwas auszuruhen. Dorian rief alle Akteure zusammen und schwor sie noch einmal darauf ein, auch auf Kleinigkeiten zu achten, denn deren perfekte Orchestrierung – wie er es nannte – wäre der Garant für eine unvergessliche Veranstaltung. Er rief allen in Erinnerung, dass sie es den Gründern schuldig seien, etwas Unvergleichliches, Unerreichtes zu schaffen. Aber es hätte keiner Theatralik bedurft, weil jeder sich auf die Feier freute, die sie ja auch als die ihre empfanden.

Yuna erreichte Ben beim Proben der Reden von Dorian, Frank und Sandro. Er bestand darauf, dass diese ihre Ansprachen vorab noch einmal trocken üben sollten.

»Wie läuft es bei euch, Ben?«, startete sie das Gespräch.

»Die Senioren zieren sich etwas, ihre Reden in Gegenwart der anderen zu üben, bis sie perfekt sind. Ich habe aber darauf bestanden.«

»Ich kann mir denken, wie schwierig das für deren Ego sein muss. Vor allem, wenn du sie kritisierst.«

»Du hast recht. Die Reden überschneiden sich noch, und jeder will, dass der andere kürzt. Die Aussprache ist noch nicht klar und deutlich, und wenn ich das anmerke, reagieren sie beleidigt.« Ben stöhnte hörbar, wenngleich es ihm

Spaß zu machen schien, als Jüngster den Alten Anweisungen geben zu dürfen. »Ich muss jetzt weitermachen, sonst rennen sie weg. Was gibt's?«

»Ich muss heute länger im Büro bleiben. Es liegt so viel an. Ich kann noch nicht sagen, wann ich komme.«

»Lass dir Zeit. Wir hören hier auch nicht vor zehn Uhr auf.«

»Ich sage dir Bescheid«, schloss Yuna das Gespräch.

»Ist in Ordnung. Bis später.«

Yuna legte sich noch einmal auf das weiche Sofa in ihrem Apartment. Ihr Tag war anstrengend verlaufen. Sie hatte ein Arbeitspensum erledigt, für das sie normalerweise zwei Tage gebraucht hätte. Die Ruhe jetzt tat ihr gut, genauso wie der Blick auf die grünen Bäume am Hang. Yuna ordnete ihre Gedanken. Sie durfte jetzt keinen Fehler machen. Die Sonne schickte ihre letzten Strahlen über den Hang hinter dem Gebäude – bald würde der Schatten die Wände hochkriechen und das Ende des Tages ankündigen.

Sie ging ins Badezimmer und ließ den warmen Schauer über Kopf und Körper rinnen, bevor sie sich einschäumte. Sie sog das fruchtig frische Aroma ein, von dem sie wollte, dass es sich auf der gesamten Haut verteilte. Ähnlich aufmerksam pflegte sie danach ihre schwarz schimmernden Haare. Sie nahm sich Zeit, viel Zeit, um sich einzucremen, zu schminken und die Nägel zu lackieren. Alles sollte perfekt werden.

Sie griff zum Handy und wählte. Nervös wartete sie auf eine Reaktion.

»Yuna?«, hörte sie eine sanfte Stimme.

»Ja! Ich will dich überfallen, Manuel – heute Abend.«

»Heute Abend? Musst du nicht nach Gran Monte?«
»Ja. Aber wichtiger ist, dich zu treffen.«
»Du bist wahnsinnig!«
»Mag sein«, sprach sie mit leiser Stimme. Sie wusste, dass sie heute nicht mit Maria rechnen musste, denn die war sicher schon unterwegs zu ihren Eltern. »Ich werde so um neun bei dir sein.«

Yuna wartete lange auf eine Antwort, die aber nicht kam. Deshalb legte sie auf.

Herr Ruíz zögerte nicht, Frank sogleich anzurufen.

»Der Mann hat sich wieder gemeldet«, sprach er aufgeregt.

»Das kann doch nicht sein!«

»Wenn ich es sage. Er hat angekündigt, morgen seine Informationen publik zu machen.«

»Bei Dorian oder mir hat sich bisher niemand gemeldet.«

»Was soll ich unternehmen, Herr Michel?«

»Keine Ahnung, offen gestanden. Nur würde ich die Pferde nicht scheu machen, solange nichts geschehen ist.«

»Sollte ich nicht wenigstens dem Bürgermeister Bescheid geben?«

»Nein, bloß nicht. Das klänge nach einem Schuldeingeständnis. Außerdem wird der nachfragen, wie lange sie schon von den Vorwürfen wissen. Wir müssen die Ahnungslosen spielen, wenn's tatsächlich passiert.«

»Und Sie informieren dann ebenfalls niemanden!«

»Nur Dorian muss ich informieren.«

»Lassen Sie uns eng im Austausch bleiben!«, beendete Herr Ruíz das Telefonat.

Frank lehnte sich erschöpft zurück. Er konnte sich keinen Reim auf die ganze Geschichte machen. Scharf überlegte er, wie er vorgehen sollte. Dorian musste er gleich jetzt informieren, damit der nicht überrascht reagierte, wenn es während des Events Störfeuer gab. Aber Lucia? Die würde er außen vor lassen, denn sie wusste ja nichts Genaues von seinem Kontakt mit Herrn Ruíz. Jetzt hieß es, Ruhe zu bewahren. »*Keine Katastrophe ist so schlimm, dass man sie nicht meistern kann*«, hatte Jorge einmal gesagt, als ihnen in den Anfangsjahren für einige Monate die Insolvenz drohte, weil ein Reiseunternehmen eine große Rechnung nicht bezahlen konnte oder wollte. Auch Gran Monte hatte daraufhin die Überweisungen an seine Lieferanten verschoben. Irgendwann löste sich dann der Knoten - das Problem verschwand.

Nach seinem kurzen Gespräch mit Dorian fuhr Frank als Letzter in die Villa nach Cabo Roig, wo die anderen vom Tagesstress erschöpft still beisammensaßen. In Las Colinas versammelte sich die junge Generation, um sich zu entspannen.

Zufrieden schaute Yuna in den Innenspiegel des Autos. Sie sah die Flamingo-Ohrringe schimmern, die sie sich vor der Fahrt angesteckt hatte. Zügig, ohne zu hetzen, rollte sie in Richtung Alcoy. Sie kannte die Strecke mittlerweile auswendig, entlang der kargen Hänge, vorbei an den Steinfabriken, den Weinabfüllern. Sie freute sich, als die Bewaldung zunahm und den Bergen Farbe verlieh. Selbst in der einsetzenden Dunkelheit ließ sich noch das Grün ausmachen.

Als sie von der Autobahn abbog, begann ihr Herz zu klopfen. Sie stellte die Klimaanlage auf Maximum, damit sie nicht schwitzte, reduzierte die Geschwindigkeit und versuchte, tiefer und langsamer zu atmen. Als sie Manuels Haus erreichte, blieb sie noch eine Weile im Auto sitzen. Doch ihr Puls raste. Sie legte etwas Parfüm auf, bevor sie ausstieg.

Manuel hatte sie schon erwartet. Er hatte sich gefragt, was Yuna heute von ihm wollte. Wollte sie ihm ein für alle Mal mitteilen, dass es aus zwischen ihnen sei, noch bevor es begonnen hatte? Oder entschied sie sich heute unwiderruflich für ihn? Er hoffte Letzteres, weshalb er sein Haus so gut wie möglich auf Vordermann gebracht hatte. Auf dem Verandatisch hatte er Kerzen aufgestellt, Holzscheite in eine Feuerschale geschichtet.

Er schloss Yuna zärtlich in seine Arme und ließ sie lange nicht los, weil er herausfinden wollte, was sie für ihn empfand. Es ermutigte ihn, dass sie es geduldig, gar willig geschehen ließ. Er sog den verführenden Geruch ihres Parfüms ein.

»Du siehst umwerfend aus«, flüsterte er.

»Danke«, gab sie zurück. »Ich hab mich für dich schön gemacht.«

Manuel wusste nicht, was er antworten sollte. Er nahm ihre Hand, um sie auf die Veranda zu führen, wo die Kerzen ihre romantisch flackernden Schatten erzeugten.

»Du bist sicher hungrig.«

»Nein, überhaupt nicht.« Yuna suchte Blickkontakt. »Nein. Ich bin gekommen, um mich bei dir zu entschuldigen.«

»Warum sagst du das? Du musst dich nicht entschuldigen!«

»Doch! Ich dachte, du seist der Erpresser. Nur um herauszufinden, ob das stimmt, habe ich mit dir geflirtet.«

»Das war mehr als Flirten. Du hast mich angezündet und dich auch. Da ist mehr zwischen uns entstanden. Sei ehrlich.«

Yuna schwieg. Sie setzte sich an den Tisch, nahm etwas von den Trauben aus der Schale. Manuel rückte an sie heran, platzierte seine Hand still auf ihren Schenkel.

»Ich habe mich in dich verliebt, glaube ich.«

»Glaubst du das?«

»Ja!«

»Oder willst du nur mit mir schlafen?«

»Ich möchte, dass du mit mir schlafen willst - dass du mir Vertrauen schenkst.«

»Vertraust du mir nicht?«, antwortete Yuna trocken. »Schon damals hast du mir gesagt, dass du mir erst vertraust, wenn ich mich dir hingebe. Was soll das? Was gewinne ich durch dein Vertrauen, was du mir sonst nicht geben willst?«

»Deine Liebe will ich gewinnen, mich dir anvertrauen können.«

Wieder entstand eine lange Pause, in der jeder litt, jeder nach passenden Worten suchte, jeder Fehler vermeiden wollte. Manuel ging zur Eisenschale, um das Holz anzuzünden.

»Komm zu mir, Yuna«, bat er, und sie folgte. Dann knöpfte sie sein Hemd auf und ließ es zu Boden fallen.

»Jetzt bist du dran«, wies sie ihn leise an, und bald standen sie eng umschlungen beisammen. Manuel vermied es, ihren Busen zu berühren, streichelte nur ihren Rücken, ihre Seiten, kitzelte sie unter den Achseln. Die Flammen begleiteten das nicht enden wollende Spiel. Jetzt fasste Yuna seine Hände und führte sie langsam zu ihren Brustwarzen.

»Was verschweigst du mir, Manuel?«

»Das kann ich dir noch nicht sagen. Du vertraust mir nicht.«

»Ich will, dass du ehrlich sein kannst zu mir, dass du wirklich ehrlich bist, jetzt!« Sie nahm Manuels Hände von ihrer Brust und führte ihn ins Haus. Sie ging voraus ins Schlafzimmer, ohne das Licht anzuknipsen. »Komm!« Sie schloss die Tür, sodass es stockdunkel wurde.

Als Manuel sich zum Bett vortastete, fühlte er unter seinen Füßen Kleidungsstücke. Er ahnte es, dann spürte er: Yuna lag nackt auf dem Laken.

Er zog sich aus. Eine tastende Hand berührte ihn in seiner Mitte, eine zweite kam hinzu. »Jetzt möchte ich mit dir schlafen, Manuel!«

Er legte sich sanft auf sie. Sie ermutigte ihn, in sie einzudringen. Dann aber bat sie ihn, sich nicht zu bewegen. »Still, rühr dich nicht, bleib so«, hauchte sie. Nach unendlich langen Sekunden überkam ihn die Erlösung, die er nicht stoppen konnte. Er legte sich neben sie – sie hielt seine Hände fest. Stille herrschte im Raum. Nur beider unruhiger Atem war zu hören.

Manuel erhob sich, öffnete die Tür einen Spalt weit, sodass ausreichend Licht hereinschien. Er ging in sein Büro und kam mit einem Blatt Papier zurück.

»Dieses Papier beweist, dass die Familien Cassal und Michel nicht so unschuldig sind, wie sie tun. Sie überzeugten die Verwaltung der Stadt mit Geld, eine Umwidmung der Ackerfläche in Bauland zuzusichern.« Er reichte Yuna das Blatt, versehen mit Unterschriften ihr unbekannter

Menschen. Ohne den Inhalt genau zu begreifen, verstand sie die Brisanz des Dokuments. Doch sie gab ihm das Papier wieder zurück. »Leg es wieder dorthin, wo du es hergenommen hast. Und dann komm wieder zu mir.«

Yuna hörte eine sich schließende Schublade. Als Manuel ins Zimmer kam, forderte sie ihn auf, sich auf den Rücken zu legen. Dann setzte sie sich auf ihn, hielt seine Handgelenke fest und bemächtigte sich seiner. Heftig, stark, lange, ohne Unterlass, bis Manuel erschöpft zurücksank. Und als er erneut zu Kräften kam, verlangte sie wieder nach ihm, bis er sich ermüdet zur Seite rollte und kurze Zeit später einschlief.

Der Nachtwind strich unmerklich über die Hügel von Alcoy. Die Sterne verbargen sich hinter den Schleierwolken, um dann wieder hervorzublinken. Menschen und Hunde in den umliegenden Höfen schliefen.

Yuna blieb lange Zeit wach, lauschte dem schweren Atem von Manuel. Als sie sich sicher fühlte, schlüpfte sie leise aus dem Bett. Sie ging zum Schreibtisch, suchte in der Dunkelheit nach der Schublade. Diese klemmte, sie zog an ihr. Als sie sich dann plötzlich öffnete, riss sie sich leicht den Handrücken auf. Doch sie fand, was sie gesucht hatte, faltete das Papier rasch zusammen und steckte es zwischen ihre Kleider, die am Boden lagen. Dann ging sie zurück zum Bett, umarmte Manuel von hinten und schlief ein.

Am Morgen weckte sie Manuel, der sie schlaftrunken und beseelt anschaute. Sie gab ihm einen Kuss, steckte ihre Ohrringe wieder an.

»Ich muss los, Manuel.«

»Soll ich uns noch einen Kaffee machen?«
»Warum nicht! Ich dusche solange.«

Zehn Minuten später stand sie geordnet vor ihm, als würde das Büro auf sie warten. Die kleine Schramme am Handgelenk hatte sie mit viel Creme verschlossen. Sie küsste Manuel, dann war sie aus der Tür.

Als Yuna auf die Autobahn einbog, atmete sie tief durch. Sie zog das Papier hervor und verstaute es in ihrer Handtasche. Dann beschleunigte sie das Auto, um rechtzeitig zur Jubiläumsfeier zu kommen.

## Kapitel 22 – Ein gelungenes Jubiläum

Am Samstag kurz vor elf Uhr strahlte die Sonne vom blauen Himmel. Das Verwaltungsgebäude leuchtete im Blumenschmuck. Banner zur Begrüßung unterstrichen die Bedeutung des Events. Die meisten Gäste tummelten sich schon auf der Terrasse der Verwaltung. Sie hielten Gläser in der Hand, begrüßten sich gegenseitig und versicherten sich ihrer Hochachtung. Die Familien Michel und Cassal standen auch körperlich im Mittelpunkt, umringt von den Gästen. Niemand versäumte es, die Familienmitglieder einzeln zu beglückwünschen. Nur Frank hielt sich bewusst etwas abseits. Er wählte die Nähe von Herrn Ruíz, der als einer der ersten Gäste eintraf. Wer Frank in den Mittelpunkt bitten wollte, dem beschied er, dass er als Vertreter der alten Generation den Jungen die Aufmerksamkeit gönnen wolle.

Auf ein vereinbartes Zeichen betrat Dorian die aufgebaute kleine Bühne, bat Sandro und Christian dazu und begann mit seiner Rede. Die Liste der speziell Begrüßten geriet ein wenig länger als ursprünglich geplant. Danach folgte die Geschichte von Gran Monte.

»Ohne die aktive Unterstützung der Gemeinde wäre Gran Monte nicht so erfolgreich geworden. Viele der Vertreter, die ich heute begrüßen durfte, möchte ich als Ziehväter unseres Erfolges bezeichnen. Aber vor allem zahlreiche Unterstützer der ersten Stunde, von denen die meisten nicht mehr in Amt und Würden sind – wie mein Großvater es gerne ausdrückte –, darf ich nicht vergessen. Sie glaubten an den Erfolg dieses riskanten Projekts, als viele Zaungäste zweifelten. Sie räumten Hindernisse aus dem Weg, ohne die eine Expansion nicht möglich gewesen wäre. Ihnen möchte ich im Namen meiner Frau Lucia als Mitgeschäftsführerin und im Namen der Familien Cassal und Michel sehr herzlich danken.«

Applaus brandete auf und setzte den Bürgermeister unter Druck, eine gleichermaßen emotionale Rede zu halten. Und, geschult wie er war, gelang ihm das. Er dankte vor allem der mittleren Generation, Sandro und Christian. Letzterer wäre mittlerweile Spanier im Herzen geworden, weshalb er ihm hier und jetzt, gemeinsam mit seinem Kompagnon, die Verdienstmedaille der Stadt verleihen wolle.

»Ihre Familien haben nicht nur an sich und ihren Vorteil gedacht, sondern immer das Wohl der Gemeinschaft im Auge gehabt. Sie folgten dabei den Spuren der Gründer, von denen ich heute Herrn Frank Michel zu mir bitten möchte.« Inge legte ihre Hand auf Franks Schulter und schob ihn etwas nach vorn. Sandro reagierte sofort. Er lief Frank entgegen, um ihn zur Bühne zu dirigieren.

»Lassen Sie uns gemeinsam auf Gran Monte stolz sein und dieser einzigartigen Anlage noch viele glückliche und erfolgreiche Jahre wünschen.« Der Bürgermeister überreichte den beiden eine Urkunde und steckte ihnen eine Nadel ans Revers.

Die Gäste applaudierten, und Sandro arrangierte schnell und geschickt alle anwesenden Familienmitglieder sowie die wichtigsten Honoratioren für ein Pressefoto. Jetzt begann auch die Musik zu spielen, und jeder versuchte, sich möglichst schnell die besten Leckereien vom Büffet zu sichern. Dazu unterbrachen nicht wenige ihre kurz zuvor noch als wichtig bezeichneten Gespräche. Die Getränke konnten nicht eilig genug verteilt werden. Die Bedienungen kamen gar nicht bis zum Ende der Gästeschar durch, denn alle nahmen sich die Gläser direkt von den Tabletts. Dorian und Lucia schauten zufrieden auf den Ablauf der Veranstaltung.

Sandro stellte sich zu den beiden. »Reden sind wichtig, entscheidend aber bleibt gutes Essen und Trinken. Daran erinnern sich die Gäste noch Jahre nach einem Event. Ihr habt das einmalig organisiert – Kompliment. Wir können uns nur dafür bedanken.« Er legte seinen Arm um Lucia und drückte sie an sich.

Die Zufriedenheit der Eingeladenen spiegelte sich im steigenden Geräuschpegel wider. Auch die Tatsache, dass kein Gast unmittelbar nach dem Empfang die Veranstaltung verließ, deutete auf deren Erfolg hin. Und es war nicht nur der Hitze, sondern auch der lockeren Atmosphäre zuzuschreiben, dass die Männer bald ihre dunklen Jacketts über die Stuhllehnen hängten, sodass sie aussahen wie Krähen auf einer Stromleitung.

Maria hatte sich fast verspätet. Sie war rechtzeitig von ihrem Hof losgefahren, wurde aber vom dichten Verkehr aufgehalten, den die Sonnenhungrigen Richtung Küste verursachten. Auch hätte sie damit rechnen müssen, dass die Parkplätze von Gran Monte dem Ansturm der Gäste nicht gewachsen waren. Die Fahrzeuge standen links und rechts die Auffahrtsstraße entlang, sodass sie die restliche Strecke zu Fuß gehen musste. Gerade als Dorian die Bühne betrat, erreichte sie die Terrasse. Sie stellte sich an den Rand der Zuhörer, um das Geschehen zu beobachten. Als der Bürgermeister Sandro und Christian mit einer Medaille bedachte, empfand sie großen Stolz: Sie durfte Teil dieses einmaligen Familienverbunds sein, der durch zähe Arbeit Bleibendes erschaffen hatte. Und sie fühlte, dass auch ihr diese Schaffenskraft in die Wiege gelegt worden war.

Sie beobachtete ihre Eltern, die eng beieinanderstanden und sich für einen Moment an den Händen hielten, bevor die Gäste wieder ihre Aufmerksamkeit forderten. Der milde elterliche Blick verriet ihr, dass die Anspannung der letzten Wochen von ihnen abfiel, nachdem der Event erfolgreich verlief.

Dann entdeckte sie Ben und Yuna an der Balustrade der Terrasse, die sich angeregt unterhielten und auf die herausgeputzte Anlage hinabblickten. Sie lief zu ihnen.

»Ben, was willst du eigentlich jetzt tun, nachdem du deinen Doktortitel in der Tasche hast?«

»Mal langsam, Maria. Noch ist es nicht so weit. Der Feinschliff der Arbeit erledigt sich nicht von selbst.«

»Schon klar. Aber Gedanken wirst du dir doch schon gemacht haben«, setzt Maria nach. »Du wolltest doch immer in die große weite Welt, wenn ich mich korrekt erinnere.«

Yuna fasste jetzt nach der Hand ihres Freundes.

»Ich habe mich noch nicht entschieden. Im Familienbetrieb Gran Monte kann und will ich aber sicher nicht anfangen. Dorian führt das Geschäft mit Lucia ohnehin tadellos.« Bens Stimme verriet, dass ihm die Diskussion hier und jetzt überhaupt nicht passte. »Außerdem berede ich meine Zukunftspläne erst einmal mit Yuna – sorry, Maria!«

Maria beendete das Gespräch, um keine Auseinandersetzung zu provozieren. Still streifte ihr Blick zunächst über Gran Monte, dann über die Gästeschar.

Am anderen Ende der Terrasse hatte sich Frank unauffällig wieder neben Herrn Ruíz gestellt.

»Die Sache hat sich offenbar von selbst erledigt, Herr Michel.«

»Sieht wohl so aus«, antwortete Frank erleichtert und mit fester Stimme.

»Vermutlich befindet sich der Mann sogar unter uns. Aber bei all dem Lob, das über Gran Monte und ihren Familien ausgeschüttet wurde, bemerkt er die Aussichtslosigkeit seiner Aktion.«

»Es wäre auch geradezu lächerlich, Verstorbene angreifen zu wollen, um damit ein für die Region so wichtiges Projekt zu diskreditieren«, bekräftigte Frank.

»Dann hätte sich also die Sache begraben?«

Frank schaute seinem Gegenüber direkt in die Augen. »Nicht ganz!« Damit tauchte er in die Mitte der Menschen, um zu Dorian zu gehen.

»Nimm es mir nicht übel, Dorian, wenn ich als Vertreter der Gründergeneration noch ein paar Worte an die Gäste richten möchte.«

»Das wäre nicht nötig, aber wenn du magst – nur zu«, erwiderte Dorian ein wenig überrascht.

Frank suchte den direkten Weg zum Podest, hantierte mit dem Mikrofon, klopfte daran, um sich zu versichern, dass es funktionierte.

»Meine verehrten Gäste. Darf ich für einen kurzen Moment um ihre Aufmerksamkeit bitten.« Er wartete, bis die Gespräche und das Gemurmel allmählich nachließen. »Im Gedenken an Jorge Cassal, den eigentlichen Initiator von Gran Monte, sollten wir uns alle vor seiner Schaffenskraft verneigen. Als derjenige, der viele Jahre mit ihm zusammen nur für dieses Projekt gearbeitet hat, kann ich am besten erahnen, was er am heutigen Tag gesagt hätte.« Die Menge verstummte. »Der Dank gehört der Gemeinde und ihren Vertretern, so hätte er es ausgedrückt. Und er hätte einen Scheck für den Kindergarten überreicht, damit für die Jugend eine noch bessere Zukunft gesichert ist. Deshalb haben meine Frau Inge und ich uns spontan zu einer Spende von dreißigtausend Euro für den Kindergarten ›Los Flamencos‹ entschlossen.« Nach einer Sekunde der Stille brauste Applaus auf, während Inge überrascht blickte, denn Frank hatte sie nicht in seinen Plan eingeweiht.

Anschließend nahm Frank den gesammelten Dank der Gemeindevertreter entgegen, und Dorian und Lucia suchten ebenfalls seine Nähe. Die Bewunderung aller Gäste war förmlich zu spüren.

Yuna fiel es zuerst auf. An der Terrassentür stand Manuel, schaute sich vorsichtig um, entdeckte dann Maria und ging langsam auf sie zu.

Yuna fasste Ben an der Hand, um ihn in die Richtung von Maria zu bugsieren. So trafen sie beide gleichzeitig mit Manuel auf Maria.

»War das nicht eine tolle Geste, spontan so viel Geld für den Kindergarten zu spenden?«, sprach sie Maria an.

»Klasse war das, und typisch für Dorians Großvater. Er kann es immer noch nicht lassen, die Geschicke von Gran Monte zu lenken.«

Manuel gab Maria die obligatorischen Begrüßungsküsschen.

»Habe ich was verpasst?«, fragte er.

»Frank hat vor ein paar Minuten dreißigtausend Euro gespendet.«

»Außerordentlich großzügig«, gab Manuel zurück. »So viel Geld muss man erst einmal locker haben.«

»Viele, die reich sind, erweisen sich nicht als so generös wie Frank. Ich finde es toll.« Yuna versuchte, Manuels Augen zu fixieren. Der aber ignorierte ihren Blick und wandte sich Maria zu.

»Schön, dich zu sehen, Maria! Ich wollte dich unbedingt treffen.«

Er umarmte sie und zog sie demonstrativ ein wenig zur Seite.

»Was gibt es denn so Wichtiges zu besprechen?«, lächelte Maria ihn an.

»Ich glaube, dass ich mich ein wenig in dich verliebt habe!«, flüsterte er.

»Oho!«, scherzte Maria. »Und das fällt dir gerade heute bei der Jubiläumsfeier ein?« Sie schaute sich um und bemerkte, wie sehr sie von Lucia und Yuna beäugt wurden.

»Mir ist das gestern Abend bewusst geworden.«

»Vielleicht interessierst du dich mehr für Gran Monte, als für mich! Und außerdem: Wenn dem so wäre, dann muss dir spätestens nach diesem Auflauf hier klar werden, dass du dann Teil einer sehr speziellen Familie würdest.«

»Wäre das denn so schlimm, Maria?«

Maria wollte gerade etwas antworten, als Lucia sie am Arm einhakte. »Wir müssen noch ein Pressefoto mit der ganzen Familie machen, bevor alle auseinanderlaufen. Ben, kommst du bitte auch mit?« Damit ließ sie Manuel mit Yuna stehen und spazierte mit Schwester und Schwager in Richtung Fotograf.

Yuna fand als Erste wieder ihre Stimme. »Manuel, ich musste das gestern tun!«

»Du hast mich gelinkt«, raunte Manuel zurück.

»Nein. Du hast die Familie hintergangen.« Yuna stellte sich so breit vor Manuel auf, wie sie konnte. »Sag es mir endlich: Wer von euch beiden kam auf die Idee mit der Erpressung? Weich mir jetzt nicht aus.«

Manuel zögerte und sah sich um, ob jemand zuhören könnte. »Carlos kam unerwartet auf mich zu. Er schilderte seine desaströse finanzielle Lage, und er weihte mich in die Hintergründe des damaligen Verkaufs ein, die ich nicht kannte. Schon viele Jahre zuvor hatte er versucht, Beweise zu finden. Seine kargen Ersparnisse hat er dann verwendet, um das Schreiben, das du mir geklaut hast, zu kaufen. Er war sehr krank und meinte, dass ihm nicht mehr viel Zeit blieb.«

»Was wollte er von dir?«

»Er kam auf die Idee mit der Erpressung. Erst habe ich natürlich Nein gesagt.«

»Natürlich.« Yuna lachte ironisch auf. »Und dann?«

»Dann sprach er davon, dass wir unserer Mutter, die den Wegzug vom Meer nie verwinden konnte, ein würdigeres Leben ermöglichen sollten. Er wollte nichts für sich behalten, auch wenn er es gebrauchen konnte.« Manuel begrub sein Gesicht in seinen Händen. »Da habe ich zugesagt. Ich konnte ja nicht wissen, wie nah ich Maria kommen würde.«

»Was hast du mit Carlos Tod zu tun?«

»Nichts – wirklich nichts! Nachdem Frank Carlos das Geld übergeben hatte, drehte dieser sich um und eilte zum Clubhaus. Ich wollte ihn noch ansprechen, wie es jetzt weitergehen sollte. Also folgte ich ihm. Doch er lief so schnell, dass er schon in der Tür verschwunden war, bevor ich ihn erreichen konnte. Eine Weile habe ich überlegt, was ich nun unternehmen sollte.«

»Und dann hast du einen Schrei gehört.«

»Ja. Aber ich dachte mir nichts, weil der Sprinkler gerade angegangen war. Carlos musste sich erschrocken haben, vermutete ich.« Manuel starrte Yuna mit leeren Augen an. »Carlos saß auf dem Boden mit einer Spritze in der Hand, als ich ihn fand. Seine Kleider waren schon durchnässt. Er sagte nur noch so etwas wie ›Das Geld ist für Mutter‹ und reichte mir die Geldbündel. Dann kippte er um.«

»Warum hast du nicht die Polizei gerufen?«

»Ich geriet in Panik – habe nur noch die Spritze weggeworfen, das Geld genommen und bin dann weg.«

»Und nun willst du das Geld der Familie wieder zurückgeben?«

»Nein. Ich werde es für meine Mutter verwenden, wie es Carlos gewollt hat. Sie hat es verdient.«

»Und von mir erwartest du, dass ich dich nicht verrate?«, gab Yuna in kaltem Ton zurück.

»Das musst du selbst entscheiden.« Manuel schaute sie mit einem festen Blick an.

»Versprichst du wenigstens, dass du die Erpressungsversuche einstellst?«

»Solange du schweigst, werde auch ich nichts weiter unternehmen. Du kannst mir vertrauen.«

»Nur Lucia werde ich sagen, dass sie nichts mehr zu befürchten hat«, machte Yuna einen Punkt und ließ Manuel stehen, um sich in die Menge der Feiernden zu mischen.

In der darauffolgenden Woche meldete sich Maria aufgeregt bei ihrer Schwester.

»Weiß einer von euch, wo Manuel ist?«

»Warum fragst du? Nach dem Jubiläumsevent habe ich ihn nicht mehr gesehen«, antwortete Lucia erstaunt.

»Ich hatte versucht, ihn am Wochenende zu erreichen. Aber sein Handy blieb ausgestellt. Deshalb bin ich gestern zu ihm nach Alcoy gefahren, um nachzuschauen, ob ihm was passiert ist.«

»Und?« Lucia klang ratlos.

»Sein Auto war weg. Das Haus verschlossen. In den Türspalt eingeklemmt fand ich einen an mich adressierten Brief, in dem er schrieb, dass er für immer wegziehen würde und ich mich bitte nicht auf die Suche machen solle. Ich bin am Boden zerstört. Wie kann er mir das antun?«, rief Maria laut in ihr Handy.

»Er wird seine guten Gründe haben, Schwesterherz. Und da er etwas für dich empfindet, wie wir ja alle beobachten konnten, wird es besser sein, wenn du seinem Rat folgst. Es wird sicherlich mit dem Tod seines Bruders zusammenhängen, den er nicht verkraften kann.«

»Meinst du wirklich?«, fragte Maria unschlüssig.

»Ich denke schon. Und damit du auf andere Gedanken kommst, schlage ich vor, dass wir dich alle am Wochenende besuchen kommen. Mit Frank und Inge habe ich schon gesprochen. Die können es gar nicht erwarten, deinen Hof kennenzulernen, bevor sie wieder nach München zurückfliegen.«

Nachdem die Michel Verwandtschaft abgereist war, trat Ruhe in Las Colinas ein, und Lucia fand die Kraft, sich mit

Dorian auszusprechen. Sie verriet ihm von der Erpressung durch Carlos und ihren Versuchen, gemeinsam mit Yuna Gran Monte vor Unheil zu bewahren. Weil Carlos gefordert hatte, Dorian außen vor zu lassen, habe sie ihm nichts verraten können.

»Jetzt kannst du vielleicht verstehen, warum ich mich so seltsam benommen habe. Verzeih mir bitte!«

»Angenommen«, knurrte Dorian zunächst etwas unwillig. Doch dann umarmte er Lucia, um sie für lange Zeit nicht mehr loszulassen.

»Jetzt musst du mir nur noch versprechen, den Kontakt mit Desiree zu beenden.«

»Keine Sorge, die ist heute früh abgereist«, bemerkte Dorian lakonisch, ohne erwähnen zu müssen, dass die Angst vor polizeilichen Nachfragen sie dazu getrieben hatte.

»Dann will ich dir noch etwas anderes erzählen, was nicht mehr zwischen uns stehen soll«, fing Lucia mit ihrer Beichte an. »Es belastet mich sehr!« Und dann schüttete sie ihm, einem Wasserfall gleich, ihr Herz aus. Lange, sehr lange hörte Dorian zu und nahm seine Frau dann fest in die Arme. Und schließlich versprach er Lucia, ihr erstes Kind ebenso annehmen zu wollen und für es zu sorgen, wenn die Zeit gekommen wäre. »Du musst außerdem deinen Eltern so bald wie möglich die Wahrheit beichten, Luci. Nur so kannst du die Last abtragen, die dich drückt.« Lucia umarmte Dorian und ließ ihren Tränen freien Lauf. Es waren Tränen der Erleichterung.